U0362365

纸上江湖

中国文学中的『江湖』书写

曹 甘◎著

南开大学出版社
天 津

图书在版编目(CIP)数据

纸上江湖：中国文学中的"江湖"书写 / 曹廿著
. 一天津：南开大学出版社，2023.10(2024.11 重印)
ISBN 978-7-310-06409-0

Ⅰ. ①纸… Ⅱ. ①曹… Ⅲ. ①中国文学－文学研究
Ⅳ. ①I206

中国国家版本馆 CIP 数据核字(2023)第 013195 号

版权所有　侵权必究

纸上江湖——中国文学中的"江湖"书写
ZHI SHANG JIANGHU
——ZHONGGUO WENXUE ZHONG DE "JIANGHU" SHUXIE

南开大学出版社出版发行
出版人：刘文华
地址：天津市南开区卫津路 94 号　　邮政编码：300071
营销部电话：(022)23508339　营销部传真：(022)23508542
https://nkup.nankai.edu.cn

天津创先河普业印刷有限公司印刷　全国各地新华书店经销
2023 年 10 月第 1 版　　2024 年 11 月第 2 次印刷
210×148 毫米　32 开本　8.625 印张　2 插页　186 千字
定价：68.00 元

如遇图书印装质量问题,请与本社营销部联系调换,电话:(022)23508339

在文学与文化的衔接处

—— 曹廿《纸上江湖》序

在汉语的词语体系中，"江湖"是一个意蕴丰富而复杂的词汇。不言而喻，这个名词的本义，是其自然地理的属性。但是，现在很少有人从这个角度使用了。说到这个词，年轻的甚或中年的朋友，可能首先想到的是"笑傲江湖"。那是金庸半个多世纪前构建成的侠客们的世界，一下子便风靡全球的华人世界，再经由黄霑为其插上音乐的翅膀，"滔滔两岸潮"的生存环境与"痴痴笑笑"的人生豪情，汇聚在"一襟晚照"的自由境界中，连接起了古今的人文，听者唱者莫不恣意畅快。

但是，正如古龙在作品中设问：江湖究竟是什么？江湖到底在哪里？

如果只看《水浒传》，或是武侠小说，那你印象中的"江湖"便是好勇斗狠的浪子们漂泊之地；可是，当你读到范仲淹《岳阳楼记》中"予尝求古仁人之心，或异二者之为。何哉？不以物喜，不以己悲，居庙堂之高则忧其民，处江湖之远则忧其君。是进亦忧，退亦忧。然则何时而乐耶？其必曰'先天下之忧而忧，后天下之乐而乐'乎！"或是读到李义山《安定城楼》"永忆江湖归白发,欲回天地入扁舟"之时,这里的"江湖"却又成了士人一种安顿身心的生存方式。

而在当下社会交际中,如果某人被称为"老江湖",则又是一种意蕴复杂、贬多于褒的评价。

这些,在人们的日常交际中,都是经常出现的语言现象。似乎很少出现理解障碍的情况。不过,这些彼此抵牾的文化内涵是怎么产生的,在两三千年的时间里,一个普通名词成为多维文学意象的来龙去脉是怎样的,这些问题似乎很少有人来全面地捋一捋。

而这项工作既是有新意的学术研究,也是有意思、有趣味、有价值的一项文化建设。

曹廿的《纸上江湖》正是这项工作的成果,也是她整整八年心血的结晶。

记得曹廿从大洋洲到南开,从我读古代文学的硕士,还带着几分稚气。硕士论文是《〈庄子〉文学意象研究》。她顺利通过答辩之后,余勇可贾,便顺流而下,对后世诗文中"江湖"意象开始了系统的梳理。经过一年的努力,又把视野拓展到俗文学领域,最终把博士论文的题目确定为《中国文学中"江湖"意象的文化研究》。

这个题目的难度相当大:既要贯通雅俗,又要连接古今。所以,当时我给她定的目标是"脉络要清楚,材料要扎实,大端要说到,细节不求全"。现在看,这个目标定得稍微低了一些。曹廿交出的这份答卷是超出预期的。

在同窗当中,曹廿的个性比较突出,这表现在每次的恳谈、讨论中。有她在,我从来不必担心冷场。因为她总是会抢先发言。开始那两年,虽然发言会有火花,有亮点,但"夫子哂之"的情况也时有发生。她的好处是从来不羞不窘,下次依然抢先。两三年之后,"哂之"越来越少,因她的发言而把讨论引向深入的情况逐渐增多。

指导这样的学生,实在是一件愉快的事情;看到这样的学生拿出了有新意、有价值的学术成果,其喜悦实在是"南面王不易也"。

故乐为之序。

陈　洪

二〇二三年癸卯正月于南开园

目　录

引　子

如果俯瞰中国文学三千年的流程,要找出被书写、演绎最多的十个意象,"江湖"一定会在榜单中。

这么有信心,首先是因为"江湖"浩瀚,遍布雅俗。"雅文学"中,文人墨客喜欢流连其中而忘返;"俗文学"中,奇情异闻多半发生于其间。

可是,如果你要问:什么是"江湖"? 相信多数朋友的回答是:这还用问吗?! 江湖就是江湖呗。

如果你去查《汉语大词典》,其词义首先就是"水域的名称","流动的'江'与静止的'湖'的合称"。

问过,查过,是不是更加摸不到头脑了?

这也难怪。这个问题本来就是又简单又复杂。说它简单,是因为"江湖"是个常用语,日常用起来好像没有困难,相互沟通也几乎不会产生误解。说它复杂,是因为它并不是指物象形的普通名词,而是一个又虚又实,有比喻有象征,从文学传统中凝结,沉积着丰厚文化蕴涵的语词/意象。

第一章　"江湖"之源

　　"江湖"溯源的问题要从两个维度来看。

　　一个是纯语言的维度。即,"江湖"这个语词是何时形成的? 是如何形成的? 其内涵又是经历过怎样的变化? 在早期的不同作家笔下,或不同的文本中,其使用有何异同。

　　另一个则是思想、文化的维度。也就是说,我们还要寻绎"江湖"作为文学意象的血脉渊源。有人提出:江湖文化第一元典是《庄子》。[①] 寻绎精神的血脉,论对后世的影响力,称《庄子》为"第一元典",可以说是当之无愧的。不过,文化渊源并不止一端,这就如同说到长江源,既有当曲河,还有楚马河、沱河。龚定庵有诗云:"庄骚两灵鬼,盘踞肝肠深。"[②]正是有感于庄、屈同属楚文化,同秉浪漫气质之处。其实,楚骚同样是"江湖"文化的一个源头,但其"水质"又与《庄子》颇有差异。此外,《诗经》《国语》《易传》也各有或多或少的渊源因素。甚至,某些真实的先秦历史人物,其行为、事迹,也在后世"江湖"意象中留下了些许 DNA。

---

　　① 张远山:《"江湖"的词源——从陈平原〈千古文人侠客梦〉谈到江湖文化第一元典〈庄子〉》,载《书屋》2004 年第 5 期,第 75－78 页。

　　② 〔清〕龚自珍著,王佩诤校:《龚自珍全集》第九辑,上海古籍出版社,1999年,第 485 页。

　　凡事先从简单处做起。在进行多元的文化溯源之前,我们先对"江湖"的纯粹语词起源简单地梳理一下。

　　先秦经典文献中,今之"湖",多称作"泽"。如:

　　　　《书·夏书·禹贡》:"三江既入震泽厎定。"孔传言:"三江已入,致定为震泽。震泽,吴南大湖名。"疏云:"地理志云'会稽、吴县,故周泰伯所封国也。具区在西。古文以为震泽,是吴南大湖名。……大泽畜水南方,名之曰湖'。"①

　　这里讲得很清楚,江水所灌注名为"泽",而"大泽……名之曰湖"。又如:

　　　　《尔雅》:"吴越之间有具区。"郭注:"今吴县南太湖,即震泽是也。《国语》:'越伐吴,而战于五湖。'又云:'范蠡灭吴,返至五湖而辞越。'斯乃太湖之通称也。"虞翻曰:"是湖有五道,故曰五湖。"韦昭曰:"今太湖是也。《尚书》谓之震泽,《尔雅》以为具区,方圆五百里。"②

　　这里谈的是具体的案例——太湖。该水域既名"具区",又称"五湖"、震泽,后世统称为"太湖"。这是十分典型的"泽"与"湖"同义,且渐次转换的例子。

---

　　① 《尚书注疏》,《十三经注疏(清嘉庆刊本)》,中华书局,2009 年,第312 页。

　　② 〔宋〕毛晃:《禹贡指南》,清武英殿聚珍版丛书本,第 23b 页。

至于"江"与"湖"连用,较早的文献则有《墨子》与《国语》,如:

> 至夫差之身,北而攻齐,舍于汶上,战于艾陵,大败齐人,而葆之泰山;东而攻越,济三江五湖,而葆之会稽;九夷之国莫不宾服。①
>
> 范蠡谏曰:"孰使我蚤朝而晏罢者,非吴乎?与我争三江、五湖之利者,非吴耶?"②

而更直接地,使"江湖"成为一个常用词语,《庄子》则是当之无愧的首席代表了。

第一节　《庄子》的"江湖"书写

先秦诸子的著作中,《庄子》的文本极具特色。而这种特点不仅在他的思想观点、价值观念方面,也表现在其表述、书写的风格上。甚至可以说,在思想的表述层面,《庄子》的文本也是中国思想史上独一无二的存在。相较于孔子"述而不论"的简单的语录体系,《孟子》《荀子》虽然增加了"论"的元素,但就书写方式而言,仍属于"中规中矩"的论说与言行的记录。而且,这种书写风格不仅是儒家的典籍,法家、墨家、兵家等也相去不远。唯有《庄子》,虽为思想理论著作,但其语言表达的

---

①　〔清〕孙诒让撰,孙启治点校:《墨子间诂》,中华书局,2001年,第135页。

②　徐元诰集解,王树民、沈长云点校:《国语集解》,中华书局,2002年,第587页。

文学性极强,无论人物形象,甚至想象以及所构建的各种环境,颇多精妙传神描写。而这些人物环境的描写组成了庄子的"世界"。"江湖"则是庄子构建的"世界"中十分重要的组成部分,而且是彰显其精神特质的一部分。

一

庄子在著作中构建了三个迥然不同而又相互关联的世界。

第一个是"超凡"世界。庄子思想的核心部分是追求精神自由,而"超凡"世界则是这一思想境界最"高端"的寄寓之所。庄子把它称为"尘垢之外""四海之外""六合之外",或是"无何有之乡"。在庄子笔下,这一世界时空超卓。他以海洋作喻:"夫千里之远,不足以举其大;千仞之高,不足以极其深。禹之时,十年九潦,而水弗为加益;汤之时,八年七旱,而崖不为加损。夫不为顷久推移,不以多少进退者,此亦东海之大乐也。"[①]其描写的乃是庄子向往的超越世俗的精神环境。处在这个环境中,人们可以摆脱尘俗的烦扰:"……于无何有之乡,广莫之野,彷徨乎无为其侧,逍遥乎寝卧之下?"[②]这个充满幻想的世界,远离现实人寰,是庄子"天地与我并生,万物与我为一"理想的物质化呈现。

第二个是"遁世"世界。若说庄子所描绘的六合之外是他超世理想的梦幻式体现,是几乎"不食人间烟火"的纯虚拟空

---

① 〔清〕王先谦撰,沈啸寰点校:《庄子集解》,中华书局,1987年,第147页。

② 〔清〕王先谦撰,沈啸寰点校:《庄子集解》,中华书局,1987年,第8页。

间,那么"遁世"世界则显得要"实在"一些。庄子营造了一个远离世俗却依然存于现实之中的山林野外的世界,这可以看作后世文人远遁江湖的隐逸意识之源起。"遁世"世界中,"居无思,行无虑,不藏是非美恶。四海之内,共利之之谓悦,共给之之谓安"①。对俗世的善恶、是非、毁誉实现了超越,"举世而誉之而不加劝,举世而非之而不加沮,定乎内外之分,辩乎荣辱之境……"②在这个世界中,所有生命都遵从天然的本性自由生存,"泽雉十步一啄,百步一饮,不蕲畜乎樊中"③。而原始生存状态的和谐、自然是其核心要素,"山无蹊隧,泽无舟梁。万物群生,连属其乡。禽兽成群,草木遂长","是故禽兽可系羁而游,乌鹊之巢可攀援而窥"。④ 处于山间水泽中的圣人们,奉行天道,"虚静恬淡,寂漠无为者,万物之本也。……以此退居而闲游,江海山林之士服。……静而圣,动而王,无为也而尊,朴素而天下莫能与之争美"⑤。在这个世界中,主人公虽无异能,但与神人至人一样,以"道"为尊,秉承天性,精神是超越的、自由的。

第三个是"顺世"世界。与前两个不同,这个世界就在现实社会之中。庄子认为,现实环境往往伴随才与不才的抉择,直木先伐、甘井先竭是人世间无法改变的社会现象,而面对这一现实情况,庄子在俗世中找到了对应的方式。"不夭斤斧,

---

① 〔清〕王先谦撰,沈啸寰点校:《庄子集解》,中华书局,1987年,第108页。
② 〔清〕王先谦撰,沈啸寰点校:《庄子集解》,中华书局,1987年,第3—4页。
③ 〔清〕王先谦撰,沈啸寰点校:《庄子集解》,中华书局,1987年,第30页。
④ 〔清〕王先谦撰,沈啸寰点校:《庄子集解》,中华书局,1987年,第83页。
⑤ 〔清〕王先谦撰,沈啸寰点校:《庄子集解》,中华书局,1987年,第114页。

物无害者,无所可用,安所困苦哉!"因无用,而得以长存从而超越现实的精神禁锢,庄子将其称为"无用之用",这在现实世界中虽稍显无奈,却也是全身远害的方式。

《庄子》全书中这三种世界始终交替出现,它们或在庄子表达超然的精神层次时表现为藐姑射山中的神人、无何有之乡,又或者是在表现疏离思想时的"鲁侯养鸟"中的江湖世界,亦或是在讥讽现实艰难时表现出"卷而怀之"的感慨。三个世界虽形态各异,但却构建起庄子思想中从精神世界的向往到现实世界的存在的认识链条,也是后世"江湖"书写的共同蓝本。

二

如前所述,先秦的文献中,作为一个词语的"江湖"十分罕见。"江"与"湖"连用,也只是"三江五湖"。"江湖"一词,《管子·侈靡》或有"人聚之,埌地之美也;人死之,若江湖之大也"①。但其书之真伪颇有争议,出于后人伪托的可能性很大。而除此之外,则只有《庄子》一书而已。因此,说《庄子》是"江湖"的源头——既是思想的,也是语言的,殆也相去不远。

《庄子》中,"江湖"一词出现了七次,计内篇三次、外杂篇四次。其意味稍有差别。大致说来,可分为两种情况。一种情况如《山木》中:

---

① 〔明〕刘绩补注,姜涛点校:《管子补注》,凤凰出版社,2016年,第265页。

> 夫丰狐文豹,栖于山林,伏于岩穴,静也;夜行昼居,
> 戒也。虽饥渴隐约,犹旦胥疏于江湖之上而求食焉,定
> 也。然且不免于罔罗机辟之患。是何罪之有哉?其皮为
> 之灾也。今鲁国独非君之皮邪?吾愿君刳形去皮,洒心
> 去欲,而游于无人之野。①

这里的"江湖"基本就是地理的概念。不过,这又不是确
指的地理名词,因为"丰狐文豹"不是水生动物,求食当于山林
之中。所以,这里的"江湖"就是指代偏远隐蔽的地域。同样
的用法还见于《至乐》:

> 昔者海鸟止于鲁郊,鲁侯御而觞之于庙,奏九韶以为
> 乐,具太牢以为膳,鸟乃眩视忧悲,不敢食一脔,不敢饮一
> 杯,三日而死。此以己养养鸟也,非以鸟养养鸟也。夫以
> 鸟养养鸟者,宜栖之深林,游之坛陆,浮之江湖,食之鳅、
> 鲦,随行列而止,委蛇而处。彼唯人言之恶闻,奚以夫譊
> 譊为乎!②

"浮之江湖",也是地理概念。与《山木》不同的是,这里的
"江湖"是与"深林""坛陆"并列的,地理的指向更具体一些。

庄子对于这个养鸟的比喻很喜爱,于是在《达生》中又讲
了一次:

---

① 〔清〕王先谦撰,沈啸寰点校:《庄子集解》,中华书局,1987年,第168页。
② 〔清〕王先谦撰,沈啸寰点校:《庄子集解》,中华书局,1987年,第152页。

> 扁子曰:"不然。昔者有鸟止于鲁郊,鲁君说之,为具太牢以飨之,奏九韶以乐之,鸟乃始忧悲眩视,不敢饮食。此之谓以己养养鸟也。若夫以鸟养养鸟者,宜栖之深林,浮之江湖,食之以委蛇,则平陆而已矣。"①

讲述者与具体文字都有变化,而"浮之江湖"却并无二致。可见在《庄子》的话语系统里,"江湖"已经成为一个牢固的复合词了。

这里的"江湖"的意义虽然基本是地理性的,但"以鸟养养鸟"的主旨却是哲理性的。所以这个寓言在后世的文人笔下多有再创造,并与"江湖"意象颇有相通之处。如杜甫的"白鸥没浩荡,万里谁能驯"②,李白"明朝拂衣去,永与海鸥群"③,等等。

《庄子》中另一类的"江湖",虽然也不脱地理性的指向,但由于上下文的语境,而出现了视域交融的现象。如《大宗师》:

> 若狐不偕、务光、伯夷、叔齐、箕子胥余、纪他、申徒狄,是役人之役,适人之适,而不自适其适者也。……天与人不相胜也,是之谓真人。死生,命也,其有夜旦之常,天也。人之有所不得与,皆物之情也。彼特以天为父,而身犹爱之,而况其卓乎! 人特以有君为愈乎己,而身犹死之,而况其真乎! 泉涸,鱼相与处于陆,相呴以湿,相濡以

---

① 〔清〕王先谦撰,沈啸寰点校:《庄子集解》,中华书局,1987年,第165页。
② 〔清〕浦起龙撰:《读杜心解》,中华书局,1979年,第5页。
③ 〔唐〕李白著,〔清〕王琦注:《李太白全集》,中华书局,1977年,第554页。

沫,不如相忘于江湖。与其誉尧而非桀,不如两忘而化
其道。①

文中"江湖",其表层意义,同样是地理方面的自然本义。
但是,这一段文字是典型的寓言性笔法。"鱼"本身就是一种
比喻,"相呴以湿,相濡以沫"比喻的是人类的密切的社会联
系,相呴相濡,就是上文批评的"役人之役,适人之适"。所以,
连带而及的"江湖"也便有了超越自然本义的引申意味。彼此
"相忘"的游鱼,在广阔的水域中自在生存。正是"真人"摆脱
了社会关系的羁縻,"自适其适"的状态。"江湖"——这广阔
水域,正是喻指超越了世俗之功利、毁誉后的精神世界。

《庄子》由于其特有的写作风格,使用的"江湖"一词,便具
有了双重视野:一重是自然视野,由本义自然而生,指大片的
水域;一重是因寓言语境而生的精神视野,与上下文的哲理内
核密切相关。这后一重视野,初看似隐而不彰,但置于整个文
本之中,却又是妙不可言。而前一重视野的自然水域,本身也
具有远离城郭、人群的特点,所以与后一重视野很容易交融。

这种情况正是后世文学书写中"江湖"的基本特征。只是
《庄子》的世界虚拟性更强一些,"江湖"的自然本义大多只是
作为简单的语义符号存在,而后世文人则在此基础上增加了
更多具象的成分——这正是本文后面要发掘、研究的重点。

这个"相忘于江湖"的寓言,也是受到庄子特别钟爱的,以

---

① 〔清〕王先谦撰,沈啸寰点校:《庄子集解》,中华书局,1987 年,第 56—
58 页。

致他同样一而再、再而三地讲述,如《天运》:

> 孔子行年五十有一而不闻道,乃南之沛,见老聃。老
> 聃曰:"……古之至人,假道于仁,托宿于义,以游逍遥之
> 虚,食于苟简之田,立于不贷之圃。"逍遥,无为也;苟简,
> 易养也;不贷,无出也。古者谓是采真之游。……黑白之
> 朴,不足以为辩;名誉之观,不足以为广。泉涸,鱼相与处
> 于陆,相呴以湿,相濡以沫,不若相忘于江湖。①

这一段借老聃之口讲了庄子对于如何摆脱名枷利锁的看
法。这里的鱼之"相忘于江湖",即人的回归自然本性,而其生
存状态为"逍遥",为"苟简",为"不贷"。逍遥就是精神自由,
苟简就是摆脱物欲追求,不贷就是放弃社会的责任。如此的
生存状态如同游鱼之在江湖,任由自己的真实本性,于是称之
为"采真之游"。于是,"江湖"既是游鱼的地理性空间,同时也
具有了士人的自然、真实生存空间的意味。

这里视域融合的"江湖",其意义的的核心就是摆脱,也就
是"忘"。后世陶渊明诗中所咏:"误落尘网中,一去三十年",
"羁鸟恋旧林,池鱼思故渊","久在樊笼里,复得返自然"。摆
脱"尘网",摆脱"樊笼",回归"旧林""故渊",正是从这一视域
中生发、拓展而来。

同样的"相忘于江湖",在《庄子》的《大宗师》中,还出现过

---

① 〔清〕王先谦撰,沈啸寰点校:《庄子集解》,中华书局,1987 年,第 126—
128 页。

一次：

> 莫然有间，而子桑户死，未葬。孔子闻之，使子贡往侍事焉。或编曲，或鼓琴，相和而歌曰："嗟来桑户乎！嗟来桑户乎！而已反其真，而我犹为人猗！"子贡趋而进曰："敢问临尸而歌，礼乎？"二人相视而笑曰："是恶知礼意！"子贡反，以告孔子曰："彼何人者邪？修行无有，而外其形骸，临尸而歌，颜色不变，无以命之。彼何人者邪？"孔子曰："彼游方之外者也，而丘游方之内者也。外内不相及。而丘使女往吊之，丘则陋矣。……彼又恶能愦愦然为世俗之礼，以观众人之耳目哉！"子贡曰："然则夫子何方之依？"曰："丘，天之戮民也。虽然，吾与汝共之。"子贡曰："敢问其方。"孔子曰："鱼相造乎水，人相造乎道。相造乎水者，穿池而养给；相造乎道者，无事而生定。故曰：'鱼相忘乎江湖，人相忘乎道术。'"①

"鱼相忘乎江湖，人相忘乎道术"，以"鱼"喻"人"，以"江湖"喻"道术"，比喻的意义更加显豁。这里的"江湖"即"道术"，即精神世界，即对"世俗之礼"——联系人际的主要纽带的超越。

这一段文字有一特殊之处，即提出了"方内""方外"的问题。"方"就是通常讲的四面八方、八方六合，也就是现实的经

---

① 〔清〕王先谦撰，沈啸寰点校：《庄子集解》，中华书局，1987 年，第 64 — 66 页。

验世界。"方外",就是对这一世界的疏离、超脱。庄子把"鱼相忘"之"江湖",来喻指"方外",喻指"道术",也就给了"江湖"两重明确的意蕴:一是对世俗人生的疏离,一是对人生真谛的追求。

《庄子》中,关于"江湖"的书写,另一个著名的段落是《逍遥游》中庄子与惠施的对话:

> 惠子谓庄子曰:"魏王贻我大瓠之种,我树之成,而实五石,以盛水浆,其坚不能自举也;剖之以为瓢,则瓠落无所容。非不呺然大也,吾为其无用而掊之。"庄子曰:"夫子固拙于用大矣。宋人有善为不龟手之药者,世世以洴澼絖为事。客闻之,请买其方百金。聚族而谋曰:'我世世为洴澼絖,不过数金;今一朝而鬻技百金,请与之。'客得之,以说吴王。越有难,吴王使之将。冬,与越人水战,大败越人,裂地而封之。能不龟手一也,或以封,或不免于洴澼絖,则所用之异也。今子有五石之瓠,何不虑以为大樽而浮于江湖,而忧其瓠落无所容?则夫子犹有蓬之心也夫!"①

《逍遥游》在某种程度上可以看作是全书的绪论,其主体部分是对自己学说价值的阐发。与前面那几段类似,文中的"浮乎江湖",其表层的意义同样是地理方面的自然本义——

---

① 〔清〕王先谦撰,沈啸寰点校:《庄子集解》,中华书局,1987 年,第 6—7 页。

"大樽"之所处。但是,考虑到庄子这里的寓言性笔法,"大樽"与"五石之瓠",本身就是一个比喻——看似没有使用价值的庄氏学说,所以,连带而及的"江湖"也便有了超越自然本义的引申意味。"无用"之大樽,在俗世之中,因其"无用"而面临着被"掊之"的危险;而其一旦置于"江湖"之上,便得其所哉。这个"江湖"于是便隐隐带有了脱离、超越俗世的另一空间、另一世界的旨趣。

与"相忘"之"江湖"同样,这个"大樽"之"江湖",也具有视域融合的特色。这也就为后世文人的"江湖"书写设定了最基本的色调。

通观《庄子》全书,"江湖"一词的意蕴可谓浸透于字里行间。很多篇章尽管没有直接出现"江湖"字样,但思路、旨趣与上面引述几无二致。且略举几例,如:

> 孔子曰:"善哉! 辞其交游,去其弟子,逃于大泽;衣裘褐,食杼栗;入兽不乱群,入鸟不乱行,鸟兽不恶,而况人乎!"①

这里的"大泽",其实就是"江湖"。"逃"于"大泽",就是遁于江湖。这个"逃"字十分生动,把疏离俗世利益、名声的姿态刻画得活灵活现。而"衣裘褐"云云,则把遁世、"方外"反朴归真的人生描写的具体入微。

又如:

---

① 〔清〕王先谦撰,沈啸寰点校:《庄子集解》,中华书局,1987年,第171页。

刻意尚行，离世异俗，高论怨诽，为亢而已矣，此山谷之士，非世之人，枯槁赴渊者之所好也。语仁义忠信，恭俭推让，为修而已矣，此平世之士，教诲之人，游居学者之所好也。语大功，立大名，礼君臣，正上下，为治而已矣，此朝廷之士，尊主强国之人，致功并兼者之所好也。就薮泽，处闲旷，钓鱼闲处，无为而已矣，此江海之士，避世之人，闲暇者之所好也。吹呴呼吸，吐故纳新，熊经鸟申，为寿而已矣，此道引之士，养形之人，彭祖寿考者之所好也。若夫不刻意而高，无仁义而修，无功名而治，无江海而闲，不道引而寿，无不忘也，无不有也，澹然无极而众美从之，此天地之道，圣人之德也。故曰：夫恬淡寂漠，虚无无为，此天地之平而道德之质也。故曰：圣人休，休焉则平易矣，平易则恬淡矣。平易恬淡，则忧患不能入，邪气不能袭，故其德全而神不亏。故曰：圣人之生也天行，其死也物化；静而与阴同德，动而与阳同波；不为福先，不为祸始；感而后应，迫而后动，不得已而后起。去知与故，循天之理，故无天灾，无物累，无人非，无鬼责。其生若浮，其死若休；不思虑，不豫谋；光矣而不耀，信矣而不期；其寝不梦，其觉无忧；其神纯粹，其魂不罢。虚无恬淡，乃合天德。①

这里的"薮泽""江海"，在魏晋时期的文人看来，也是与

---

① 〔清〕王先谦撰，沈啸寰点校：《庄子集解》，中华书局，1987年，第132—133页。

"江湖"同义。与前文稍有不同的是,他列举出种种人生的选择,"江海之士"也是其中的一种。他描画了这种人生的基本要素:"避世",生活在偏僻的"薮泽","闲旷无为",但在评价上却有所保留。原因是只有这些形式并不够,特别是"刻意"为之更落下乘。更重要的是精神状态,要做到"无江海而闲",才是合乎"天地之道""圣人之德"。这样,就把"江湖"文化的意义又深化了一层,更强调"避世"在心不在迹,在神不在形;而所谓"江海",明显只是一个喻托之词,实质在隐含的所指上:精神的超脱、放旷。

这一段还有一个值得注意的地方,就是列出的第一种人生为"高论怨诽""枯槁赴渊者"。这八个字明显与屈原的《渔父》构成了对话的关系——这将是我们下一节要讨论到的话题。

三

如果我们再进一步,不斤斤于"江湖"的字样,而是更拓宽一下话题,把《庄子》中与"江湖"有关的观念再做剖析,其影响后世之渊源可能会看得更清楚一些。

一个观念是"忘"。如前所引,"江湖"与"忘"密切相关:"泉涸,鱼相与处于陆,相呴以湿,相濡以沫,不如相忘于江湖。而其誉尧而非桀也,不如两忘而化其道","泉涸,鱼相与处于陆,相呴以湿,相濡以沫,不若相忘于江湖","鱼相忘乎江湖,人相忘乎道术"。在庄子看来,游鱼在江湖之中是自得、自适的,而这种自得、自适的原因是"相忘"。当然,游鱼是用来比喻人际关系的。"相忘"相对于"相呴、相濡",指的是摆脱人与人之间过于密切的联系。而且首先是礼制所规定的尊卑关系、等级关系,换言之就是官场最基本的规则。礼制,在当时的历史条件下,是维护社会秩序所必需;但是又不可避免地以牺牲个人人格乃至尊严为代价。所谓"为五斗米折腰",便是这种生存环境与个体生命矛盾的生动写照。从这个意义上讲,"相忘"就是摆脱,而"江湖"既是摆脱后的生存环境,又是得以摆脱的环境条件。

简言之,庄子笔下的"忘"与"江湖"密切相关,互相依存;其基本义乃在于"摆脱"。

在有的语境中,"摆脱"之外,《庄子》的"忘"还带有"超越""忽略"的意味,如:

> 化声之相待,若其不相待。和之以天倪,因之以曼衍,所以穷年也……忘年忘义,振于无竟,故寓诸无竟。①
>
> 忘其肝胆,遗其耳目,反覆终始,不知端倪,芒然彷徨乎尘垢之外,逍遥乎无为之业。彼又恶能愦愦然为世俗之礼,以观众人之耳目哉!②
>
> 荃者所以在鱼,得鱼而忘荃;蹄者所以在兔,得兔而忘蹄;言者所以在意,得意而忘言。吾安得忘言之人而与之言哉?③

---

① 〔清〕王先谦撰,沈啸寰点校:《庄子集解》,中华书局,1987 年,第 25—26 页。

② 〔清〕王先谦撰,沈啸寰点校:《庄子集解》,中华书局,1987 年,第 65 页。

③ 〔清〕王先谦撰,沈啸寰点校:《庄子集解》,中华书局,1987 年,第 244 页。

察其上下文,这几段文字中的"忘",都有脱略行迹的意味。

此外,"忘"还有自然相安的含义,如:

> 忘足,屦之适也;忘腰,带之适也;知忘是非,心之适也;不内变,不外从,事会之适也。始乎适而未尝不适者,忘适之适也。[①]

这里的"忘"与"适"互为因果。因其"适"而"忘",又因其"忘"而臻于"忘适之适"的妙境。庄子企慕的真人是"自适其适"的,因而也就是得以"忘"于"江湖"的。

在《大宗师》中,庄子把"忘"进一步发挥,从而有一段著名的"重言"描写:

> 颜回曰:"回益矣。"仲尼曰:"何谓也?"曰:"回忘仁义矣。"曰:"可矣。犹未也。"他日复见,曰:"回益矣。"曰:"何谓也?"曰:"回忘礼乐矣。"曰:"可矣。犹未也。"他日复见,曰:"回益矣。"曰:"何谓也?"曰:"回坐忘矣。"仲尼蹴然曰:"何谓坐忘?"颜回曰:"堕肢体,黜聪明,离形去知,同于大通,此谓坐忘。"[②]

这段话是《庄子》全书最引人注意的理论表述之一,也是

---

① 〔清〕王先谦撰,沈啸寰点校:《庄子集解》,中华书局,1987年,第164页。
② 〔清〕王先谦撰,沈啸寰点校:《庄子集解》,中华书局,1987年,第68—69页。

歧解多多、莫衷一是的表述。宋人李士表的《庄子九论》,其专论之一即为《坐忘》。关于其内涵,儒、释、道的人士各有发挥。最早的如郭象注曰:

> 夫坐忘者,奚所不忘哉! 既忘其迹,又忘其所以迹者,内不觉其一身,外不识有天地,然后旷然与变化为体,而无不通也。①

强调的是"无所不忘",也就是最彻底的"忘"。如此才能摆脱与现实物质的世界一切关联,从而与大道融为一体。林希逸的《庄子口义》则认为:

> 此一段借颜子之名以形容造道之妙。……先忘仁义,而又至于忘礼乐,亦犹所谓外天下而后万物也。至于坐忘,则尽忘之矣。此"有无俱遣"之时。所谓"今者吾丧我",亦是此意。……大通即大道也。所谓圣者无所不通。②

"有无具遣",实质是借鉴了佛学"般若智慧,是非双遣"的思路,并与"吾丧我"相联系。

尽管具体角度各有不同,但彻底的"忘"是要摆脱、超越

---

① 〔晋〕郭象注,〔唐〕成玄英疏,曹础基、黄兰发点校:《南华真经注疏》,中华书局,1998 年,第 163 页。

② 〔宋〕林希逸原著,周启成校注:《庄子鬳斋口义校注》,中华书局,1997 年,第 123 页。

"仁义""礼乐"这些社会规范、社会联系则无疑。由此推论，"相忘于江湖"的"江湖"，正是摆脱、超越"仁义""礼乐"的另一生存空间，另一具有精神超脱属性的世界。也就是说，必有所"忘"，方能安心于"江湖"。

另一个观念是"魏阙"，或称"庙堂"。

与"忘"不同的是，这两个观念不是"江湖"的正面关联语，而是意味相反的背景。如《让王》：

> 中山公子牟谓瞻子曰："身在江海之上，心居乎魏阙之下，奈何？"瞻子曰："重生，重生则利轻。"①

"魏阙"，巍然的宫阙，指代朝廷、官场。"江海"，实与"江湖"意旨相同。这段话不仅是把"江海"与魏阙明确地置于相对待的地位，同时，把"江海"与"重生"密切关联，强调离开官场置身"江海"是把生命放到最重要的地位的选择。同时，又指出，人之所以贪恋朝廷、官场，主要原因乃在于利。而"利"是与"生"相冲突的。

"庙堂"与"魏阙"同义。关于"庙堂"，庄子有一段十分生动、十分著名的寓言：

> 庄子钓于濮水，楚王使大夫二人往先焉，曰："愿以境内累矣！"庄子持竿不顾，曰："吾闻楚有神龟，死已三千岁矣，王巾笥而藏之庙堂之上。此龟者，宁其死为留骨而贵

----

① 〔清〕王先谦撰，沈啸寰点校：《庄子集解》，中华书局，1987年，第256页。

平,宁其生而曳尾于涂中乎?"二大夫曰:"宁生而曳尾涂中。"庄子曰:"往矣! 吾将曳尾于涂中。"①

泥涂,是神龟的生存环境,是"庙堂"的反面。这里也是一个选择的问题。一面是显赫的"庙堂",选择的代价是付出生命;另一面是泥涂,选择的代价是贫贱。但是,贫贱则贫贱矣,神龟的生存状态却是"曳尾于涂中"。这真是神妙的四个字,既得形又传神,把神龟自适其适、自得其乐的生命姿态惟妙惟肖地表现出来。

富贵——"庙堂",意味着失去自由、自适的生命,这一点,庄子在《在宥》中再次强调:

> 故贤者伏处大山嵁岩之下,而万乘之君忧栗乎庙堂之上。②

庄子对官场、富贵的鄙弃,在《秋水》表现得最为淋漓尽致:

> 惠子相梁,庄子往见之。或谓惠子曰:"庄子来,欲代子相。"于是,惠子恐,搜于国中三日三夜。庄子往见之,曰:"南方有鸟,其名鹓鶵,子知之乎? 夫鹓鶵发于南海而飞于北海,非梧桐不止,非练实不食,非醴泉不饮。于是,

---

① 〔清〕王先谦撰,沈啸寰点校:《庄子集解》,中华书局,1987 年,第 147—148 页。

② 〔清〕王先谦撰,沈啸寰点校:《庄子集解》,中华书局,1987 年,第 92 页。

鸱得腐鼠,鹓鶵过之,仰而视之曰:'吓!'今子欲以子之梁
国而'吓'我耶?"[①]

视高官如同腐鼠,弃之如遗,这样的价值判断,对后世的
"江湖"书写提供了强有力的思想支撑。与之相表里的是在
《至乐》中将庙堂之上的礼教约束与江湖之中的精神自由相互
对比的鲁侯养鸟的寓言:

> 且女独不闻邪?昔者海鸟止于鲁郊,鲁侯御而觞之
> 于庙,奏九韶以为乐,具太牢以为膳。鸟乃眩视忧悲,不
> 敢食一脔,不敢饮一杯,三日而死。此以己养养鸟也,非
> 以鸟养养鸟也。夫以鸟养养鸟者,宜栖之深林,游之坛
> 陆,浮之江湖,食之鳅、鲦,随行列而止,委蛇而处。彼唯
> 人言之恶闻,奚以夫譊譊为乎!咸池、九韶之乐,张之洞
> 庭之野,鸟闻之而飞,兽闻之而走,鱼闻之而下入,人卒闻
> 之,相与还而观之。鱼处水而生,人处水而死,彼必相与
> 异,其好恶故异也。故先圣不一其能,不同其事。名止于
> 实,义设于适,是之谓条达而福持。[②]

庄子这一庙堂与江湖相对立的思想对于后世文人之影响
可谓巨大,《淮南子·主术训》借这一对立关系提出:"君人者,

---

① 〔清〕王先谦撰,沈啸寰点校:《庄子集解》,中华书局,1987年,第148页。
② 〔清〕王先谦撰,沈啸寰点校:《庄子集解》,中华书局,1987年,第152—
153页。

不下庙堂之上而知四海之外者，因物以识物，因人以知人也。"①六朝时期谢灵运《游赤石进帆海诗》："溟涨无端倪，虚舟有超越。仲连轻齐组，子牟眷魏阙。"②《旧唐书·隐逸列传》中亦有"身在江湖之上，心游魏阙之下"③。而最著名的则是宋代范仲淹的《岳阳楼记》："居庙堂之高，则忧其民；处江湖之远，则忧其君。"

由于《庄子》效法自然的思想意识与对个体自由的重视，使得"江湖"一词的意涵在诞生之初便已经浸染上了浓厚的追求自由、疏离权位的意涵，成为后世文人士大夫在追求自我精神道路上的目标。而庄子的那始终向往超世世界的精神特点也成为士人们在寻求超越时的最终目标，它在《庄子》中是超世世界，而在诗人眼中则是"江湖"，故此，与江湖有关的人、事、物也成为文学创作中最为突出表现精神超越与心灵自由的灵感来源，而"渔父"便是个中翘楚。

第二节　水意象的文化意涵

"江湖"从《庄子》开始，文化符号的意义就强于地理名词的意义。而置身于"江湖"中的人物形象——"渔父"，也同样成为一个活跃了两千多年的文化符号。

　① 〔汉〕刘安编，刘文典撰，冯逸、乔华点校：《淮南鸿烈集解》，中华书局，2013 年，第 279 页。
　② 〔南朝宋〕谢灵运著，黄节注：《谢康乐诗注》，中华书局，2008 年，第 75 页。
　③ 〔后晋〕刘昫等撰：《旧唐书》，中华书局，1975 年，第 5115 页。

有趣的是,几乎同时代的《庄子》与《楚辞》,出现了相同的篇名:《渔父》。两千年后诗人龚自珍,在《自春徂秋,偶有所触,拉杂书之,漫不诠次,得十五首》中吟道:"庄骚两灵鬼,盘踞肝肠深。"众所周知,屈原入世至深,以至于在污浊的现实中无路可走,终于自沉于汨罗。庄子则正相反,避世唯恐不远,宁可"曳尾于涂中",也要远离朝堂。那么,二者间的什么因素使得龚定庵同引为同道? 又是什么因素使得二者同有《渔父》之篇什?

先来看《庄子》中的《渔父》:

> 孔子游乎缁帷之林,休坐乎杏坛之上。弟子读书,孔子弦歌鼓琴,奏曲未半。有渔父者下船而来,须眉交白,被发揄袂,行原以上,距陆而止。左手据膝,右手持颐以听。曲终而招子贡、子路。二人俱对。客指孔子曰:"彼何为者也?"子路对曰:"鲁之君子也。"

> 子贡还报孔子。孔子推琴而起,曰:"其圣人与!"乃下求之,至于泽畔,方将杖拿而引其船,顾见孔子,还乡而立。孔子反走,再拜而进。客曰:"子将何求?"孔子曰:"曩者先生有绪言而去,丘不肖,未知所谓,窃待于下风,幸闻咳唾之音,以卒相丘也!"客曰:"嘻! 甚矣子之好学也!"孔子再拜而起曰:"丘少而修学,以至于今,六十九岁矣,无所得闻至教,敢不虚心!"客曰:"同类相从,同声相应,固天之理也。吾请释吾之所有而经子之所以。子之所以者,人事也。……礼者,世俗之所为也;真者,所以受

于天也,自然不可易也。故圣人法天贵真,不拘于俗。愚者反此,不能法天而恤于人,不知贵真,禄禄而受变于俗,故不足。惜哉!子之蚤湛于人伪,而晚闻大道也!"孔子又再拜而起曰:"今者丘得遇也。若天幸然。先生不羞而比之服役,而身教之,敢问舍所在,请因受业而卒学大道。"客曰:"吾闻之:可与往者与之,至于妙道;不可与往者,不知其道,慎勿与之,身乃无咎。子勉之!吾去子矣,吾去子矣。"乃刺船而去,延缘苇间。

　　颜渊还车,子路授绥,孔子不顾,待水波定,不闻拿音,而后敢乘。子路旁车而问曰:"由得为役久矣,未尝见夫子遇人如此其威也。万乘之主、千乘之君,见夫子未尝不分庭伉礼,夫子犹有倨敖之容。今渔者杖拿逆立,而夫子曲要磬折,再拜而应,得无太甚乎?门人皆怪夫子矣。渔人何以得此乎?"孔子伏轼而叹曰:"甚矣由之难化也!……且道者,万物之所出也,庶物失之者死,得之者生;为事逆之则败,顺之则成。故道之所在,圣人尊之。今渔父之于道,可谓有矣,吾敢不敬乎?"[1]

　　这是一篇典型的寓言,见于杂篇,当出于庄子后学之手。全篇以超过一千字的篇幅来写渔父的言论,这在全书中是很少有的。以思想观点而论,本篇的渔父所论,无非主张无为而治、葆真避世,在《庄子》全书中未见其特殊、高明之点。其特

① 〔清〕王先谦撰,沈啸寰点校:《庄子集解》,中华书局,1987年,第273—277页。

异处主要在于渔父的形象,以及孔子对他的态度上。

渔父的形象,着墨并不多,但是相当传神。他出场的样子是"须眉交白,被发揄袂",出场后的动作是"左手据膝,右手持颐以听。曲终而招子贡、子路"。寥寥数笔,一位潇洒、从容的智者就浮现于纸面了。再看与孔子见面后的言行:"至于泽畔,方将杖拏而引其船,顾见孔子,还乡而立……客曰:'嘻!甚矣子之好学也!'"自然、随和的长者,居高临下而又不失亲切。

在指点、教育了孔子一番后,渔父"曰:'吾闻之:可与往者与之,至于妙道;不可与往者,不知其道,慎勿与之,身乃无咎。子勉之!吾去子矣,吾去子矣。'乃刺船而去,延缘苇间"。可谓神龙见首不见尾,只留下了袅袅的余音。

为了衬托渔父的高明,文中极写孔子的谦恭:先是"推琴而起",再是"反走,再拜而进","再拜而起",甚至在渔父离开好久才肯上车离开。这种反衬笔墨,无非是彰显渔父所言所行"于道可谓有矣"的高明。

值得特别指出的是,郭象在篇末的注文中,径直把渔父称为"江海之士"。诚如我们在前文所指出的,无论是庄子还是后世文人,笔下的"江海"与"江湖"基本同义。郭象正是准确指出,"渔父"与"江海"或"江湖"意象之间存在的共生关系。

再来看屈原的《渔父》:

> 屈原既放,游于江潭,行吟泽畔,颜色憔悴,形容枯槁。渔父见而问之曰:"子非三闾大夫与?何故至于斯?"

屈原曰："举世皆浊我独清，众人皆醉我独醒，是以见放。"
渔父曰："圣人不凝滞于物，而能与世推移。世人皆浊，何
不淈其泥而扬其波？ 众人皆醉，何不餔其糟而歠其醨？
何故深思高举，自令放为？"屈原曰："吾闻之，新沐者必弹
冠，新浴者必振衣。安能以身之察察，受物之汶汶者乎？
宁赴湘流，葬于江鱼之腹中。安能以皓皓之白，而蒙世俗
之尘埃乎？"渔父莞尔而笑，鼓枻而去，乃歌曰："沧浪之水
清兮，可以濯吾缨；沧浪之水浊兮，可以濯吾足。"遂去，不
复与言。①

就文学性而言，这篇文字要比《庄子》的《渔父》精彩多
多——庄文意在说理，故不能以文争胜。在文学史上，关于此
文是否为屈原本人手笔，抑或是否为屈原写实之作，都有截然
不同的看法。现存最早的《楚辞章句》中，王逸认为："渔父避
世隐身，钓鱼江滨，欣然自乐。时遇屈原川泽之域，怪而问之，
遂相应答。楚人思念屈原，因叙其辞以相传焉。"②他与司马
迁一样，把文章看作是实录，不过是后人的追叙。王逸明确地
指出，文章中的渔父并非普通渔民，而是"避世隐身""欣然自
乐"于江滨的高蹈之士。这一理解无疑是准确的。也给后世
诗文中的"渔父"意象奠定了基调。宋人洪兴祖在《楚辞补注》

---

① 〔宋〕洪兴祖撰，白化文等点校：《楚辞补注》，中华书局，1983 年，第179—
181 页。
② 〔宋〕洪兴祖撰，白化文等点校：《楚辞补注》，中华书局，1983 年，第
179 页。

中提出不同的意见:"《卜居》《渔父》,皆假设问答以寄意耳。"①也就是说,文章中"宁赴湘流"的三闾大夫与"与世推移"的渔父,都是作者虚拟出来的形象,而二者间的意见冲突,实际上是作者内心冲突的文学化呈现。他的一个论据是屈原的《卜居》也是同样的手法。这种意见在解读作品上更有说服力。后世文人也时常流露在"仕"与"隐"之间的内心挣扎。如陶渊明的"贫富常交战,道胜无戚颜"②,内心交战的双方其实也类似于三闾大夫与江滨渔父。龚自珍的"嘉遁苦太清,行乐苦太浊""寥落吾徒可奈何,青山青史两蹉跎"③,同样是纠缠于出世、入世之间。清人蒋骥的《山带阁注楚辞》则折中两说:"或云此亦原之寓言。渔父有无弗可知,而江潭沧浪其所经历盖可想见矣。"④他认为文章有写实的因素,但不必考证"渔父"是否为现实存在,因为通篇很可能只是寓言手法。

屈原的《渔父》与庄子的《渔父》立场是冲突的。屈原站在三闾大夫的立场上,否定了渔父的建议。而庄子则站在渔父的立场上,让孔子礼赞不已。如果考虑到《庄子·刻意》中的这段话:"刻意尚行,离世异俗,高论怨诽为亢而已矣,此山谷之士,非世之人,枯槁赴渊者之所好也。""离世异俗""高论怨

---

① 〔宋〕洪兴祖撰,白化文等点校:《楚辞补注》,中华书局,1983年,第179页。

② 〔东晋〕陶潜撰,袁行霈笺注:《陶渊明集笺注》,中华书局,2003年,第373页。

③ 〔清〕龚自珍撰,王佩诤校:《龚自珍全集》,上海古籍出版社,1999年,第486、453页。

④ 〔清〕蒋骥撰,于淑娟点校:《山带阁注楚辞》,上海古籍出版社,2019年,第156页。

诽""枯槁赴渊",可以说是为三闾大夫量身定制。尤其是"枯槁"与"赴渊",不妨看作《刻意》对屈原《渔父》的回应。

立场与观念不同,但是我们注意到,两篇文章中的渔父形象却都不是负面的。如前所论,庄子笔下的"渔父",高明而透彻,从容而潇洒。其实,屈原笔下的"渔父"何尝不是呢。作者实际上是承认"渔父"所论的,但是自我人格的操守不允许采纳而已。所以,屈原笔下的"渔父"同样是高明而透彻,从容而潇洒的。王夫之论"渔父"形象道:"江汉之间,古多高蹈之士,隐于耕钓,若接舆、庄周之流,皆以全身远害为道。渔父概其类也。"[①]他正是看到了庄、骚之"渔父"的相通,所以称为"概其类"。可以说,这个"类"字用得十分恰切。尤其有趣的是,庄、骚两篇《渔父》的结尾文字写"渔父"的离场,一个是"'吾去子矣!吾去子矣!'乃刺船而去,延缘苇间",一个是"莞尔而笑,鼓枻而去,乃歌……",同样的潇洒飘逸,同样的神龙见首不见尾的感觉。由此想到后世柳宗元写"渔父"的名句:"烟销日出不见人,欸乃一声山水绿。回看天际下中流,岩上无心云相逐。"[②]其间意味之相通,慧心者自可体会。

庄、骚之"渔父",柳宗元之"渔父",潇洒形象的刻画,有个基本条件,就是放舟于江湖水面。可以说,写"渔父",写"江湖",作为意象的"水",也是要予以特别关注的。

屈原《渔父》中,以一首歌词表达渔父的人生态度:

---

① 〔明〕王夫之著:《楚辞通释》,岳麓书社,2011年,第371页。
② 〔唐〕柳宗元撰,尹占华、韩文奇校注:《柳宗元集校注》,中华书局,2013年,第3085页。

曰:"沧浪之水清兮,可以濯吾缨;沧浪之水浊兮,可
以濯吾足。"遂去,不复与言。

　　这短短的歌词对后世文人产生了巨大影响。"沧浪之水"
成为一代又一代文人歌吟的题材,其例不胜枚举。如李白《沐
浴子》:"沐芳莫弹冠,浴兰莫振衣。处世忌太洁,至人贵藏晖。
沧浪有钓叟,吾与尔同归。"①《笑歌行》:"笑矣乎! 笑矣乎!
君不见沧浪老人歌一曲,还道沧浪濯吾足。平生不解谋此身,
虚作离骚遣人读。"②还有"沧浪吾有曲,寄入棹歌声"③"倚剑
增浩叹,扪襟还自怜。终当游五湖,濯足沧浪泉"④,等等。北
宋苏舜钦罢官之后,筑亭名为"沧浪",至今为苏州名胜。其诗
《沧浪亭》云:"一径抱幽山,居然城市间。……迹与豺狼远,心
随鱼鸟闲。吾甘老此境,无暇事机关。"⑤南宋严羽,自号沧浪
逋客,著《沧浪集》,以《沧浪诗话》名世。其词《沁园春》:"想归
来松菊,重烦管领;同盟鸥鹭,未许相忘。我道其间,如斯人
物,只合盛之白玉堂。须还把扁舟借我,散发沧浪。"⑥

　　"沧浪",在这些文人的生活以及文学作品中,已经失去了
"水"的自然属性,而成了一种文化观念的修辞性表达。不仅

---

　　①　〔唐〕李白著,〔清〕王琦注:《李太白全集》,中华书局,1977 年,第 345 页。

　　②　〔唐〕李白著,〔清〕王琦注:《李太白全集》,中华书局,1977 年,第 412 页。

　　③　〔唐〕李白著,〔清〕王琦注:《李太白全集》,中华书局,1977 年,第 869 页。

　　④　〔唐〕李白著,〔清〕王琦注:《李太白全集》,中华书局,1977 年,第
1017 页。

　　⑤　〔宋〕苏舜钦著,沈文倬校点:《苏舜钦集》,上海古籍出版社,1981 年,第
83 页。

　　⑥　唐圭璋编:《全宋词》,中华书局,1965 年,第 2545 页。

"沧浪"如此,在先秦诸子著作中,"水"本身也具有了超越其自然属性的文化内涵。

老、庄的生平、言行中,与"水"关联之处甚多,以致有的学者把"水"说成是《老子》思想的"地缘文化基因",认为"最初启发他的莫非水,最好的喻体也莫非水"①,认为老子对于"水性""水德"的论述是与"孔子'叹逝川'可以并列为对水之哲学的三项杰出的发现"。

《庄子》中也有揭示"水"意象与老子学说关系的论述:

> 关尹、老聃闻其风而悦之,建之以常无有……其动若水,其静若镜,其应若响。②

他不仅以"水"来比喻老子的学说,还进一步比喻大道:"道之在天下,犹川谷之于江海。"③比喻"天德":"水之性,不杂则清,莫动则平,郁闭而不流,亦不能清。天德之象也。"④比喻"圣人之心":"圣人之静也,非曰静也善,故静也,万物无足以铙心者,故静也。水静则明烛须眉,平中准,大匠取法焉。水静犹明,而况精神!圣人之心静乎,天地之鉴也,万物之镜也。"⑤同时,《庄子》中描写超越、阔大的境界,也往往以水来做比喻。如全书开篇的鲲鹏之"北冥",天池之"南冥",浮大樽

---

① 杨义:《〈老子〉还原》,载《文学评论》2011年第1期,第5—20页。

② 〔清〕王先谦撰,沈啸寰点校:《庄子集解》,中华书局,1987年,第294页。

③ 〔魏〕王弼注,楼宇烈校释:《老子道德经注校释》,中华书局,2008年,第81页。

④ 〔清〕王先谦撰,沈啸寰点校:《庄子集解》,中华书局,1987年,第133页。

⑤ 〔清〕王先谦撰,沈啸寰点校:《庄子集解》,中华书局,1987年,第113页。

之"江湖"。而其名篇《秋水》更是对"水"进行了人格化处理，于是有了以下这段富有哲理性的对话：

> 今尔出于崖涘，观于大海，乃知尔丑，尔将可与语大理矣。天下之水，莫大于海，万川归之，不知何时止而不盈；尾闾泄之，不知何时已而不虚；春秋不变，水旱不知。此其过江河之流，不可为量数。而吾未尝以此自多者，自以比形于天地而受气于阴阳，吾在于天地之间，犹小石小木之在大山也，方存乎见少，又奚以自多！①

这里的海若，既是辽阔无边的境界的代表，更是智慧的化身。而"水"与"智慧"相关联，可以说是先秦思想家们"水之哲学"的共同核心认识。如《老子》所论：

> 上善若水。水善利万物而不争，处众人之所恶，故几于道。②
>
> 古之善为士者，微妙玄通，深不可识。夫唯不可识，故强为之容。……浑兮其若浊。孰能浊以静之徐清？孰能安以动之徐生？③

---

① 〔清〕王先谦撰，沈啸寰点校：《庄子集解》，中华书局，1987年，第139页。
② 〔魏〕王弼注，楼宇烈校释：《老子道德经注校释》，中华书局，2008年，第20页。
③ 〔魏〕王弼注，楼宇烈校释：《老子道德经注校释》，中华书局，2008年，第33页。

天下之至柔，驰骋天下之至坚。①

天下莫柔弱于水，而攻坚强者莫之能胜。其无以易之。弱之胜强，柔之胜刚，天下莫不知，莫能行。②

道家如此，儒家也同样。《论语》的"子曰：智者乐水，仁者乐山"③，成为千古名言。其中把"水"与"智者"相关联，可以说是与老、庄所见略同。而另一段写孔子的精神世界，以一典型情境来表现，即"浴乎沂，风乎舞雩"④。以到沂水中痛痛快快洗澡来体现孔子的潇洒、超然的人生态度。其中隐隐地流露出"乐水"之智者的情怀。至于"子在川上曰，逝者如斯夫"⑤，更是富有哲理意味的感悟。《孟子》中对于孔子与"水"的关系，更有专门的讨论：

徐子曰："仲尼亟称于水，曰'水哉，水哉！'，何取于水也？"孟子曰："原泉混混，不舍昼夜，盈科而后进，放乎四海。有本者如是，是之取尔。"⑥

孔子登东山而小鲁，登泰山而小天下，故观于海者难为水，游于圣人之门者难为言。观水有术，必观其澜。日

---

① 〔魏〕王弼注，楼宇烈校释：《老子道德经注校释》，中华书局，2008 年，第120 页。

② 〔魏〕王弼注，楼宇烈校释：《老子道德经注校释》，中华书局，2008 年，第187 页。

③ 〔清〕刘宝楠撰，高流水点校：《论语正义》，中华书局，1990 年，第 237 页。

④ 〔清〕刘宝楠撰，高流水点校：《论语正义》，中华书局，1990 年，第 474 页。

⑤ 〔清〕刘宝楠撰，高流水点校：《论语正义》，中华书局，1990 年，第 349 页。

⑥ 〔清〕焦循撰，沈文倬点校：《孟子正义》，中华书局，1987 年，第 563 页。

月有明,容光必照焉。流水之为物也,不盈科不行。君子
之志于道也,不成章不达。①

徐子所问,说明时人都注意到了孔子对"水之哲学",或者
说"水德"文化意味的兴趣。而孟子的回答、阐发都同样是从
这个角度的阐释,亦即"水"不仅是自然物质,更象征了人的可
贵的精神品质。孟子还以"水"比喻仁政的力量:"民之归仁
也,犹水之就下。"②"民归之,犹水之就下,沛然谁能御之。"③

有趣的是,《孟子》中,还有这样一段与"水"文化有关的
文字:

> 有孺子歌曰:"沧浪之水清兮,可以濯我缨! 沧浪之
> 水浊兮,可以濯我足!"孔子曰:"小子听之,清斯濯缨,浊
> 斯濯足矣。自取之也。"④

前面我们引述的屈原《渔父》中,这段歌谣乃出自渔父之
口,是一种"江湖"意识的体现。这里却出自孔子之口,而且是
对弟子们处世之道的训诲。这段话有不同理解的可能,这里
不展开讨论。引述于此,是要说明,先秦诸子对"水"的文化意
味普遍具有兴趣,而且在话语方面也有所交集。

水的意象、渔父的意象,与自由的追求、人生的智慧相关

---

① 〔清〕焦循撰,沈文倬点校:《孟子正义》,中华书局,1987 年,第 913 页。
② 〔清〕焦循撰,沈文倬点校:《孟子正义》,中华书局,1987 年,第 505 页。
③ 〔清〕焦循撰,沈文倬点校:《孟子正义》,中华书局,1987 年,第 73 页。
④ 〔清〕焦循撰,沈文倬点校:《孟子正义》,中华书局,1987 年,第 498 页。

联,这在后世的诗文中几乎具有了"母题"的意义。由此生发的作品不胜枚举。这里且先举一例。黄庭坚《书酺池寺书堂》云:"小黠大痴螳捕蝉,有余不足夔怜蚿。退食归来北窗梦,一江风月趁渔船。"[①]梦中暂得自由,其表现便是泛舟江上,融入自然。

要而言之,和"江湖"意象密切相关的"水"意象,在本源上就带有了智慧、旷远的基因。

第三节　另一种源头——范蠡的"江湖"

若说"渔父"意象所表现的是士人在精神上所向往的生活状态,那么范蠡便是士大夫们在现实中所期许的人生状态——功成名就而后隐退江湖。范蠡的人生被当作完满、成功的范例,为历代骚人墨客不断歌颂。狂傲的李白甚至有"申管晏之谈,谋帝王之术。奋其智能,愿为辅弼,使寰区大定,海县清一。事君之道成,荣亲之义毕,然后与陶朱、留侯,浮五湖,戏沧洲,不足为难矣。即仆林下之所隐容,岂不大哉"[②]的愿望,以范蠡与张良作为自己人生的榜样,可见范蠡泛舟五湖对于士人思想影响之深。而范蠡以功成名就之后隐退收尾人生,也丰富了"江湖"意蕴——远遁"江湖"并不一定要像庄、屈笔下的渔父那般径自放弃、脱离世俗生活,也可以在庙堂之上

---

① 〔宋〕黄庭坚著,〔宋〕任渊、史容、史季温注:《山谷诗集注》,上海古籍出版社,2003 年,第 265 页。

② 〔唐〕李白著,〔清〕王琦注:《李太白全集》,中华书局,1977 年,第1225 页。

兼济天下、功成名就,然后摆脱名缰利索,在"江湖"之中乐享雅致的生活,同时保有潇洒高洁的精神世界。

一

先秦文献中提及范蠡的不少,但叙述详细的却不多。

较早出现范蠡事迹的当属《墨子》,其《所染》篇云:

> 齐桓染于管仲、鲍叔,晋文染于舅犯、高偃,楚庄染于孙叔、沈尹,吴阖闾染于伍员、文义,越勾践染于范蠡、大夫种。此五君者,所染当,故霸诸侯,功名传于后世。[1]

这里的范蠡,是被当作贤臣良辅的典范而称道。这个说法影响到《吕氏春秋》《韩非子》,前者在《当染》篇几乎是直接移录了《墨子》过来:

> 齐桓公染于管仲、鲍叔,晋文公染于咎犯、郤偃,荆庄王染于孙叔敖、沈尹蒸,吴王阖庐染于伍员、父之仪,越王勾践染于范蠡、大夫种。此五君者,所染当,故霸诸侯,功名传于后世。[2]

在《尊师》中,又变了说法,称"越王勾践师范蠡、大夫

---

① 〔清〕孙诒让撰,孙启治点校:《墨子间诂》,中华书局,2001年,第14页。

② 许维遹集释,梁运华整理:《吕氏春秋集释》,中华书局,2009年,第49—50页。

种"①,与《当染》角度稍异,其义则同。不过,《吕氏春秋》在《长攻》篇中对范蠡的事迹另有记述:

> 越国大饥,王恐,召范蠡而谋。范蠡曰:"王何患焉?今之饥,此越之福而吴之祸也。夫吴国甚富而财有余,吴王年少,智寡才轻,好须臾之名,不思后患。王若重币卑辞以请籴于吴,则食可得也。食得,其卒越必有吴,而王何患焉?"越王曰:"善。"乃使人请食于吴,吴王将与之。②

对范蠡的智谋以及与勾践的关系,都讲得比较具体了。而在《悔过》篇还提到一句:"范蠡流乎江。"高诱注云:"佐越王勾践灭吴,雪会稽之耻,功成而还,轻舟浮于江而去也。"③这便把范蠡事迹中最具特色的内容彰显出来了。

《韩非子》则在《说疑》中对"染""师"之说有所变通:

> 若夫后稷、皋陶、伊尹、周公旦、太公望、管仲、隰朋、百里奚、蹇叔、舅犯、赵衰、范蠡、大夫种、逢同、华登,此十五人者为其臣也,皆夙兴夜寐,卑身贱体,竦心白意,明刑辟、治官职以事其君,进善言、通道法而不敢矜其善,有成功立事,而不敢伐其劳,不难破家以便国,杀身以安主,以

---

① 许维遹集释,梁运华整理:《吕氏春秋集释》,中华书局,2009 年,第 92 页。

② 许维遹集释,梁运华整理:《吕氏春秋集释》,中华书局,2009 年,第 332 页。

③ 许维遹集释,梁运华整理:《吕氏春秋集释》,中华书局,2009 年,第 408 页。

其主为高天泰山之尊，而以其身为壑谷釜洧之卑，主有明名广誉于国，而身不难受壑谷釜洧之卑。如此臣者，虽当昏乱之主，尚可致功，况于显明之主乎？此谓霸王之佐也。[①]

他从法家的立场出发，既肯定了范蠡的才能，又称赞了他（及其他十四人）"成功立事而不敢伐其劳"，对君主的绝对忠心。这显然是和这些人物特别是范蠡，处理功成之后的君臣关系相关的。

所记范蠡事迹较为完备，且对后世文人产生直接影响的文献当属《国语》。

其《越语下》记述范蠡之事甚详，竟至于三千言有余，为书中所仅有。由于篇幅过长，这里略过其中往复谋议部分，节录如下：

> 越王勾践即位三年而欲伐吴，范蠡进谏曰："夫国家之事，有持盈，有定倾，有节事。"王曰："为三者奈何？"范蠡对曰："持盈者与天，定倾者与人，节事者与地。王不问，蠡不敢言。天道盈而不溢，盛而不骄，劳而不矜其功。夫圣人随时以行，是谓守时，天时不作，弗为人客；人事不起，弗为之始。今君王未盈而溢，未盛而骄，不劳而矜其功，天时不作，而先为人客，人事不起，而创为之始，此逆

---

① 〔清〕王先慎撰，钟哲点校：《韩非子集解》，中华书局，1998 年，第 403—404 页。

于天而不和于人。王若行之,将妨于国家,靡王躬身。"王弗听。范蠡进谏曰:"夫勇者,逆德也;兵者,凶器也;争者,事之末也。逆谋阴德,好用凶器,始于人者,人之所卒也。淫佚之事,上帝之禁也。先行此者不利。"王曰:"无是贰言也。吾已断之矣!"果兴师而伐吴,战于五湖,不胜,栖于会稽。

王召范蠡而问焉,曰:"吾不用子之言,以至于此,为之奈何?"范蠡对曰:"君王其忘之乎:持盈者与天,定倾者与人,节事者与地。"王曰:"与人奈何?"对曰:"卑辞尊礼,玩好女乐,尊之以名。如此不已,又身与之市。"王曰:"诺。"乃令大夫种行成于吴,曰:"请士女女于士,大夫女女于大夫,随之以国家之重器。"吴人不许。大夫种来而复往,曰:"请委管籥,属国家,以身随之,君王制之。"吴人许诺。王曰:"蠡为我守于国。"范蠡对曰:"四封之内,百姓之事,蠡不如种也。四封之外,敌国之制,立断之事,种亦不如蠡也。"王曰:"诺。"令大夫种守于国,与范蠡入宦于吴。

三年而吴人遣之。归及至于国,王问于范蠡曰:"节事奈何?"范蠡对曰:"节事者与地。唯地能包万物以为一,其事不失,生万物,容畜禽兽,然后受其名而兼其利。美恶皆成,以养其生。时不至,不可强生;事不究,不可强成。自若以处,以度天下,待其来者而正之,因时之所宜而定之。同男女之功,除民之害,以避天殃,田野开辟,府仓实,民众殷。无旷其众,以为乱梯。时将有反,事将有间，必有以知天地之恒制，乃可以有天下之成利。事无间，时无反，则抚民保教以须之。"

王曰："不谷之国家，蠡之国家也，蠡其图之。"范蠡对曰："四封之内，百姓之事，时节三乐，不乱民功，不逆天时，五谷睦熟，民乃蕃滋，君臣上下，交得其志，蠡不如种也。四封之外，敌国之制，立断之事，因阴阳之恒，顺天地之常，柔而不屈，强而不刚，德虐之行，因以为常；死生因天地之刑，天因人，圣人因天；人自生之，天地形之，圣人因而成之。是故战胜而不报，取地而不反，兵胜于外，福生于内，用力甚少，而名声章明，种亦不如蠡也。"王曰："诺。"令大夫种为之……①

范蠡不报于王，击鼓兴师以随使者，至于姑苏之宫，不伤越民，遂灭吴。

反至五湖，范蠡辞于王曰："君王勉之，臣不复入越国矣。"王曰："不谷疑子之所谓者何也？"对曰："臣闻之，为人臣者，君忧臣劳，君辱臣死。昔者君王辱于会稽，臣所以不死者，为此事也。今事已济矣，蠡请从会稽之罚。"王曰："所不掩子之恶，扬子之美者，使其身无终没于越国。子听吾言，与子分国。不听吾言，身死，妻子为戮。"范蠡对曰："臣闻命矣。君行制，臣行意。"遂乘轻舟以浮于五湖，莫知其所终极。

王命工以良金写范蠡之状而朝礼之，浃日而令大夫

---

① 徐元诰集解，王树民、沈长云点校：《国语集解》，中华书局，2002 年，第 575—579 页。

朝之。环会稽三百里者以为范蠡地,曰:"后世子孙,有敢侵蠡之地者,使无终没于越国,皇天后土、四乡地主正之!"①

这里特别值得注意的是对于范蠡与勾践关系的铺陈。可以说描写之细,史籍之中罕有。一方面突出了范蠡的智慧——不仅料事如神,而且在谋略性的后面还表现出深刻的哲理思考。另一方面是勾践对范蠡的高度依赖——几乎每个环节都要听从范蠡的分析、决断,偶尔违逆则陷入困境(这一点很像《三国演义》中刘备与诸葛亮的关系。换言之,《三国演义》的描写似受到范蠡事迹的影响)。正因为如此,当大功告成之时,范蠡突然提出"辞于王"时,才会对读者产生巨大的心理冲击力,"遂乘轻舟以浮于五湖"的人生选择也才会带给读者以深思,以如释重负之感。而正是由于这一转折,使得范蠡成为一系列"帝王之师"中非常独特的形象,也成为"江湖"文化中别有意味的一个典型。

从范蠡为勾践谋划的方略中,可以看出他的思想接近于老子,如"道盈而不溢,盛而不骄,劳而不矜其功。夫圣人随时以行,是谓守时"。而其在用兵时也秉承着这一理念,"臣闻古之善用兵者,赢缩以为常,四时以为纪,无过天极,究数而止。天道皇皇,日月以为常,明者以为法,微者则是行"②。当他决

---

① 徐元诰集解,王树民、沈长云点校:《国语集解》,中华书局,2002 年,第588－589 页。

② 徐元诰集解,王树民、沈长云点校:《国语集解》,中华书局,2002 年,第584 页。

意退隐时,对勾践讲:"君行制,臣行意。"同样是一派道家注重精神自由、自适其适的人生姿态。

范蠡的"乘轻舟以浮于五湖",与《庄子》《楚辞》中的"江湖"文化相比,共同点是主动疏离于庙堂,追求个体自由的生存。不同之处则有三点。一是庄、骚是寓言,"渔父"是虚构的形象;范蠡却是真实的历史人物。二是庄、骚笔下的渔父似乎生来就是纯粹的隐者,而范蠡却有叱咤风云、功成名就的大政治家、大军事家的人生经历,也就是所谓的"成功人士"。三是范蠡在一帆风顺,又受到君主高度的推崇之时,却主动放弃了显赫的庙堂地位,急流勇退。正是由于这三点,使得范蠡成为"另一种"江湖文化的代表,就是"欲回天地入扁舟"人生理想的寄寓者。

当然,在飘然而入江湖这一点上,"渔父"与范蠡的共同点更为重要一些,这就是疏离庙堂,智慧人生。

在范蠡的带有传奇色彩事迹中,还有一个更具传奇性的因素,彰显了"渔父"与范蠡在"江湖"中的关联。这个因素就是计然的传说。关于计然,有无其人,古代的学者已是意见纷纭。这里我们无暇细论。宋人高似孙的《子略》中,有关于计然的事迹:

> 初,有计然者,遨游海泽,自称渔父。蠡有请曰:"先生有阴德,愿令越社稷长保血食。"计然曰:"越王鸟喙,不可以同利。"蠡之智,其有决于此乎! ……其言之妙者,有曰:"圣人之变,如水随形。"蠡之所以俟时而动,见几而作

者,其亦有得乎此。①

这里的计然,原是"遨游海泽,自称渔父"的隐士。"海泽"即"江湖"的另一称谓。是他以奇计助范蠡成功,又在关键问题上指导范蠡功成身退。而他自称"渔父",又推崇"水"的智慧。据说范蠡的智慧、范蠡的决断,都是"有决于此""有得乎此"。姑不论此说可靠程度如何,而从中显示出古人对于范蠡与"江湖"文化、"渔父"意象,以及"水"哲学之间密切的关联的看法,则是毫无疑义的了。

二

时至两汉,范蠡"事迹"逐渐增多,《史记》中的范蠡形象是对《国语》的踵事增华,《汉书》稍有发挥,而此后的《越绝书》《吴越春秋》则是以《史记》《汉书》为蓝本,进行更深层次的书写,逐渐塑造出一个传奇化的范蠡——集智慧、超脱、忠贞甚至是多情于一身的完美形象。

《史记·越世家》:

> 范蠡事越王勾践,既苦身勠力,与勾践深谋二十余年,竟灭吴,报会稽之耻。北渡兵于淮以临齐、晋,号令中国,以尊周室。勾践以霸,而范蠡称上将军。还反国,范蠡以为大名之下,难以久居,且勾践为人可与同患,难与

---

① 〔宋〕高似孙撰,王群栗点校:《高似孙集·子略》,浙江古籍出版社,2015年,第470—471页。

处安,为书辞勾践曰:"臣闻主忧臣劳,主辱臣死。昔者君王辱于会稽,所以不死,为此事也。今既以雪耻,臣请从会稽之诛。"勾践曰:"孤将与子分国而有之。不然,将加诛于子。"范蠡曰:"君行令,臣行意。"乃装其轻宝珠玉,自与其私徒属乘舟浮海以行,终不反。于是勾践表会稽山以为范蠡奉邑。范蠡浮海出齐,变姓名,自谓鸱夷子皮,耕于海畔,苦身戮力,父子治产。居无几何,致产数千万。齐人闻其贤,以为相。范蠡喟然叹曰:"居家则致千金,居官则至卿相。此布衣之极也。久受尊名,不祥。"乃归相印,尽散其财,以分与知友乡党。而怀其重宝,间行以去,止于陶。以为此天下之中,交易有无之路通,为生可以致富矣。于是自谓陶朱公,复约要父子耕畜,废居,候时转物,逐什一之利。居无何,则致赀累巨万,天下称"陶朱公"。……故范蠡三徙,成名于天下,非苟去而已。所止必成名。卒老死于陶,故世传曰陶朱公。太史公曰……范蠡三迁皆有荣名,名垂后世。臣主若此,欲毋显得乎?[1]

与《国语》相比,司马迁对于范蠡"乘舟浮海"之后的生涯描述更为细致、具体,写他轻而易举地"致产数千万",又被聘为相国,然后意识到"久受尊名,不祥",把这一切弃之如敝屣。再次白手起家,"居无何,则致赀累巨万"。实在是太富于传奇

---

[1] 〔汉〕司马迁撰,〔南朝宋〕裴骃集解,〔唐〕司马贞索隐,〔唐〕张守节正义:《史记》,中华书局,1982年,第1751—1756页。

性了！其间还用了大量笔墨，写他营救次子的经过。既曲尽人情，又不无夸张，完全是算无遗策、世事洞明的超级智者形象——文字曲折生动，可读性很强，只是篇幅稍长，这里只好从略了。

而在《史记·货殖列传》中，司马迁更是让范蠡直白讲出"既已施于国，吾欲用之家"①，并描写其人生转折道："乃乘扁舟，浮于江湖，变名易姓，适齐为鸱夷子皮，之陶为朱公。"②又写他新的人生选择之结局："十九年之中，三致千金""子孙修业遂至巨万。"③真可谓完满的人生！

司马迁对范蠡事迹的夸张性描写，一方面源于他"好奇"的文学追求，另一方面也与他思想深处对专制政体的恐惧与疏离有关。他在《范雎蔡泽列传》中，写蔡泽劝范雎放弃权力，也是举范蠡为例："功成不去，祸至于此……范蠡知之，超然辟世，长为陶朱公。"④正反映出他的内心感受。

范蠡的文学形象在《史记》后逐渐饱满，尤其在历代文人的书写中增添了一些细节，使其性格不断丰富，使得这一形象逐渐从历史跨入了文学，使其"人臣"的历史角色转型成为潇洒、自由而又无所不能的智者形象。

<hr>

① 〔汉〕司马迁撰，〔南朝宋〕裴骃集解，〔唐〕司马贞索隐，〔唐〕张守节正义：《史记》，中华书局，1982年，第3257页。
② 〔汉〕司马迁撰，〔南朝宋〕裴骃集解，〔唐〕司马贞索隐，〔唐〕张守节正义：《史记》，中华书局，1982年，第3257页。
③ 〔汉〕司马迁撰，〔南朝宋〕裴骃集解，〔唐〕司马贞索隐，〔唐〕张守节正义：《史记》，中华书局，1982年，第3257页。
④ 〔汉〕司马迁撰，〔南朝宋〕裴骃集解，〔唐〕司马贞索隐，〔唐〕张守节正义：《史记》，中华书局，1982年，第2423页。

在《越语下》中的范蠡,多次表现出顺天自然的观念,如指出"天道盈而不溢,盛而不骄,劳而不矜其功。夫圣人随时以行,是谓守时","因阴阳之恒,顺天地之常,柔而不屈,强而不刚,德虐之行,因以为常;死生因天地之刑,天因人,圣人因天;人自生之,天地形之,圣人因而成之"。这与老子对天道的解释——"天之道,不争而善胜,不言而善应,不召而自来,坦然而善谋"[①]形成呼应。正因为如此,才有了"君行制,臣行意"的人生抉择。统而观之,道家的人生哲理——自由意志、顺天自然是此时范蠡形象的基本底色。

到了《史记》,范蠡形象的政治色彩逐渐浓厚起来。其形象的变化,很大程度上是与司马迁对"当代史"的认知相关的。

司马迁在《史记》中并未给范蠡单独列传,范蠡的故事散落在《越王勾践世家》与《货殖列传》中。其中有范蠡泛舟五湖后的续写,称其化名"鸱夷子皮""陶朱公",这使得后人常以此称呼入诗入词(前人对此多有研究,不再赘述)。《史记·越世家》中的范蠡在《越语下》的基础上增添了一些与政治活动有关的描写,使得范蠡与越王勾践、大夫种的形象,特别是彼此之间的关系,常常闪现出张良、刘邦与韩信、萧何的影子。

在《史记·越世家》中范蠡称"兵甲之事,种不如蠡;镇抚国家,亲附百姓,蠡不如种",而在《史记·高祖本纪》中相似的表达则出自刘邦之口:"夫运筹策帷帐之中,决胜于千里之外,吾不如子房。镇国家,抚百姓,给馈饷,不绝粮道,吾不如萧

---

① 〔魏〕王弼注,楼宇烈校释:《老子道德经注校释》,中华书局,2008 年,第181—182 页。

何。连百万之军,战必胜,攻必取,吾不如韩信。"①张良在汉高祖称帝后飘然远引,从赤松子游,则与范蠡飘然远引泛舟五湖相似。而面对封赏时,张良称:"始臣起下邳,与上会留,此天以臣授陛下。陛下用臣计,幸而时中,臣原封留足矣,不敢当三万户。"②而范蠡也是功成不居,"从头说起":"昔者君王辱于会稽,所以不死,为此事也。今既以雪耻,臣请从会稽之诛。"两人皆以尽人臣之责为由拒绝了厚赏,并淡出朝廷。

　　然而范蠡形象成为司马迁间接表达政治观点的手法,更多的是在韩信与刘邦之间的恩怨上。韩信曾认为:"汉王遇我甚厚,载我以其车,衣我以其衣,食我以其食。吾闻之,乘人之车者载人之患,衣人之衣者怀人之忧,食人之食者死人之事,吾岂可以乡利倍义乎!"③对此司马迁借蒯生之口表现出自己的观点:

　　　　患生于多欲而人心难测也。今足下欲行忠信以交于汉王,必不能固于二君之相与也,而事多大于张黡、陈泽。故臣以为足下必汉王之不危己,亦误矣。大夫种、范蠡存亡越,霸勾践,立功成名而身死亡。野兽已尽而猎狗亨。夫以交友言之,则不如张耳之与成安君者也;以忠信言

　　①　〔汉〕司马迁撰,〔南朝宋〕裴骃集解,〔唐〕司马贞索隐,〔唐〕张守节正义:《史记》,中华书局,1982年,第381页。
　　②　〔汉〕司马迁撰,〔南朝宋〕裴骃集解,〔唐〕司马贞索隐,〔唐〕张守节正义:《史记》,中华书局,1982年,第2042页。
　　③　〔汉〕司马迁撰,〔南朝宋〕裴骃集解,〔唐〕司马贞索隐,〔唐〕张守节正义:《史记》,中华书局,1982年,第2624页。

之,则不过大夫种、范蠡之于勾践也。此二人者,足以
观矣。①

　　且特别提到范蠡、大夫种之间的政治关系及结果,无非
"霸勾践,立功成名而身死亡。野兽已尽而猎狗亨"。更有甚
者司马迁为了能将自己这一观点表现得更有说服力,不惜改
动故事原貌。《史记·越王勾践世家》中曾有这样一段描述:

　　　　范蠡遂去,自齐遗大夫种书曰:"蜚鸟尽,良弓藏;狡
　　兔死,走狗烹。越王为人长颈鸟喙,可与共患难,不可与
　　共乐。子何不去?"种见书,称病不朝。人或谗种且作乱,
　　越王乃赐种剑曰:"子教寡人伐吴七术,寡人用其三而败
　　吴,其四在子,子为我从先王试之。"种遂自杀。②

　　然而遍寻先秦典籍,唯一向大夫种提出"兔死狗烹"思想
的是太宰嚭,且其目的劝大夫种存敌以自保,是从反面利用
"兔死狗烹"之说的。其文见于《韩非子》:

　　　　越王攻吴王。吴王谢而告服。越王欲许之,范蠡、大
　　夫种曰:"不可。昔天以越与吴,吴不受,今天反夫差,亦
　　天祸也。以吴予越,再拜受之,不可许也。"太宰嚭遗大夫

---

　　①　〔汉〕司马迁撰,〔南朝宋〕裴骃集解,〔唐〕司马贞索隐,〔唐〕张守节正义:
《史记》,中华书局,1982年,第2624—2625页。
　　②　〔汉〕司马迁撰,〔南朝宋〕裴骃集解,〔唐〕司马贞索隐,〔唐〕张守节正义:
《史记》,中华书局,1982年,第1746—1747页。

种书曰:"狡兔尽则良犬烹,敌国灭则谋臣亡。大夫何不释吴而患越乎?"大夫种受书读之,太息而叹曰:"杀之,越与吴同命。"①

司马迁把这段话归到了范蠡名下,又更改史实,把范蠡也含混地写成了"立功成名而身死亡",就是要突出政坛险恶,伴君如伴虎的题旨。更是在《淮阴侯列传》中再次强调了这一观点:"果若人言,'狡兔死,良狗亨;高鸟尽,良弓藏;敌国破,谋臣亡。'天下已定,我固当烹!"

两篇相互对比,明显可能出刘邦与勾践之间,韩信与大夫种之间,张良与范蠡之间都存在着一定程度的相似之处。范蠡的智慧某种程度上在张良身上得以体现,故此张良的选择也可看作范蠡的翻版。司马光曾评论张良道:

> 自古及今,固未尝有超然而独存者也。以子房之明辨达理,足以知神仙之为虚诡矣,然其欲从赤松子游者,其智可知也。夫功名之际,人臣之所难处。如高帝之所称者,三杰而已,淮阴诛夷,萧何系狱,非以履盛满而不止耶?故子房托于神仙,遗弃人间,等功名于外物,置荣利而不顾,所谓明哲保身者,子房有焉。②

---

① 〔清〕王先慎撰,钟哲点校:《韩非子集解》,中华书局,1998 年,第 247 —248 页。

② 〔宋〕司马光编著,〔元〕胡三省音注:《资治通鉴》,中华书局,1956 年,第 363 页。

可见,范蠡与张良成了同一个理想的人物类型,即高度智慧,成功立业,同时又浸染道家的观念,明哲保身,自适其适。在全身远害这一点上,司马迁的渲染使得范蠡的形象更显饱满。司马迁所写范蠡泛舟五湖后的生活状态,虽然历代皆有批驳其夸张,不尽属实,但后世文人还是颇多宁信其有——这种带有喜剧色彩的结局,投射着自负才略的读书人的美梦,同时也在文学书写中为自己争取到了更为广阔的空间。

班固《汉书》的《货殖传》几乎全抄太史公。至东汉末年,又有《越绝书》与《吴越春秋》问世,专记吴越的兴衰恩怨。前者叙述与议论并重,站在儒家的立场上评价吴越历史上这几个人物。相对而言,对文种的功劳更看重一些。与前面的《史》《汉》相比,文种的灭吴计策中出现了美女西施与郑旦。而范蠡的去国则不是那么潇洒,而是看到勾践阴鸷的表现后,占卜"兆言其灾",然后"见利与害,去于五湖"①。而后者叙事更有条理,也更加详细,不过小说气却也更为明显,如越女持剑与袁公角技,美女西施郑旦的歌舞训练,伍子胥显灵阻挡越军,等等。其中对于文种之死,描写较前人生动、细致,更好地反衬出范蠡泛舟江湖的明智。这些都成为后世戏曲、小说的素材,也由此扩大了范蠡功成身退、泛舟江湖、变身陶朱的影响。

三

如果说自先秦到两汉,范蠡的形象经由了一个庙堂能臣

---

① 李步嘉校释:《越绝书校释》,中华书局,2013年,第368页。

到庙堂能臣与江湖智者混合体的过程,那么,在唐宋两代,后者的比例明显增加,成为文人笔下的主调。范蠡已经不再仅限于有政治智慧的忠义之臣,更是富有自觉高蹈情怀的智者。唐人有感慨其智慧与超脱,"范蠡功成身隐遁,伍胥谏死国消磨"(鱼玄机《浣纱庙》)①,"范蠡何智哉!单舟戒轻装"(王绩《赠梁公》)②。也有因范蠡精神而感慨现实中士人趋之若鹜之态,"不知范蠡乘舟后,更有功臣继踵无"(胡曾《咏史诗·五湖》)③。而范蠡形象因其泛舟江湖而将"江湖"的意涵更为生动、丰富地表现出来。温庭筠的《利州南渡》就曾有"谁解乘舟寻范蠡,五湖烟水独忘机"④感慨。而高适甚至将范蠡与庄子相提并论:"天地庄生马,江湖范蠡舟。逍遥堪自乐,浩荡信无忧。"(《古乐府飞龙曲留上陈左相》)⑤

孟郊的《隐士》在表达范蠡道教智者精神上显得尤为突出:

> 本末一相返,漂浮不还真。山野多饿士,市井无饥人。虎豹忌当道,麋鹿知藏身。奈何贪竞者,日与患害亲。颜貌岁岁改,利心朝朝新。孰知富生祸,取富不取

---

① 陈文华校注:《唐女诗人集二种》,上海古籍出版社,1984年,第100页。

② 〔唐〕王绩著,韩理洲校点:《王无功文集(五卷本会校)》,上海古籍出版社,1987年,第72页。

③ 〔清〕彭定求等编:《全唐诗》,中华书局,1960年,第7421页。

④ 〔唐〕温庭筠著,刘学锴校注:《温庭筠全集校注》,中华书局,2007年,第299页。

⑤ 〔唐〕高适著,刘开扬笺注:《高适诗集编年笺注》,中华书局,1981年,第197页。

贫。宝玉忌出璞,出璞先为尘。松柏忌出山,出山先为
薪。君子隐石壁,道书为我邻。寝兴思其义,澹泊味始
真。陶公自放归,尚平去有依。草木择地生,禽鸟顺性
飞。青青与冥冥,所保各不违。①

　　孟郊笔下范蠡"自放归"的行为是庄子精神的体现,也是
在中唐时期士人心态的体现,由于政治、社会以及士人敏感的
心境等多方面原因,隐逸是当时文人心头徘徊最多的旋律。
隐者是范蠡在唐诗中出现频率最高的一种形象。作为隐士有
功成身退的积极形象,自然有无奈感慨的消极表达,刘长卿便
是借范蠡表达消极情绪的代表:"退身高卧楚城幽,独掩闲门
汉水头。春草雨中行径没,暮山江上卷帘愁。几人犹忆孙弘
阁,百口同乘范蠡舟。早晚却还丞相印,十年空被白云留。"
(《汉阳献李相公》)②然而为范蠡赋予这种情绪并非刘长卿首
创,更有诗仙李白的"东流送白日,骤歌兰蕙芳。仙宫两无从,
人间久摧藏。范蠡说勾践,屈平去怀王。飘飘紫霞心,流浪忆
江乡"(《留别曹南群官之江南》)③作为先例。
　　范蠡形象作为隐士的文学内涵自然无法逃过与陶渊明的
比较,如颇愿将两人相提并论的白居易:"久为云雨别,终拟
江湖去。范蠡有扁舟,陶潜有篮舆。"(《和三月三十日四十

　　① 〔唐〕孟郊著,华忱之、喻学才校注:《孟郊诗集校注》,人民文学出版社,
1995年,第83页。
　　② 〔唐〕刘长卿著,储仲君笺注:《刘长卿诗编年笺注》,中华书局,1996年,
第334页。
　　③ 〔唐〕李白著,〔清〕王琦注:《李太白全集》,中华书局,1977年,第708页。

韵》）①白居易在《酬别周从事二首》中更有："腰痛拜迎人客
倦，眼昏勾押簿书难。辞官归去缘衰病，莫作陶潜范蠡看。"②
两人皆为隐士，皆对于隐逸的江湖生活有着怡然自乐的心态，
又都有主动逃离宦海的行为，故常被后人借来对比，表达对隐
逸生活的向往。

宋人笔下的范蠡依旧是智者的代表，然而他们对于智者
的评价标准已经不仅仅限于道家精神中全身远害的行为，还
有审时度势的思维方式，故此范蠡智者的形象中能否将两点
相容便成为他们书写中最为重要的标准。

相对于唐人在面对政治失意时的抨击政治黑暗，疏解内
心苦闷而言，宋人往往能以更为豁达的心性面对政治打击与
磨难，他们能够更好地自我排解和调试，故此即便身处困境依
然向往美好，心存希望。苏轼便是这一现象的代表人物，他的
《减字木兰花·寓意》便将这种调试与排解一一展示出来：

> 云鬟倾倒，醉倚阑干风月好。凭仗相扶，误入仙家碧
> 玉壶。　连天衰草，下走湖南西去道。一舸姑苏，便逐
> 鸱夷去得无。③

《菩萨蛮·杭妓往苏迓新守》亦然：

① 〔唐〕白居易撰，顾学颉校点：《白居易集》，中华书局，1979年，第481页。
② 〔唐〕白居易撰，顾学颉校点：《白居易集》，中华书局，1979年，第550页。
③ 〔宋〕苏轼著，〔清〕朱孝臧编年，龙榆生校笺，朱怀春标点：《东坡乐府
笺》，上海古籍出版社，2009年，第440页。

玉童西迓浮丘伯,洞天冷落秋萧瑟。不用许飞琼,瑶
台空月明。清香凝夜宴,借与韦郎看。莫便向姑苏,扁舟
下五湖。[1]

与苏轼不同,辛弃疾在书写范蠡的智者形象时更多了一
份政治家的认识与审时度势的态度。但也不可否认,两宋相
交的辛弃疾在经历国恨家仇后内心深处却依然保有着那份天
真,向往美好的闲适生活与豁达的心境。感慨着范蠡充满智
慧的人生状态:

望飞来半空鸥鹭。须臾动地鼙鼓。截江组练驱山
去,鏖战未收貔虎。朝又暮。悄惯得吴儿不怕蛟龙怒。
风波平步。看红旆惊飞,跳鱼直上,蹙踏浪花舞。 凭谁
问,万里长鲸吞吐。人间儿戏千弩。滔天力倦知何事,白
马素车东去。堪恨处,人道是属镂冤愤终千古。功名自
误。谩教得陶朱,五湖西子,一舸弄烟雨。(《摸鱼儿·观
潮上叶丞相》)[2]

他将范蠡与伍子胥的人生境遇相互比较,"属镂冤愤终千
古"与范蠡"一舸弄烟雨"的结局,文字间立见高下,不难看出
稼轩对于范蠡的喜爱与推崇。

① 〔宋〕苏轼著,〔清〕朱孝臧编年,龙榆生校笺,朱怀春标点:《东坡乐府
笺》,上海古籍出版社,2009年,第25—26页。

② 〔宋〕辛弃疾著,邓广铭笺注:《稼轩词编年笺注》,上海古籍出版社,2018
年,第54页。

朱熹在他的《水调歌头·富贵有余乐》中也表达了相同的情感：

> 富贵有余乐，贫贱不堪忧。谁知天路幽险，倚伏互相酬。请看东门黄犬，更听华亭清唳，千古恨难收。何似鸱夷子，散发弄扁舟。　鸱夷子，成霸业，有余谋。致身千乘卿相，归把钓鱼钩。春画五湖烟浪，秋夜一天云月，此外尽悠悠。永弃人间事，吾道付沧洲。①

以承继孔孟道统自命的朱夫子，却对老庄气息浓郁的范蠡大加赞扬，甚至作为人生的楷模热情讴歌，其中的消息颇值得玩味。这首词在书写范蠡形象的作品中相当突出。与前述著作相比，他不是简单地一题，而是细加描绘，并上升到哲理层面。首先他提出了"天路幽险"，祸福相依的命题。这个"天路"既可以具体到仕途，也可理解为带有神秘意味的人生。"幽险"二字出语惊人，不是人生中"翻过几个筋斗"者很难写出。然后举出李斯与陆机的人生悲剧来衬托范蠡的高明。讲到范蠡，称其"成霸业，有余谋"，一个"霸"，一个"余"，可谓范蠡超凡智慧与能力的点睛妙笔。而朱熹接下来充满向往地描画了范蠡归隐江湖的自在生活——"致身千乘卿相，归把钓鱼钩"，何等气派；"春画五湖烟浪，秋夜一天云月"，江湖景象，何等惬意；"永弃人间事，吾道付沧洲"，把这样的人生选择上升

---

① 〔宋〕朱熹撰，郭齐笺注：《朱熹诗词编年笺注》，巴蜀书社，2000 年，第 895 页。

到"道"的层面,又是何等通透、超妙! 称赞范蠡,称赞范蠡式的"江湖"人生,当以朱熹此词为压卷。同为南宋时人的范成大则将这一形象与自身的情感境遇呼应:

　　吴波浮动,看中流翻月,半江金碧。醉舞空明三万顷,不管姮娥愁寂。指点琼楼,凭虚有路,鲸背横东极。水云飘荡,阑干千丈无力。　家世回首沧洲,烟波渔钓,有鸱夷仙迹。一笑闲身游物外,来访扁舟消息。天上今宵,人间此地,我是风前客。涛生残夜,鱼龙惊听横笛。(《念奴娇·吴波浮动》)①

　　范蠡智者的形象在唐宋两代的文人笔下所呈现出来的形象虽有些许差异,但其泛舟江湖的思想表达却始终未变,这使得"江湖"在文学意涵上更显得丰富、鲜明。虽然前人也有"智者乐水"的指导精神,但有关范蠡的书写却更为具体地将江湖与智者相互联系,成为整体。

　　与唐人比,宋人生活往往更讲情趣,诗词中的范蠡形象也便多了几分生活意味。最为凸显这一特点的要数辛稼轩的《洞仙歌》。歌中的范蠡不仅生活无忧,精神充实,更有美人相伴:

　　婆娑欲舞,怪青山欢喜。分得清溪半篙水。记平沙

---

① 〔宋〕范成大著,富寿荪标校:《范石湖集》,上海古籍出版社,2006 年,第471 页。

鸥鹭,落日渔樵,湘江上,风景依然如此。

> 东篱多种菊,待学渊明,酒与诗情不相似。十里涨春波,一棹归来,只做个五湖范蠡。是则是一般弄扁舟,争知道他家,有个西子。①

不仅是稼轩,大多宋人笔下的范蠡皆然:虽退隐江湖,生活却是有滋有味。有的感叹范蠡的生财有道——"能致黄金一井,也莫负,鸱夷高兴。"(晁补之《万年欢》)②有的艳羡范蠡的情缘——"五湖闻道,扁舟归去,仍携西子。"(苏轼《水龙吟》)③有的心仪范蠡的"江湖"景致——"幸有五湖烟浪,一船风月,会须归去老渔樵。"(柳永《凤归云》)④有的想象范蠡生活的潇洒——"它日效陶朱,烹鲈鳜,酌松醪,吟笔千篇扫。"(曹冠《蓦山溪》)⑤

此外,东坡曾经在评论范蠡时曾提出过一个新奇的见解,虽与全文无关,但却很是有趣,值得一观,他认为:

> 范蠡知相其君而已。以吾相蠡,蠡亦鸟喙也。夫好货,天下之贱士也。以蠡之贤,岂聚敛积财者?何至耕于海滨,父子力作,以营千金,屡散而复积,此何为者哉?岂

① 〔宋〕辛弃疾著,邓广铭笺注:《稼轩词编年笺注》,上海古籍出版社,2018年,第 200 页。

② 〔宋〕晁补之著,刘乃昌、杨庆存校注:《晁氏琴趣外篇》,上海古籍出版社,1991 年,第 174 页。

③ 〔宋〕苏轼著,〔清〕朱孝臧编年,龙榆生校笺,朱怀春标点:《东坡乐府笺》,上海古籍出版社,2009 年,第 153—154 页。

④ 〔宋〕柳永著,薛瑞生校注:《乐章集校注》,中华书局,2012 年,第 301 页。

⑤ 唐圭璋编:《全宋词》,中华书局,1965 年,第 1538 页。

非才有余而道不足,故功成名遂身退,而心终不能自放者
乎?使勾践有大度,能始终用蠡,蠡亦非清净无为而老于
越者也。故曰:"蠡亦鸟喙也"。①

东坡做翻案文章,认为范蠡"才有余而道不足",理由是他
对于"利"的重视。若只从这一面说,东坡未免有些厚诬古
人——因为范蠡明明是几次散财的。不过,东坡的潜台词是,
范蠡也是长于权谋者,这方面与勾践并无二致。所以他泛舟
江湖的深层原因是两雄不并立。这倒也不是完全的无稽
之谈。

纵观唐宋两代文人笔下的范蠡,既是那个灭吴霸越、泛舟
五湖的历史人物,更是他们自身的情感寄托。而范蠡功成身
退的形象在士人的反复书写下成了"江湖"文化的一部分。先
秦时期,庄、骚将"江湖"的自由与庙堂的桎梏相对立,那时的
"江湖"与现实政治、世俗生活似乎没有具体的关系。而由于
范蠡的出现,使得相背的两个方面有了相互联系的纽带,为士
人的现实选择及理想寄托提供了更广阔的,同时也是更富有
弹性的空间。

需要说明的一点是,范蠡的功成身退,逍遥于江湖,虽然
在专制政体的"正统"观念中稍显异端,但是毕竟无碍于整体
统治秩序,甚至在疏解君臣紧张关系方面,具有心理减压的功
效。所以,历代朝廷均无否定范蠡的官方行为,反而给予他崇

---

① 〔宋〕苏轼撰,王松龄点校:《东坡志林》,中华书局,1981 年,第 104 —
105 页。

高的荣誉。唐代的武成王祭祀,范蠡列于两庑;到了宋代,地位进一步提升,登上了正殿陪祀。宋真宗时,一度有以道德标准甄别陪祀人选的举动,范蠡也未受到质疑①。这恐怕也是其得到大量文学书写的原因之一。当然,这也就有力地提升了雅文化中"江湖"的地位、层次。

从思想文化的角度看范蠡形象的演变与传播,其意义是多方面的。在两千余年的专制政治制度下,主流的观念是"君君臣臣父父子子",君父的权力是绝对的,是无条件、单向度的。于是有了"君叫臣死,臣不得不死""天下无不是的父母"等极端的说法。"范蠡"的存在却是在这密闭、压制的权力体制上开出了一条缝隙:"我的人生,我做主。"而且活得成功,活得潇洒,把老庄贵生重己的哲学思想落到现实操作的层面上,至少在精神上为读书人开出了一片畅快呼吸的天空——唐宋两代尤其如此。

---

① 参看《旧唐书》《新唐书》《宋史》。

第二章　诗词中的"江湖"意象

如前所述,"江湖"初生,便有了它自由、超越的精神基因,这在历代的文人士大夫笔下,发育、生长,在中国文学史的长河中,在"士文化"的谱系中,形成了丰富、灵动的图景。它是李白心中的通往仙境的桥梁,是杜甫眼中漂泊人生的缩影,是白居易调剂心理的灵药,也是苏轼放达精神的象征。他们都用自己的人生感受着"江湖",也用纸上的"江湖"充实着自己的生命。

第一节　鸟瞰:定量与定性

"江湖"及相连带的意象,自东汉末进入诗词之中,逐渐成为书写的热点。如细加检索,会发现几个有趣的现象,有的还呈现出一定的规律性。

如果我们检索《四库全书》的"集部",输入"江湖"一词,结果为:出现于 8094 卷中,计 14520 个匹配。这里必须说明的是,这两个数据并不限于诗词中的"江湖"意象,其中包括了各类文体中所使用的"江湖"这个名词。另外,有些作家,特别是李白、杜甫、苏轼这样的大家,《四库全书》所收不止一种版本,因而会重复计入。所以,这两个数字只能在相当模糊的意义上使用,只能用来说明两个问题:一是这个词汇的使用热度,二是大致比较各个朝代热度的差别。

如果只看其中的别集,且去除版本重复的因素,那么可以得到下列的结果(见表 2-1):

表 2-1　"江湖"在中国古代文献中出现的频次

朝代	先唐八代	唐五代	两宋	元	明
时间(年)	422	342	319	97	276
出现次数	25	312	4096	1210	4610
说明	自建安至隋		辽金暂略		

这是一个非常粗略的统计,我们的目的只要看一看"江湖"这个名词被使用的大致趋势。显然,尽管粗略,我们的目的还是达到了。因为太明显了:唐前只是在很个别的文本中出现,唐代有明显的增加,但仍然不是普遍使用的词语。到了宋代,这个词语一下子"热度"骤升,而这个热度到明代,大致没有变化。

至于现象背后的原因,且放到后面来讨论。

我们再换一个角度,继续从量化的视角,对上述结果作一验证。

晚明曹学佺编有《石仓历代诗选》,据《四库总目提要》:"是编所选历代之诗,上起古初,下迄于明。凡古诗十三卷、唐诗一百卷、拾遗十卷、宋诗一百七卷、金元诗五十卷、明诗初集八十六卷、次集一百四十卷……止于嘉、隆。"虽为选本,"学佺本自攻诗,故所去取亦大都不乖风雅之旨"①。所以用来作为前一统计的补充,有两个价值:一是时间跨度大体相当,易于相互比较;二是所选纯为诗歌作品,更贴近我们研究的目标。于是,可以得到以下结果(见表 2-2):

表 2-2　"江湖"在《石仓历代诗选》中不同时代出现的频次

朝代	先唐八代	唐五代	两宋	金元	明
时间(年)	422	342	319	167	276
出现次数	5	49	101	41	240
说明	自建安至隋			金仅元好问	至嘉靖

《石仓历代诗选》带有一定的随机性,所以此表也只是在粗线条的意义上观察诗歌中"江湖"一词使用情况的变化趋势。这一点,显然是与前一统计基本吻合的。至于使用了"江湖"这一名词,能称之为"意象"的究竟几何? 换言之,具有超越地理本义的文化意味者,情况如何? 这便需要在此基础上再深入一层,到具体作家、具体文本的层面上再做考察。

先唐的诗文中,"江湖"字样出现甚少,带有文化意味的更属凤毛麟角。较早的篇什有曹植的《杂诗》,其中有"之子在万里,江湖迥且深。方舟安可极,离思故难任"②。"江湖"与"万里"相连,主要还是地理的义项。虽然隐隐透出环境险恶的意味,但还是由地理的意义上生发出来的。

这一段,与我们前一章讨论的先秦庄、骚以及范蠡故事中

---

① 〔清〕永瑢等撰:《四库全书总目》,中华书局,第 1719 页。
② 〔三国魏〕曹植著,赵幼文校注:《曹植集校注》,中华书局,2016 年,第 373 页。

的"江湖"意味相关的诗文屈指可数,比较有影响的是潘岳《秋兴赋》的序:

> 晋十有四年,余春秋三十有二,始见二毛。以太尉掾兼虎贲中郎将,寓直于散骑之省。高阁连云,阳景罕曜,珥蝉冕而袭纨绮之士,此焉游处。仆野人也,偃息不过茅屋茂林之下,谈话不过农夫田父之客。摄官承乏,猥厕朝列,夙兴晏寝,匪遑底宁,譬犹池鱼笼鸟,有江湖山薮之思。于是染翰操纸,慨然而赋。①

　　潘岳为西晋著名文人,厕身于"三张二陆两潘一左"之列,此文也传诵于一时。其中所谓"野人""江湖山薮之思"云云,颇有《庄子》的风神、高致。三百年后庾信在《预麟趾殿校书和刘仪同》中有"连云虽有阁,终欲想江湖"②,即从潘文化出。不过,一是文坛尚未成风气,二则潘岳言清行浊,以致后世有"高情千古闲居赋,争信安仁拜路尘"③之诮。

　　先唐诗人中,使用"江湖"一词最有影响的诗人为陶渊明,其《与殷晋安别》有"良才不隐世,江湖多贱贫。脱有经过便,念来存故人"④。良才指殷晋安,贱贫乃自况。这里的"江湖"

---

　　① 〔清〕严可均编:《全上古三代秦汉三国六朝文》,中华书局,1958 年,第1980 页。

　　② 〔北周〕庾信撰,〔清〕倪璠注,许逸民点校:《庾子山集注》,中华书局,1980 年,第 266 页。

　　③ 〔金〕元好问著,狄宝心校注:《元好问诗编年校注》,中华书局,2011 年,第 51 页。

　　④ 〔东晋〕陶渊明撰,袁行霈笺注:《陶渊明集笺注》,中华书局,2003 年,第155 页。

与"隐世"同义。陶为"隐逸诗人之宗"①,而作品中"江湖"字样仅此一例,可见当时"江湖"还没有进入人们的习惯语言序列。这一历史时段中集子中出现"江湖"最多的为庾信。但其诗作中亦仅上述一例。其余三例分别见于赋、连珠等,而意义也只是在地理方面。他的集中,"扁舟"出现两次,也与诗作无关,且只是器具性的本义。

　　唐初近百年间,"江湖"仍未进入文坛的常用话语体系。检索《四库全书》,玄宗之前近百年的诗文集中,"江湖"仅出现了 27 次,其中王勃的《王子安集》16 次,余者共 11 次。王勃虽使用较多,但皆见于赋、序、启、碑等文体中,且大部分是用其地理本义。

　　这一局面的改变大约在开天之际。太白肇其端,老杜扬其波。这与安史之乱造成的社会动荡,士人流离失所有关。另外,由于安史之乱的冲击,源自汉魏六朝的门阀制度逐渐瓦解,社会结构、仕宦成分随之发生的重大变化。

　　而随着整个诗歌创作水平的提高,开元年间作品中与"江湖"相关的"扁舟""渔父"等意象,艺术表现力已有了明显的提升。兹举几首开元年间几位有影响诗人的作品:

　　　　夜寒宿芦苇,晓色明西林。初日在川上,便澄游子心。晴天无纤翳,郊野浮春阴。波静随钓鱼,舟小绿水深。出浦见千里,旷然谐远寻。扣船应渔父,因唱沧浪

---

　　① 〔南朝梁〕钟嵘著,曹旭集注:《诗品集注》,上海古籍出版社,2011 年,第337 页。

吟。(常建《晦日马镫曲稍次中流作》)①

志人固不羁，与道常周旋。进则天下仰，已之能晏然。……谪居东南远，逸气吟芳荃，适会寥廓趣，清波更夤缘。扁舟入五湖，发缆洞庭前。浩荡临海曲，迢遥济江壖。征奇忽忘返，遇兴将弥年。乃悟范生智，足明渔父贤。郡临新安渚，佳赏此城偏。日夕对层岫，云霞映晴川。……君其振羽翮，岁晏将冲天。(陶翰《赠房侍御》)②

扁舟沧浪叟，心与沧浪清。不自道乡里，无人知姓名。朝从滩上饭，暮向芦中宿。歌竟还复歌，手持一竿竹。竿头钓丝长丈馀，鼓枻乘流无定居。世人那得识深意，此翁取适非取鱼。(岑参《渔父》)③

曲岸深潭一山叟，驻眼看钩不移手。世人欲得知姓名，良久问他不开口。

笋皮笠子荷叶衣，心无所营守钓矶。料得孤舟无定止，日暮持竿何处归。(高适《渔父歌》)④

白首何老人，蓑笠蔽其身。避世长不仕，钓鱼清江滨。浦沙明濯足，山月静垂纶。寓宿湍与濑，行歌秋复春。持竿湘岸竹，爇火芦洲薪。绿水饭香稻，青荷包紫

---

①　〔唐〕常建著，王锡九校注：《常建诗歌校注》，中华书局，2018年，第91—92页。

②　〔清〕彭定求等编：《全唐诗》，中华书局，1960年，第1474页。

③　〔唐〕岑参撰，廖立笺注：《岑嘉州诗笺注》，中华书局，2004年，第418页。

④　〔唐〕高适著，刘开扬笺注：《高适诗集编年笺注》，中华书局，1981年，第50页。

鳞。 于中还自乐,所欲全吾真。而笑独醒者,临流多苦辛。(李颀《渔父歌》)①

　　岑参、高适、李颀三人的"渔父歌"有一个共同点,就是把本来以思想文化内涵为主的"渔父"充分诗意化、审美化了。诗中的渔父形象与现实中的打鱼人迥然不同,他们潇洒适意,无忧无苦,尽情享受着"江湖"生涯带来的安乐。"竿头钓丝长丈馀,鼓枻乘流无定居""世人欲得知姓名,良久问他不开口""浦沙明濯足,山月静垂纶",何等惬意!何等自足!何等傲世!这样生动、优美的形象是此前任何文本中没有的。很明显,这种形象绝非写实,亦非寓言,而是文人们美丽的梦境。常建与陶翰的两首则出现了诗人主体,他们或与渔父唱和应答——"扣舷应渔父,因唱沧浪吟",或以渔父比拟友人加以赞颂——"适会寥廓趣,清波更寅缘。扁舟入五湖,发缆洞庭前""乃悟范生智,足明渔父贤",把自己融入"渔父"的生活,融入生动、美好的"江湖"之中。此时的"江湖",此时的"渔父",比起庄、骚笔下,相同的是那份适意,那份自得,那份自然,不同的是减少了愤世,减少了疏离,减少了决绝。这与安史之乱后,老杜开始的"江湖""渔父"书写,调子上迥然有别。

　　一千年之后,康熙初年,诗人们不约而同歌吟"秋柳",成为当时士人心态的生动标识。若从这样的角度看,开元诸人以这样的类似调子的歌吟"渔父",歌吟"江湖"生涯,是不是也

_____

① 〔唐〕李颀著,王锡九校注:《李颀诗歌校注》,中华书局,2018年,第17页。

可以成为认识这个时代精神、社会心态的生动标识之一呢？

同样的题材，到了中唐，在柳宗元的笔下就分化为迥然有别的两个"渔父"，一个是闲适、优雅的形象："渔翁夜傍西岩宿，晓汲清湘然楚竹。烟销日出不见人，欸乃一声山水绿。回看天际下中流，岩上无心云相逐。"比起盛唐几位笔下的境界，似乎多了一丝神龙见首不见尾的感觉。而差别更大的是另一个形象："千山鸟飞绝，万径人踪灭。孤舟蓑笠翁，独钓寒江雪。"①孤独、倔强、高傲，没有了梦境中的潇洒，有的是"举世皆浊""举世皆醉"寒冷彻骨环境中的抗争与疏离。这既是柳宗元特殊的人生经历的折光，也在一定程度上反映出中唐社会心理、环境气氛的改编——特别是与前述开元年间那五首同题材作品作一比较的话。

葛兆光的《中国思想史》在谈到所谓"盛唐气象"时，对开元年间那些优雅、昂扬的诗作有一种"另类"的解读：

> 后代人多说"盛唐气象"如何如何，其实，从生活的富庶程度上来说是不错的，从诗赋的精彩意义上来说也是不错的，从人们接受各种文明的豁达心态上来说也是不错的，但从思想的深刻方面来说却恰恰相反。②

他认为社会大体稳定，思想整合成功之后，下层士人思想

---

① 〔唐〕柳宗元撰，尹占华、韩文奇校注：《柳宗元集校注》，中华书局，2013年，第2993页。

② 葛兆光著：《中国思想史·第二卷》，复旦大学出版社，2001年，第39—40页。

创新的空间与动力便基本消失,而"由于贡士的途径被有爵和有官的子弟垄断,其他士人寻求出路……'耻不以文章达',知识和思想在士人这种奔竞的情况下,失去了涌动的生命力与敏锐的批评力"[①]。而到了中唐韩、柳的时代,帝国的危机唤醒了士林先觉者,他们从浅薄的乐观中走出来,对国运与人生有了较前深刻的思考。

文学中"渔父""江湖"情调的变化,可以说是从特定的角度反映出了这一变化的大趋势。

这种情况到了宋代更为明显。

如前统计所显示,宋代诗作中"江湖"字样骤然大幅增加。与此同时,绝大部分作品中的"江湖"都超越了单纯的地理意义,而成为富有文化内涵的诗歌意象。与前代相比,这种内涵不仅更为丰富,而且意蕴更为宽泛。从庄、骚以及范蠡传说开始,"江湖"所承载的思想文化内容主要是对庙堂、朝廷的疏离。而在宋代诗人的笔下,这种疏离的对象延伸到了"城市",如晁补之的《渔家傲》:

> 渔家人言傲,城市未曾到。生理自江湖,哪知城市道。晴日七八船,熙然在清川。但见笑相属,不省歌何曲。忽然四散归,远处沧洲微。或云后车载,藏去无复在。至老不曲躬,羊裘行泽中。[②]

---

① 葛兆光著:《中国思想史·第二卷》,复旦大学出版社,2001年,第40页。
② 〔宋〕晁补之撰:《鸡肋集》,民国商务印书馆《四部丛刊》本,第10a页。

在这里,"江湖"是与"城市"相对的。作者用略带调侃口气的笔墨,描写了"渔家人"的生活及形象,口吻有点像现代人书写的"乡下人进城"。"哪知城市道"的笔法仿佛是写实,其实不然。一个"傲"字,一句"至老不曲躬",就显示出了内在的风骨。这个自在的渔家人,还是作者远离世俗名利的精神的寄托——不过是变形较大的寄托罢了。

"江湖"成为"城市"的对立意象,晁诗不是孤证,稍早于他的苏东坡有《和蔡准郎中见邀游西湖三首》,其一云:

> 城市不识江湖幽,如与蟪蛄语春秋。试令江湖处城市,却似麋鹿游汀洲。高人无心无不可,得坎且止乘流浮。公卿故旧留不得,遇所得意终年留。君不见抛官彭泽令,琴无弦,巾有酒,醉欲眠时遣客休。①

东坡径自把"江湖"与"城市"作为两个世界,而且彼此具有不同的世界观、价值观,以致彼此之间根本无法沟通。当然,他是把自己放到"江湖"一边,所以极力渲染"琴无弦,巾有酒,醉欲眠时遣客休"的自在、任性的生活状态。不过,东坡毕竟是东坡,在佛学的影响下,他的超越意识更强一些,所以,又讲"高人无心无不可",强调主体的意志——不过,这意志是"偏爱"江湖的。

"江湖"与"城市"相对待,这自然是与宋代城市的发展、繁

---

① 〔宋〕苏轼撰,〔清〕王文诰辑注,孔凡礼点校:《苏轼诗集》,中华书局,1982年,第338页。

荣有关,也与当时的城市文化与士人传统的价值观出现较大差异有关。

不拘形迹,心在疏离而不斤斤于地域的偏远,这是宋人对"江湖"又一种新的理解,新的表达。晁补之的《东皋》:

> 登登策策不须呼,时动圆荷触短蒲。五步濠梁亦堪乐,相忘何必是江湖。①

内心超越名利,"五步濠梁"无异于千顷烟波。有"江湖"之心、"江湖"之趣,而不必高自标榜"江湖",这也是比较典型的宋人思想风格。如"宦涂欲海久沉冥,自念虚为一世人。不向精微穷性理,多于謇浅敝精神。休论今古无穷事,且乞江湖自在身。富贵功名付儿辈,一丘一壑任吾真"②,"一丘一壑"也便是"江湖"了,因为内在的"自在"才是关键。又如"分阃南来两见秋,不才多病合归休。奔驰水陆三千里,经历江湖十四州。鲈鲙莼丝怀故里,梅花雪片送行舟。自惭尺素终无补,只为忧边白尽头"③,分明一直处身官场,担任方面重任,却也以"江湖"自况。这里的"江湖"当然有几分失意的况味,但已经不是庙堂的对立物了,而是具有了泛泛的羁旅、奔波之义。

宋人笔下的江湖,很多不再是凛然大义的自我,而是有几

---

① 〔宋〕晁补之撰:《鸡肋集》,民国商务印书馆《四部丛刊》本,第 1b 页。

② 〔宋〕蔡戡撰:《定斋集》,《丛书集成续编》第 130 册,新文丰出版公司,1989 年,第 106 页。

③ 〔宋〕蔡戡撰:《定斋集》,《丛书集成续编》第 130 册,新文丰出版公司,1989 年,第 103 页。

分和光同尘,有几分生活气息的"别业"。王安石诗中频频出现"江湖",达二十九例之多,其《送李秘校南归》云:

> 四十青衫更旅人,悠悠饥马傍沙尘。久留上国言空富,却走南州食转贫。自作诗书能见志,应知时命不关身。江湖胜事从今数,肯但悲歌寂寞滨?[①]

"江湖"不是"寂寞"之地,无须"悲歌"于斯,而是"胜事"多多,令人向往。

类似的情调并不罕见,"少并江湖鱼钓乐,绿蓑青笠鳜鱼肥"[②]"不如从此扁舟去,江上秋高蟹正肥"[③],都是把"江湖"生活化、享乐化了。

宋代诗文中的"江湖"意蕴泛化的过程中,另一种内涵渐渐滋生,显示出元明清之后"小传统"的"江湖"已在孕育之中了。

南宋后期的蔡戡在《馆职策》中分析形势:

> 流离不已,盗贼必兴;饥殍既多,疾疫将作。徐为之计,不亦晚乎! 又况江湖之间,地多薮泽,境接溪洞,其民剽悍,好乱喜争。天下无事之时,法禁严密,犹且十百为群,椎牛发冢,纵火杀人,白昼显行,吏不能制。因之以饥

---

① 〔宋〕王安石撰:《临川先生文集》,《王安石全集》第五册,复旦大学出版社,2016年,第502页。

② 〔宋〕曹勋撰:《松隐集》,民国《嘉业堂丛书》本,第8a页。

③ 〔宋〕蔡戡撰:《定斋集》,《丛书集成续编》第130册,新文丰出版公司,1989年,第103页。

馑,势必缘间而起。略而不治,恐不止于相率剽夺而已。豪侠巨寇,未必不出于此。此愚所谓内忧者是也。①

　　他说的"江湖",既包含有偏远之地的意思,也包含有下层社会、"流离"人口,甚至"豪侠巨寇"的意义。这与《水浒传》中的"江湖"已经相当接近了。这篇文章写于宋理宗时期,距宋亡四十余年。稍早些的杨万里,有《钱洪帅张伯子华学尚书移镇京口》,内云:"滕王阁上唐阿舒,春生秋杀震江湖。吏部未见张尚书,春生尽有秋杀无……"②这首诗里的"江湖"与蔡文基本同义。稍晚一些的杨万里,《赠相士蓑衣道人杜需》:"坐来小歇过眉拄,客里那能满眼酤。肯脱蓑衣借侬著,鸥边雨外且江湖。"③这里的"江湖",已经是算命先生的活动场所了。更晚一点的文天祥,有《赠萧巽斋》,萧某也是算命先生,文诗云:"易中元有命,道一万事毕。卦义六十四,萧君得其一。江湖旅琐琐,谈命以巽入。"④"旅琐琐"于"江湖",这里的"江湖"也是占卜者的活动场所了。

　　有宋一代,诗歌中出现"江湖"字样最多者为杨万里。他是南宋诗坛影响最大的三两人之一,其第一部诗集即名《江湖集》。平生九部诗集,出现"江湖"字样 79 次,且多为寄寓文化

---

　　① 〔宋〕蔡戡撰:《定斋集》,《丛书集成续编》第 130 册,新文丰出版公司,1989 年,第 72 页。

　　② 〔宋〕杨万里撰,辛更儒笺校:《杨万里集笺校》,中华书局,2007 年,第 2135 页。

　　③ 〔宋〕杨万里撰,辛更儒笺校:《杨万里集笺校》,中华书局,2007 年,第 92 页。

　　④ 〔宋〕文天祥著:《文天祥全集》,中国书店,1985 年,第 9 页。

内涵之意象。在他的笔下,"江湖"意象的思想内涵与艺术表达都有了新的变化发展。其《食老菱有感》:

> 幸自江湖可避人,怀珠韫玉冷无尘。何须抵死露头角,荇叶荷花老此身。①

这里的"老菱"看似咏物,实为寓言。菱生于江湖,菱有坚硬的两角,这些都带有咏物的意味,但细玩诗意,警世甚至牢骚的意味隐隐透出。这里的"江湖"就带有双重视野,思路显得很灵活了。又如《白莲》:

> 井花新插白芙蕖,坐看纷纷脱雪肤。自拾落英浮水面,玉舟撩乱满江湖。②

同样是咏物其表,而又别有寄寓。诗写自己的一个看似童心的举动:把白莲的落英置于水池中,如同"玉舟"泛于江湖。白莲素来象征高洁,以白莲作舟泛于江湖,其中不无自喻的意味。这样灵活使用"江湖"意象,富有生活气息,为前所未有。他的《送周元吉显谟左司将漕湖北》:

> 彼此江湖漫浪翁,相逢递宿省西东。两穷握手论诗

---

① 〔宋〕杨万里撰,辛更儒笺校:《杨万里集笺校》,中华书局,2007 年,第535 页。

② 〔宋〕杨万里撰,辛更儒笺校:《杨万里集笺校》,中华书局,2007 年,第1142 页。

后,一笑投胶入漆中。临水登山公别我,青鞋布袜我从公。貂裘已博江西艇,只待黄花半席风。①

诗里出现了"江湖漫浪"这样一个新词组。"江湖"与"漫浪"相连,强调的已经不是疏离,而是一种人生姿态。这样的词组出现于南宋诗坛,也是新的语言现象,如张扩《寄题黟县舒先生十柳轩诗》:"十柳五柳复何为,今人古人心要知……我亦江湖漫浪者,尚堪束带向群儿。"②史浩《次韵刘国正立春》:"百岁今强半,逢春却怕春。……车马繁华地,江湖漫浪身。"③张栻《次韵伯承见简探梅之什且约人日同游城东》:"江湖漫浪岁年晚,虽有梅花谁寄远? 城中可人独吴郎,不惜日力供往返。"④卫宗武《五云诗》:"乃作江湖漫浪游,奋藻扬葩肆吟笔。……何如抱书还旧隐,姑颂楚橘歌商芝。"⑤如此等等,从一个侧面反映出"江湖"意象内涵的微妙变化。

杨万里诗作中的"江湖"还有一个组合,与此相似,别有意味。其《寄题王亚夫检正不菅足斋》:

　　……天风吹来堕人寰,水精宫里作诗仙。寄笺排云叫穹昊,愿赐江湖散人号。玉皇留渠作丰年,早晚唤归香

　　① 〔宋〕杨万里撰,辛更儒笺校:《杨万里集笺校》,中华书局,2007 年,第 1037 页。

　　② 〔宋〕张扩撰:《东窗集》,清文渊阁四库全书本,第 14b 页。

　　③ 〔宋〕史浩撰,俞信芳点校:《史浩集》,浙江古籍出版社,2016 年,第 53 页。

　　④ 〔宋〕张栻撰,杨世文点校:《张栻集·新刊南轩先生文集》,中华书局,2015 年,第 702 页。

　　⑤ 〔宋〕卫宗武撰:《秋声集》,清文渊阁四库全书本,第 9b—10a 页。

案前。诗仙掉头不肯住,田园将芜梦归去。括苍山胜道
场山,向来结茅非雾间。斋房恰则斗来大,中藏世界三千
个。门前蛮触战方酣,鼻息如雷政高卧。①

"江湖散人"之类的称号,在现实生活中,既可以自诩自
命,也有朝廷封赠的情况。反映到这首诗中,就是既要选择
"高卧"的"江湖"生活,又要请"玉皇""赐号"。于是,这个"江
湖散人"就获得了两种身份,既是体制外的自由人,又获得体
制内的认可、批准,在疏离与靠拢之间就找到了平衡。

杨万里在《和严州添倅赵彦先寄四绝句》中再次使用这一
词组:"不见王孙今九春,新词丽曲爽心神。只言风月平分破,
却是江湖一散人。"②这个赵某并非隐士,而是外任闲散之职,
杨万里却以"江湖散人"称之,既显示了"江湖"一语的泛化,也
印证了前述平衡之说。

余英时曾指出中国的思想文化变迁有四个大的节点,其
中之一是由唐入宋,而其标志是"士人"成分的变化:

唐宋之际是中国史上第三个全面变动的大时代……
士在宋代取得空前未有的政治地位正是唐宋之间一系列
变动的结果……六朝、隋唐的门第传统至五代已差不多
完全断绝了。宋代的"士"绝大多数都从"四民"中产生。

① 〔宋〕杨万里撰,辛更儒笺校:《杨万里集笺校》,中华书局,2007 年,第
1712 页。
② 〔宋〕杨万里撰,辛更儒笺校:《杨万里集笺校》,中华书局,2007 年,第
1137 页。

1069 年苏辙说:"凡今农、工、商贾之家,未有不舍其旧而为士者也。"这条铁证足以说明宋代"士"即从"民"来而且人数激增。①

这种变化自然会反映到文学作品中,冷成金在《唐宋意识形态的嬗变与宋词繁荣的文化动因》一文中集中讨论了这个问题:

> 宋代消除了六朝以来的门阀士族观念,所以,宋朝的士大夫基本上没有了士、庶之别的观念。应该说,中国历史发展到宋代,封建政治、经济、文化都进入了十分成熟的阶段,是中国封建社会的"民主时期"……"文人政治"的直接结果是思想统治的宽松和感性的复苏,商业文化的刺激则从人们世俗生活的层面上刺激了人的感性需求的进一步觉醒。与唐代相比,宋代的工商业有了很大的发展,城市的功能也有了很大的改变……以中唐为界,审美趣味和文学艺术精神发生了明显的转变。②

可以说,诗歌中"江湖"意象的骤增与内涵变化与这一大的社会文化背景变迁有着隐隐的但又确实的关联,而从这个视角来看"江湖"及其相连的文学意象——与士人价值选择,与社会政治生态关联密切的文学意象,我们的认识显然能够

---

① 何俊编:《余英时学术思想文选》,上海古籍出版社,2010 年,第 568 页。

② 冷成金:《唐宋意识形态的嬗变与宋词繁荣的文化动因》,见《文学论集》编委会编《中国文学的文化思考》,人民日报出版社,2000 年,第 511—529 页。

加深一层。

当杨万里把自己的诗集命名为《江湖集》时，他一定没想到，一二十年后，一批诗人竟然扯起了大旗，大旗上大书"江湖"二字，从而形成了一个颇有影响的流派：江湖诗派。

江湖诗派的得名直接原因是书商刊印一批诗人的合集命名《江湖集》，但深层原因是这批诗人大多身处下层，属于士人的边缘，生涯多漂泊，情调多消散。这一诗派的成形与产生影响也从侧面反映出"江湖"在当时文学活动中的"热度"，以及内涵演变的趋向。

江湖诗派的领袖是刘克庄，不过他本人倒是跻身于社会上层。其著述中，"江湖"字样出现颇多，但大多是墓志铭之类文字中，诗词中反而少见，似乎有些"名实不副"。

元明清诗作中，"江湖"延续了宋代的意象，仍然是频繁出现。不过，在思想内涵与意蕴方面没有明显的变化了。这六七百年间，"江湖"的文学书写更引人注意的是在另一文化系统中，特别是白话通俗小说之中——这当留待下一章讨论了。

第二节　李杜之江湖

李白一生与"江湖"关系匪浅，当时与后世评论李白时，多言及"江湖"，如《旧唐书·文苑传》："尝沉醉殿上，引足令高力士脱靴。由是斥去，乃浪迹江湖，终日沉饮。时侍御史崔宗之谪官金陵，与白诗酒唱和，尝月夜乘舟，自采石达金陵，白衣宫锦袍,于舟中顾瞻笑傲,旁若无人。"①这里,李白"浪迹江湖"乃"斥去"的后果,凸显了"江湖"与庙堂、与权力的背离关系。而"浪迹"与"沉饮"则显现出"江湖"中人的放纵与自由的生存状态。

杜甫视李白为挚友,在李白落难之际,其《梦李白二首》寄予了深切怀念之情。其一云:

> ……江湖多风波,舟楫恐失坠。出门搔白首,若负平生志。冠盖满京华,斯人独憔悴。孰云网恢恢,将老身反累。千秋万岁名,寂寞身后事。②

另一首《天末怀李白》云:

> 凉风起天末,君子意如何?鸿雁几时到,江湖秋水多。文章憎命达,魑魅喜人过。应共冤魂语,投诗赠汨罗。③

这两首诗都是把李白的放逐命运与"江湖"相关联,而与"京华""冠盖"相对举,同时还与屈原联系起来,更强化了"逐臣"的意味。作为诗人,杜甫对于李白的"江湖"处境,进行了想象性描写,"风波""魑魅"等渲染出"江湖"险恶的一面,与理想化的逍遥江湖、清风明月江湖,迥异其趣。

---

① 〔后晋〕刘昫等撰:《新唐书》,中华书局,1975年,第5053页。
② 〔清〕浦起龙撰:《读杜心解》,中华书局,1979年,第64—65页。
③ 〔清〕浦起龙撰:《读杜心解》,中华书局,1979年,第401页。

还有如许彬《经李翰林庐山屏风叠所居》："放逐非多罪，江湖偶不回。深居应有谓，济代岂无才。"①王宠《月夜谪仙楼诗》："我闻王孙豪气昔如龙，天然不与凡骨同。江湖落魄黄金尽，昂霄吐气成飞虹。"②曾巩《代人祭李白文》："始来玉堂，旋去江湖。麒麟凤凰，世岂能拘。"③不胜枚举。总之，人们不约而同地把"江湖"意象与李白的形象联系到了一起，这种情况在别的文学家身上是不多见的。

揣度其原因，一是李白大半生失意于官场，且一度"斥逐"，一度贬谪；二是他脱离官场后，浪迹天涯，漂泊四方；三是他的性格洒脱放诞，与"江湖"意象有某种呼应的感觉。

但是，如果我们检索李白的诗文集，发现其作品中却很少出现"江湖"的字样，比起杜甫、白居易等人明显有差别。对于这种现象，也许同时代任华的《杂言寄李白》可以给我们一些启发。诗中写道：

> 权臣妒盛名，群犬多吠声。有敕放君却归隐沧处，高歌大笑出关去，且向东山为外臣。……庄周万物外，范蠡五湖间。人传访道沧海上，丁令王乔每往还。……伊余每欲乘兴往相寻，江湖拥隔劳寸心。④

---

① 〔清〕彭定求等编：《全唐诗》，中华书局，1960年，第7766页。

② 〔唐〕李白著，〔清〕王琦注：《李太白全集》，中华书局，1977年，第1676页。

③ 〔宋〕曾巩撰，陈杏珍、晁继周点校：《曾巩集》，中华书局，1984年，第533页。

④ 〔清〕彭定求等编：《全唐诗》，中华书局，1960年，第2902－2903页。

他写李白被排斥,成为"外臣",于是也写到"江湖",写到泛舟五湖的范蠡,这可以说是李白的知己。因为李白自己的诗中但是在他笔下的李太白,似乎不甘于隐沦于"江湖",他的精神状态是"高歌大笑",他向往的是"沧海",是与仙人同游。

换言之,由于狂放的个性,"江湖"到了李白那里,被放大了,放大为更广阔的"沧海"。

检索一下李白的集子,"海"出现了 98 次,"沧"出现了 81 次。与之相关联的"帆""楫""舟"等,也都是高频次出现。

虽然从语词上"沧海"代替了"江湖",但其中的情感、心态、意味其实并无二致。如著名的《行路难》:

> 金樽清酒斗十千,玉盘珍羞直万钱。停杯投箸不能食,拔剑四顾心茫然。欲渡黄河冰塞川,将登太行雪满山。闲来垂钓碧溪上,忽复乘舟梦日边。行路难,行路难! 多歧路,今安在! 长风破浪会有时,直挂云帆济沧海。①

过去,对末两句的阐释往往出于"积极向上"的阅读期待,说成是报国有日。其实不确。这两句恰恰与任华的"又闻访道沧海上,丁令王乔时往还"相互发明,说的是逍遥于沧海,与仙人为侣。他的《同族弟金城尉叔卿烛照山水壁画歌》:"高堂粉壁图蓬瀛,烛前一见沧洲清。洪波汹涌山峥嵘。……与君

---

① 〔唐〕李白著,〔清〕王琦注:《李太白全集》,中华书局,1977 年,第 189 页。

对此欢未歇,放歌行吟达明发。却顾海客扬云帆,便欲因之向溟渤。"[①]境界类同。

狂傲太白,笔下的江湖也要超迈群伦,拓而广之为"沧海"!

再看另一首名作《江上吟》:

> 木兰之枻沙棠舟,玉箫金管坐两头。美酒樽中置千斛,载妓随波任去留。仙人有待乘黄鹤,海客无心随白鸥。屈平词赋悬日月,楚王台榭空山丘。兴酣落笔摇五岳,诗成笑傲凌沧洲。功名富贵若长在,汉水亦应西北流。[②]

名为"江上吟",诗中却是"凌沧洲",对于李白来说,他并非有意于"江湖""沧海"的区别,只是"兴酣落笔"而已。这首诗,把文人的"江湖精神"发挥得淋漓尽致,可称之为"诗意江湖"的宣言。

这首诗突出的意味是"自由":"随波任去留""无心随白鸥",把这种心态、生存状态生动刻画出来。在"自由"的基础上,渲染了这种生活的美好。名贵的木材,高档的乐器,"美酒""载妓"的享乐——当然尽属夸张之词,不过可以看作是对理想的美化。接下来,直接把放浪江海与最高的权力代表"楚王"对立起来:泛舟江海的诗人"兴酣落笔摇五岳,诗成笑傲凌

---

① 〔唐〕李白著,〔清〕王琦注:《李太白全集》,中华书局,1977年,第387—388页。

② 〔唐〕李白著,〔清〕王琦注:《李太白全集》,中华书局,1977年,第374页。

沧洲"——这是何等的自信,何等的高傲! 相比之下,权力、富贵则转瞬即逝,荒丘而已。痛快淋漓而又起伏顿挫,非李白无人能够写出。

李白的诗歌即兴而作者居多,故此在能够清楚表达内心真实情感的前提下,无论"沧海"还是"江湖",都是绝佳的意象。更有甚者,"江湖"便与"沧海"混用起来。在《赠僧朝美》中便有"水客凌洪波,长鲸涌溟海。百川随龙舟,嘘吸竟安在。中有不死者,探得明月珠。高价倾宇宙,馀辉照江湖。苞卷金缕褐,萧然若空无"①。明明是海上明珠,何来"辉照江湖"之说? 然而诗兴正盛的诗仙并不在乎,依旧我行我素,可见在李白眼中"江湖"即"沧海","沧海"亦"江湖"。

李白自视甚高,曾豪情万丈地宣示:"但用东山谢安石,为君谈笑静胡沙。"②所以,他笔下的"江湖"中,《庄子》《离骚》中"渔父"的血脉甚少,而范蠡的"陶朱""鸱夷""五湖"等却频频出现,如"范子何曾爱五湖,功成名遂身自退"(《悲歌行》)③,"终与安社稷,功成去五湖"(《赠韦秘书子春》)④,"鲁连卖谈笑,岂是顾千金? 陶朱虽相越,本有五湖心"(《留别王司马嵩》)⑤,"功成身不退,自古多愆尤。黄犬空叹息,绿珠成衅仇。何如鸱夷子,散发棹扁舟"(《古风》)⑥,"少年早欲五湖

① 〔唐〕李白著,〔清〕王琦注:《李太白全集》,中华书局,1977年,第632页。
② 〔唐〕李白著,〔清〕王琦注:《李太白全集》,中华书局,1977年,第427页。
③ 〔唐〕李白著,〔清〕王琦注:《李太白全集》,中华书局,1977年,第414页。
④ 〔唐〕李白著,〔清〕王琦注:《李太白全集》,中华书局,1977年,第478页。
⑤ 〔唐〕李白著,〔清〕王琦注:《李太白全集》,中华书局,1977年,第712页。
⑥ 〔唐〕李白著,〔清〕王琦注:《李太白全集》,中华书局,1977年,第111页。

去,见此弥将钟鼎疏"(《答王十二寒夜独酌有怀》)①,"我纵五湖棹,烟涛恣崩奔。梦钓子陵湍,英风缅犹存"(《书情赠蔡舍人雄》)②,"终当游五湖,濯足沧浪泉"(《郢门秋怀》)③。

　　李白写"江湖",功成身退的范蠡是心中的模板,而书写的风格也是开阔、明朗为主。如《下寻阳城泛彭蠡寄黄判官》:"开帆入天镜,直向彭湖东。"④,江湖的美好、开阔,尽在"天镜"这个比喻中展现。又如《寻阳送弟昌峒鄱岠司马作》:"飘然欲相近,来迟杳若仙。人乘海上月,帆落湖中天。"⑤这里的描写亦虚亦实,浔阳在长江边,鄱阳在鄱阳湖畔,所以"海上""湖中"都有写实的成分。但前文的"飘然""若仙"又使得这番景象带有理想境界的意味,"天""月"更流露李白借以寄托情感,向往自由的心态。这样半实半虚的"江湖"景象,在《月夜江行寄崔员外宗之》中描写更为充分:

　　　　飘飖江风起,萧飒海树秋。登舻美清夜,挂席移轻舟。月随碧山转,水合青天流。杳如星河上,但觉云林幽。⑥

　　"登舻""移舟""风起",都是写实。但"杳然星河"就为江

　　①　〔唐〕李白著,〔清〕王琦注:《李太白全集》,中华书局,1977 年,第 913 页。
　　②　〔唐〕李白著,〔清〕王琦注:《李太白全集》,中华书局,1977 年,第 518 页。
　　③　〔唐〕李白著,〔清〕王琦注:《李太白全集》,中华书局,1977 年,第 1017 页。
　　④　〔唐〕李白著,〔清〕王琦注:《李太白全集》,中华书局,1977 年,第 681 页。
　　⑤　〔唐〕李白著,〔清〕王琦注:《李太白全集》,中华书局,1977 年,第 846 页。
　　⑥　〔唐〕李白著,〔清〕王琦注:《李太白全集》,中华书局,1977 年,第 667 页。

行之美涂染上浪漫的理想色彩。而"天""月"与"星河"呼应，更使得秋江的境界开阔、静谧而幽美。

李白的人生遭际、性格特征皆与"江湖"意象相得益彰。这一点，晚唐五代的贯休看得很清楚。其《常思李太白》写道："常思李太白，仙笔驱造化。玄宗致之七宝床，虎殿龙楼无不可。一朝力士脱靴后，玉上青蝇生一个。紫皇案前五色麟，忽然掣断黄金锁。五湖大浪如银山，满舡载酒槌鼓过。贺老成异物，颠狂谁敢和？宁知江边坟，不是犹醉卧。"诗写得很有气派。"紫皇案前"四句，尤写出李白笑傲江湖之狂态。"掣断黄金锁"之后，便"载酒五湖槌鼓过"，颇得"江湖"文化的神髓。

如果把同时代的杜甫笔下的"江湖"拿来做一番对比，太白"江湖"的这些特色便更为鲜明了。

二

唐代诗歌中，"江湖"意象出现最多的当属杜甫的作品。粗略统计，集中直接写到"江湖"就有三十三处之多。同时，把这一意象的思想、文化内涵演绎、表现得最充分、最生动的也非老杜莫属。其中最具代表性的，也是广为传播的，是表达对李白怀念之情的三首诗。其一是《天末怀李白》，已见前引。另外两首诗《梦李白二首》，前引其一。另一首为：

> 死别已吞声，生别常恻恻。江南瘴疠地，逐客无消息。故人入我梦，明我常相忆。恐非平生魂，路远不可测！魂来枫林青，魂返关塞黑。今君在罗网，何以有羽

翼？落月满屋梁，犹疑照颜色。水深波浪阔，无使蛟
龙得！①

　　这三首诗直接提及"江湖"有两次，而诗中描写、渲染的环
境则全然是"江湖"景象。诗中的"江湖"意象，首先是传达出
一种辽远的空间感，以此表达相见之难与怀念之切。而这辽
远的空间又密布着吃人的"蛟龙""魑魅"，更有无时不在的"风
波"与"瘴疠"。通过这些对江湖险恶的反复渲染，表现出对友
人命运的深切担忧。深入一层，由于与"江湖"同时出现了"逐
客""罗网"与"京华""冠盖"，就使得"江湖"意象的另一层含
义——政治生涯的失意、边缘化强烈彰显出来。特别是"江
湖""逐客"与"京华""冠盖"的对举，二者之间便呈现出巨大的
情感张力，把作者对李白的同情，以及对"罗网"的厌憎形象地
表达出来。这里还有第三层内涵，就是通过"应共冤魂语，投
诗吊汨罗""千秋万岁名，寂寞身后事"，把现实与历史连接起
来，使读者自然而然地想到屈原，想到屈原所代表的"忠而见
疑"的逐臣，也会想到历史终将做出公正的评价，流落"江湖"
之中的李白一定会远远超越"京华冠盖"，"千秋万岁"而不朽。
这样，作者就用诗的语言、诗的方式给"江湖"以价值评判，也
使得"江湖"意象得到了完美的艺术表达。
　　其他诗篇中，老杜的"江湖"意象同样表现得丰满而深厚。
如作于大历四年秋的《酬韦韶州见寄》：

---

　　① 〔清〕浦起龙：《读杜心解》，中华书局，1961年，第64页。

养拙江湖外，朝廷记忆疏。深惭长者辙，重得故人书。[①]

"江湖"而称"外"，"朝廷"自然就是"内"了，突出了"江湖"所含有的政治生活边缘化的思想内涵。这里有趣的是身处"江湖"而自称"养拙"，意味较为复杂。既有自谦"迂拙"的表面含义，也有自我宽解的成分，骨子里还含有委婉的牢骚——所以讲出了"记忆疏"。其中隐隐透露着不平、不满：朝廷疏远了我，我也自然在精神上疏远了朝廷，作为"江湖客"已经没有这份政治责任了。这种态度在杜诗中是不多见的，与后人（特别是宋儒）经常提及的"每饭不忘君""心存魏阙"的姿态相反，对于跳出宋儒的思想窠臼，重新、全面认识杜甫不无启发意义。另外，诗中的"深惭长者辙""养拙"，也由于"互文"的关系，和陶渊明的人生道路、人格操守产生了隐隐的关联，同样是把"江湖"与士人的历史文化传统连接起来，用诗的语言书写出来。

类似的作品，再如《秋日荆南述怀三十韵》：

贤非梦傅野，隐类凿颜坏。自古江湖客，冥心若死灰。[②]

这首诗稍早于前一篇，意味足以互相发明。首先是自居

---

① 〔清〕浦起龙：《读杜心解》，中华书局，1961年，第591页。
② 〔清〕浦起龙：《读杜心解》，中华书局，1961年，第796页。

于"江湖客",然后通过"贤非梦傅野"——反用傅说辅佐武丁的典故,同样自谦非廊庙之才;而"冥心若死灰",则申明已不做廊庙之想。"隐类凿颜坯"用的是《淮南子·齐俗训》所记"颜阖,鲁君欲相之,而不肯,使人以币先焉,凿培而遁之"①的典故(此事首见于《庄子》,然无凿墙逃走的情节;《淮南子》添油加醋,强化了戏剧性)。由此引出"自古"来,便使"江湖"与朝廷、廊庙的疏离具有了普适的规律性。

不妨再来看几首,加深对杜诗中"意象"书写特色的认识。作于大历三年的《舟出江陵南浦奉寄郑少尹审》:

> 更欲投何处?飘然去此都。形骸元土木,舟楫复江湖。社稷缠妖气,干戈送老儒。百年同弃物,万国尽穷途……②

"去此都"而"复江湖",把"江湖"与"此都"——政治中心对举,而帝都是在"妖气""干戈"之中,"江湖"之行却是"飘然"的逍遥姿态,一抑一扬,态度判然。

同时的另一首作品《大历三年春,白帝城放船出瞿塘峡,久居夔府将适江陵,漂泊有诗凡四十韵》:

> 此生遭圣代,谁分哭穷途。卧疾淹为客,蒙恩早厕儒。廷争酬造化,朴直乞江湖。滟滪险相迫,沧浪深可

---

① 〔汉〕刘安编,刘文典撰,冯逸、乔华点校:《淮南鸿烈集解》,中华书局,2013 年,第 372 页。

② 〔清〕浦起龙:《读杜心解》,中华书局,1961 年,第 799 页。

逾。浮名寻已已,懒计却区区……①

"圣代"云云,也是婉转地发牢骚。"朴直乞江湖","朴直"与"养拙""弃物"意相近,表面自谦,内里为婉转的牢骚。如同孟浩然的"不才明主弃"②,同属政治生涯失意后的疏解郁闷、自我宽解之词。从这个意义上讲,诗词文学中的"江湖"意象,还有一个普适性的功能就是婉转地发牢骚,从而实现心理上的自我宽慰,自我平衡。这首诗有一个较为独特的内容:"浮名寻已已,懒计却区区。"带有江湖客重新定位人生的意味:已经无意于浮名,终于得遂其闲懒矣。

杜甫诗中"江湖"的牢骚意蕴中夹杂着对朝廷的不满,对政治环境的无奈,以及自我宽解、安慰。杜甫之所以形成这种疏离感与其仕途境遇、生活状态等都有一定的关系。早年的杜甫与大多数盛唐诗人一样,有着强烈的功业意识,"会当凌绝顶,一览众山小"③可以看出其雄心。这在《壮游》中有全面的描述:青年时期的杜甫,自述当时的自负情态是"气劘屈贾垒,目短曹刘墙","饮酣视八极,俗物多茫茫";而几经挫折后,他为自己重新设计了人生道路,几个古人形象成了榜样——"之推避赏从,渔父濯沧浪……吾观鸱夷子,才格出寻常。"④范蠡、渔父都是"江湖"之客,介之推则主动疏离于朝廷。人生

---

① 〔清〕浦起龙:《读杜心解》,中华书局,1961 年,第 788 页。

② 〔唐〕孟浩然撰,李景白校注:《孟浩然诗集校注》,中华书局,2018 年,第 242 页。

③ 〔清〕浦起龙:《读杜心解》,中华书局,1961 年,第 1 页。

④ 〔清〕浦起龙:《读杜心解》,中华书局,1961 年,第 160－161 页。

"标杆"的转换与仕途的遭际、国运的盛衰同步,可见杜甫对江湖的描写不是偶然为之,而是与其生命的历程、人生价值的重构紧密联系的。

晚年流离失所的杜甫,正如罗宗强先生所说:"蜀中流寓,时而安定,时而困顿,最后终于流落湘江;在他逃难和流寓的日子里,生活迫使他不得不更多地考虑温饱,在饥寒途中,是很难生活在虚幻的理想天国里的。"①杜甫自肃宗上元年间开始人生际遇坎坷多变,在温饱都难以解决的生活中,他不再对"致君尧舜上,再使风俗淳"②的政治理想过多地关注,往往带有"但使残年饱吃饭,只愿无事长相见"③的精神状态面对人生。

颠沛流离,使得原本的疏离感更为强烈,也更为自然。

> 宿昔试安命,自私犹畏天。劳生系一物,为客费多年。……几杖将衰齿,茅茨寄短椽。灌园曾取适,游寺可终焉。遂性同渔父,成名异鲁连。(《回棹》)④

> 北风破南极,朱凤日威垂。洞庭秋欲雪,鸿雁将安归。十年杀气盛,六合人烟稀。吾慕汉初老,时清犹茹芝。(《北风》)⑤

---

① 罗宗强:《李杜论略》,内蒙古人民出版社,1980年,第90页。
② 〔清〕浦起龙:《读杜心解》,中华书局,1961年,第5页。
③ 〔清〕浦起龙:《读杜心解》,中华书局,1961年,第236页。
④ 〔清〕浦起龙:《读杜心解》,中华书局,1961年,第804—805页。
⑤ 〔清〕浦起龙:《读杜心解》,中华书局,1961年,第592页。

"几杖将衰齿，茅茨寄短椽"，是杜甫自己衰老贫困的现实写照。这种状况下他为自己设计的生活内容是"灌园"与"游寺"——守拙而沉寂。下面两句老杜又提出了两个古人的生活模式，都与江湖有关，也都与隐遁有关，只是一正一反。"渔父"自然是《庄子》或《离骚》中那个放浪江湖的文学人物，杜甫称其为"遂性"，也就是自由放任的意思。这是他的向往。有意思的是后面那句——"成名异鲁连"。鲁连即战国时的鲁仲连，他以排难解纷著称。当他帮助田单攻陷聊城，齐王将要封赏时，他"逃隐海上"。这个鲁仲连是李白的偶像。李白诗中反复歌咏，出现将近二十次，如"齐有倜傥生，鲁连特高妙……吾亦淡荡人，拂衣可同调"（《古风》）[1]，"齐心戴朝恩，不惜微躯捐。所冀旄头灭，功成追鲁连"（《在水军宴赠幕府诸侍御》）[2]。李白以鲁仲连为"同调"，换言之，他为自己设计的人生是为朝廷建功立业，"谈笑静胡沙"[3]，满载荣誉、得享大名，然后拂衣而去。然而现实是残酷无情的。讽刺的是李白作此诗不久就获罪于朝廷，差点送了命。而杜甫在此明确宣示"成名异鲁连"，就是表白自己已经没有像鲁仲连一样建功立业然后归隐的雄心，而是当下如渔父"莞尔而笑，鼓枻而去""刺船而去，延缘苇间"。

李白与杜甫笔下"江湖"的色彩迥异，对逃隐于江海的鲁仲连的不同描写，可以说是这种差别的集中表现。

---

① 〔唐〕李白著，〔清〕王琦注：《李太白全集》，中华书局，1977年，第101页。

② 〔唐〕李白著，〔清〕王琦注：《李太白全集》，中华书局，1977年，第555—556页。

③ 〔唐〕李白著，〔清〕王琦注：《李太白全集》，中华书局，1977年，第427页。

　　下面那首诗中,老杜标举出的历史人物是汉初所谓的"四皓"。"茹芝"指他们遁迹山林,采草木而食之意。历代文人多以"伯夷食薇"与"四皓茹芝"相提并论。"吾慕汉初老,时清犹茹芝",这两句的意味也是比较复杂。前面讲了当时的乱世惨况:"十年杀气盛,六合人烟稀。"然后描写了洞庭湖的肃杀、清冷。接下来的"时清"二字则与之相反,使作品产生了张力——身处乱世,自是不得不遁世避祸;但即使环境改善,世事清平了,我也会像"四皓"那样退隐的。"时清犹茹芝"的一个"犹"字,表现出杜甫对廊庙、对朝政的彻底失望,以及"遂性同渔父"的人生选择。

　　由于杜诗中的"江湖"带有半虚半实的特征——既是自己遁世退隐的象征性话语,也是自己身处乱世、漂泊生涯的写实性用词。这后一方面就决定了老杜的江湖书写的灰暗色调。

　　且看《公安送韦二少府匡赞》中的江湖:

逍遥公后世多贤,送尔维舟惜此筵。念我常能数字至,将诗不必万人传。

时危兵甲黄尘里,日短江湖白发前。古往今来皆涕泪,断肠分手各风烟。[①]

　　"时危兵甲黄尘里,日短江湖白发前"——作者内心的萧瑟一览无遗。全诗带着浓厚的悲戚之感:"断肠分手"是因为"时危兵甲",而朋友一别,各入风烟,后会无期;自己年已衰

---

① 〔清〕浦起龙:《读杜心解》,中华书局,1961年,第677页。

迈,来日无多。这一切构成的惜别画面中,江湖风烟与兵甲黄尘,"惜此筵"与"皆涕泪",发散出凄冷的感伤氛围。

再看《夜闻觱篥》中的"江湖",萧索之感同样弥散于字里行间:

> 夜闻觱篥沧江上,衰年侧耳情所向。邻舟一听多感伤,塞曲三更欻悲壮。
>
> 积雪飞霜此夜寒,孤灯急管复风湍。君知天地干戈满,不见江湖行路难![1]

这不仅是对音乐演奏的描写,更是对凄凉、寥寂"江湖"的渲染。"衰年""感伤",是常年漂泊老杜最深的感受;而此诗把这种感受与积雪飞霜的"沧江",与风湍中悲壮的"急管"融汇到一起,使"寒""伤""孤""悲"的氛围充塞于天地之间。

可以说,在杜甫晚年的诗作中,"江湖"已经成为漂泊、困顿、孤独、寂寞的代名词。"关塞极天唯鸟道,江湖满地一渔翁"[2]"亲朋无一字,老病有孤舟"[3],这与李白"乘风破浪"的江湖想象,"载妓随波"的江湖追求,形成了极为鲜明的对比。这样的境界在杜诗中俯拾即是,如《凭孟仓曹将书觅土娄旧庄》:

> 平居丧乱后,不到洛阳岑。为历云山问,无辞荆棘深。

---

[1] 〔清〕浦起龙:《读杜心解》,中华书局,1961年,第323—324页。
[2] 〔清〕浦起龙:《读杜心解》,中华书局,1961年,第654页。
[3] 〔清〕浦起龙:《读杜心解》,中华书局,1961年,第583页。

> 北风黄叶下，南浦白头吟。十载江湖客，茫茫迟
> 暮心。①

江湖为"客"，就是漂泊无定的别样说法，而竟至"十年"，于是心已"迟暮"，瞻念前途一片茫茫，"荆棘""北风""黄叶""白头"，一连串的意象烘托的都是茫茫江湖的苍凉。

李、杜作为同一时期的文坛双子星座，彼此的优劣、异同，是后世评骘的热门话题。如前所述，这种比较可以有很多视角，而二者笔下的"江湖"可以成为聚焦度很高而又生动鲜明的观察点。

如果说李白构架的"江湖""沧海"世界是浪漫的，理想化的，是以追求自由为其标识的；那么杜甫的"风波""江湖"则是半实半虚的，既有写实的成分，又有象征的意味，它的主要标识是漂泊与慨叹。

无论是李白以浪漫视角看待"江湖"，还是杜甫从真实人生的角度描写"江湖"，"江湖"这一意象都是他们作品中着墨较多的一笔。在他们的书写下，"江湖"被他们赋予了更多文学的特质，而不论是自由的、疏离的，还是漂泊的、风涛的"江湖"，他们的"江湖"书写都在诗史上产生了很大的影响，从而被一代代文人反复摹写。

---

① 〔清〕浦起龙：《读杜心解》，中华书局，1961 年，第 546 页。

第三节　"中隐"江湖的白居易

　　中晚唐是中国封建社会历史进程中较为特殊的时代,这一时期的社会环境是从"门阀士族文化"转型成为"寒门庶族文化"的重要过渡时期,故此在这一时期的新兴士族开始面对如何定位自我价值。他们没有过去门阀士族的强大背景,却秉持兼济天下的愿望,而这种愿望又往往与专制政治制度相冲突,于是仕途经历与人生定位都开始显现出一些不同以往的特点。而白居易正是这新兴士族中的一员,而且是较为突出,较为典型的一员。这一趋势指向了宋代。其代表人物韩愈更多地指向了程朱,而白居易则指向了苏东坡。后世有"白苏"之称,良有以也。苏东坡曾称赞白居易:"忠言嘉谟,效于当时,而文采表于后世。死生穷达,不易其操,而道德高于古人。"(《醉白堂记》)他对白居易的人生状态也表示出欣羡之情:"乞身于强健之时,退居十有五年,日与其朋友赋诗饮酒,尽山水园池之乐。府有余帛,廪有余粟,而家有声伎之奉。"①联结这两位文坛巨擘的地方甚多,有形的如"白堤"与"苏堤",无形的更多,其中一个便是"江湖"的文学书写,以及支持其特殊的书写背后的思想文化因素。

---

　　①　〔宋〕苏轼撰,〔明〕茅维编,孔凡礼点校:《苏轼文集》,中华书局,1986,第345页。

一

讨论白居易诗歌中"江湖"意象的传承与新变,不能不先来讨论他极富特色的"中隐"观。他的《中隐》诗云:

> 大隐住朝市,小隐入丘樊;丘樊太冷落,朝市太嚣喧。不如作中隐,隐在留司官。似出复似处,非忙亦非闲。不劳心与力,又免饥与寒。终岁无公事,随月有俸钱。君若好登临,城南有秋山。君若爱游荡,城东有春园。君若欲一醉,时出赴宾筵。洛中多君子,可以恣欢言。君若欲高卧,但自深掩关。亦无车马客,造次到门前。人生处一世,其道难两全:贱即苦冻馁,贵则多忧患。唯此中隐士,致身吉且安;穷通与丰约,正在四者间。①

所谓"中隐",就是在出仕而有所担当与避世而逃避责任之间的一种取巧的人生道路。白居易之所以自觉地选择了这样的人生道路,是经历了坎坷,又经过了思考之后的结果。

他经历的仕途坎坷,在其名作《与元九书》中有集中的表达。过去,文学批评史往往把这篇文章解读为白氏现实主义诗歌思想的宣言或旗帜,殊不知恰恰相反。白居易此文乃对自己初入仕途那种改造现实的理想,以及由此理想衍生出的批判现实的诗歌写作的告别。这一告别是留恋的,也是悲痛的,但同时又是决绝的。此后,他没写过一篇"新乐府",也没

---

① 〔唐〕白居易著,顾学颉校点:《白居易集》,中华书局,1979年,第490页。

发出过一声"秦中吟",相反,由此他逐渐明确了"中隐"的人生选择,而诗歌中也便相应地出现了大量富有特色的"白氏江湖"的描写。

这一转变是与白居易庶族士人的身份分不开的。他回顾自己此前的入仕经历:

> 家贫多故,二十七,方从乡赋;既第之后……是时,皇帝初即位,宰府有正人,屡降玺书,访人急病。仆当此日,擢在翰林,身是谏官,手请谏纸,启奏之外,有可以救济人病,裨补时阙,而难于指言者,辄咏歌之。欲稍稍递进闻于上,上以广宸聪,副忧勤;次以酬恩奖,塞言责;下以复吾平生之志。岂图志未就而悔已生,言未闻而谤已成矣!(《与元九书》)①

这里可注意的两个字是"家贫"。虽然古代文人嗟老叹贫不能完全当真,但白居易所讲还是有几分真实的。有一个广为流传的轶事可以作证,就是"长安米贵,居大不易"②。这当然是玩笑之词,但反映出白居易并非阔绰之辈,进入上层"圈子"也不是很容易的事情。由于本身没有强大的背景,又锋芒毕露地介入了多方面的利益冲突,于是:

> 不相与者,号为沽名,号为诋讦,号为讪谤。苟相与

---

① 〔唐〕白居易著,顾学颉校点:《白居易集》,中华书局,1979 年,第 962 页。
② 〔明〕瞿佑著,乔光辉校注:《归田诗话》,浙江古籍出版社,2017 年,第 370 页。

者,则如牛僧孺之诚焉。乃至骨肉妻孥,皆以我为非也。
其不我非者,举不过三两人。(《与元九书》)①

这种情况下,他变得清醒,一方面开始寻找退路,一方面
还要自我正当化。也就是说要在生存需求与人格尊严之间有
一种精神的建构。于是,他安慰自己:

> 今虽谪佐远郡,而官品至第五,月俸四五万;寒有衣,
> 饥有食;给身之外,施及家人,亦可谓不负白氏子矣。
> (《与元九书》)②

从物质方面讲,境界似乎还有些低,于是他用富有诗意的
语言在精神方面为自己开脱、美化了一番:

> 古人云:"穷则独善其身,达则兼济天下。"仆虽不肖,
> 常师此语。大丈夫所守者道,所待者时。时之来也,为云
> 龙,为风鹏,勃然突然,陈力以出;时之不来也,为雾豹,为
> 冥鸿,寂兮寥兮,奉身而退。进退出处,何往而不自得哉?
> (《与元九书》)③

这里的"古人"是孟子。类似的意思——"邦有道"如何
处,"邦无道"如何处,孔子也讲过多次。白居易把圣贤之言拿

---

① 〔唐〕白居易著,顾学颉校点:《白居易集》,中华书局,1979年,第963页。
② 〔唐〕白居易著,顾学颉校点:《白居易集》,中华书局,1979年,第964页。
③ 〔唐〕白居易著,顾学颉校点:《白居易集》,中华书局,1979年,第964页。

过来,用诗意盎然的语言讲述一番,自己精神上自然升华了不少。

　　这段谪贬经历使白居易的人生态度逐渐从兼济天下转向更为关注个人的心灵解脱与生存状态方面,这在《江州司马厅记》中也有所表现:

　　　　若有人养志忘名,安于独善者处之,虽终身无闷。官不官,系乎时也;适不适,在乎人也。江州左匡庐,右江湖,土高气清,富有佳境。刺史,守土臣,不可远观游;群吏,执事官,不敢自暇佚;惟司马绰绰可以从容于山水诗酒间。①

　　可以说,正是在江州司马的任上,白居易逐渐将关注的重心从"犹须副忧寄,恤隐安疲民",转向了"终使沧浪水,濯吾缨上尘"。②

　　再次回到政治中心,面对长安复杂的政治环境,白居易不愿同流合污,却又无法面对辞官后现实的生存问题。隐居,他心向往之,但又望而却步,他曾经明确地表示:"慕贵而厌贱,乐富而恶贫;同此天地间,我岂异于人。"(《咏拙》)③对于为官带来的经济利益他也毫不避讳地承认:"或名诱其心,或利牵其身;乘者及负者,来去何云云! 我亦斯人徒,未能出嚣尘:七

----

　　① 〔唐〕白居易著,顾学颉校点:《白居易集》,中华书局,1979 年,第 933 页。
　　② 〔唐〕白居易著,顾学颉校点:《白居易集》,中华书局,1979 年,第 154 页。
　　③ 〔唐〕白居易著,顾学颉校点:《白居易集》,中华书局,1979 年,第 119 页。

年三往复,何得笑他人!"(《登商山最高顶》)①甚至指出:"辞官归去缘衰病,莫作陶潜范蠡看。"(《酬别周从事二首》)②

通过科举,寒门士子中的精英走向政治中心,相对于豪门贵族而言,他们对于皇权有着更强的依附性。这不仅由于他们的政治抱负,还包括通过皇权所带来的经济利益。白居易也正是这些寒门士子之一。年少时期的白居易虽才华横溢却颠沛流离。"忆昨旅游初,迨今十五春。孤舟三适楚,羸马四经秦。昼行有饥色,夜寝无安魂。东西不暂住,来往若浮云。离乱失故乡,骨肉多散分。"(《朱陈村》)③这种为生计而焦愁的经济状况,直到登科后才逐渐消失。对于物质层面的在意,却是伴随着他的一生。对于俸禄的多少,他相当在意,并常见于诗作之中,"俸钱万六千,月给亦有余"④,"俸钱四五万,月可奉晨昏"⑤,"三年请禄俸,颇有余衣食"⑥,如此毫不忌讳地将阿堵物频繁表达于"高雅"的诗作中,可能是绝无仅有的。当然,这与当时社会环境有着极大的关系。与其说白居易"诗中凡及富贵处,皆说得口津津地涎出"(《朱子语类》)⑦,不若说唐代的社会环境并未能真正地顾及寒门士子的生计问题。故此,在入仕则"举世皆浊",避世则"丘樊太冷落"两种矛盾的

---

① 〔唐〕白居易著,顾学颉校点:《白居易集》,中华书局,1979 年,第 153 页。
② 〔唐〕白居易著,顾学颉校点:《白居易集》,中华书局,1979 年,第 550 页。
③ 〔唐〕白居易著,顾学颉校点:《白居易集》,中华书局,1979 年,第 184 页。
④ 〔唐〕白居易著,顾学颉校点:《白居易集》,中华书局,1979 年,第 91 页。
⑤ 〔唐〕白居易著,顾学颉校点:《白居易集》,中华书局,1979 年,第 98 页。
⑥ 〔唐〕白居易著,顾学颉校点:《白居易集》,中华书局,1979 年,第 161 页。
⑦ 〔宋〕黎靖德编,王星贤点校:《朱子语类》,中华书局,1994 年,第 3328 页。

思想影响下,白居易的"中隐"观便应运而生。其主旨是在精神上自己的两难选择寻找一种相对折中的方式,而核心则是在入仕的生活环境中为内心寻找出世的体验。可以说,白居易的"中隐"是专制政体中的士人在现实利益与内在精神需要之间的平衡机制——这种有张力有弹性的人生模式其实相当普世,只是白居易把它"挑明"了而已。理想的"中隐"对于所"隐"的官位有一定要求,既非身处权力中心的重臣,又不能是遭受奔波之苦的小吏,必须是品阶较高但又无实权、实务的闲官,如此才能"养志忘名,安于独善者处之,虽终身无闷"(《江州司马厅记》)。对此,白居易在《从同州刺史改授太子少傅分司》中有过十分明确的说明:"歌酒优游聊卒岁,园林萧洒可终身。留侯爵秩诚虚贵,疏受生涯未苦贫。月俸百千官二品,朝廷雇我作闲人。"[1]("朝廷雇我作闲人",换成今天的用语,可以说是"精致的利己主义者")这种"中隐"渗入白居易大量诗作之中,呈现为独特的闲适情趣。如《闲题家池,寄王屋张道士》:

> 有石白磷磷,有水清潺潺;有叟头似雪,婆娑乎其间。进不趋要路,退不入深山;深山太濩落,要路多险艰。不如家池上,乐逸无忧患。有食适吾口,有酒酡吾颜。恍惚游醉乡,希夷造玄关。五千言下悟,十二年来闲。富者我不顾,贵者我不攀;唯有天坛子,时来一往还。[2]

---

① 〔唐〕白居易著,顾学颉校点:《白居易集》,中华书局,1979 年,第 736 页。
② 〔唐〕白居易著,顾学颉校点:《白居易集》,中华书局,1979 年,第 821 页。

"进不趋要路,退不入深山;深山太濩落,要路多险艰。不如家池上,乐逸无忧患",这是"中隐"观念的典型表达。其逍遥自得的情调则与"江湖""渔父"并无二致,不同的是,作者只是在精神上有一定程度的疏离,而物质上却是尽量保持较好的联系。诗人内心里是向往"江湖"所蕴含的自由情调的,这是"中隐"的灵魂。他在《闲居自题》中把这一层更为坦白地表现出来:

> 门前有流水,墙上多高树。竹径绕荷池,萦回百余步。波闲戏鱼鳖,风静下鸥鹭。寂无城市喧,渺有江湖趣。吾庐在其上,偃卧朝复暮。洛下安一居,山中亦慵去。时逢过客爱,问是谁家住?此是白家翁,闭门终老处。①

"洛下安一居,山中亦慵去","寂无城市喧,渺有江湖趣"——既享受到都市的便利,又避免了城市(包括政局)的烦扰,不必远离却得到了浩渺的精神世界的自由。鱼与熊掌兼得矣! 这种得意之情,在《闲居偶吟,招郑庶子、皇甫郎中》中更为淋漓尽致地表达出来:

> 自哂此迂叟,少迂老更迂:家计一不问,园林聊自娱。竹间琴一张,池上酒一壶;更无俗物到,但与秋光俱。古石苍错落,新泉碧萦纡。焉用车马客,即此是吾徒。犹有

---

① 〔唐〕白居易著,顾学颉校点:《白居易集》,中华书局,1979年,第676页。

所思人，各在城一隅；杳然爱不见，搔首方踟蹰。玄晏风韵远，子真云貌孤。诚知厌朝市，何必忆江湖？能来小涧上，一听潺湲无？[①]

"何必忆江湖"，写出了他的得意之情。但这句话的前提还是对"江湖"的认可。我们在他的诗文中，是可以看到为数不少的"江湖"意象的。不妨略举几例，如《与杨虞卿书》：

今且安时顺命，用遣岁月。或免罢之后，得以自由，浩然江湖，从此长往。死则葬鱼鳖之腹，生则同鸟兽之群；必不能与掊声攫利者，榷量其分寸矣。足下辈无复见仆之光尘于人寰间也！[②]

又如《别李十一后重寄》：

秋日正萧条，驱车出蓬荜。回望青门道，目极心郁郁。岂独恋乡土，非关慕簪绂；所怅别李君，平生同道术。俱承金马诏，联秉谏臣笔。共上青云梯，中途一相失。江湖我方往，朝庭君不出。蕙带与华簪，相逢是何日？[③]

《庾楼新岁》：

---

① 〔唐〕白居易著，顾学颉校点：《白居易集》，中华书局，1979 年，第 820 — 821 页。

② 〔唐〕白居易著，顾学颉校点：《白居易集》，中华书局，1979 年，第 949 页。

③ 〔唐〕白居易著，顾学颉校点：《白居易集》，中华书局，1979 年，第 197 页。

岁时销旅貌,风景触乡愁。牢落江湖意,新年上
庾楼。①

《读谢灵运诗》:

吾闻达士道,穷通顺冥数;通乃朝廷来,穷即江湖去。
谢公才廓落,与世不相遇;壮志郁不用,须有所泄处。泄
为山水诗,逸韵谐奇趣。大必笼天海,细不遗草树。岂唯
玩景物?亦欲摅心素。往往即事中,未能忘兴谕。因知
康乐作,不独在章句。②

《忆微之》:

与君何日出屯蒙?鱼恋江湖鸟厌笼!分手各抛沧海
畔,折腰俱老绿衫中。三年隔阔音尘断,两地飘零气味
同。又被新年劝相忆,柳条黄软欲春风。③

可见"江湖"始终是他的精神栖居之地。只不过他把这一
传统的文化符号加以了改造,于是诗文中就出现了"牢落江湖
意"与"何必忆江湖"并存的情况。而这一"改造"是与一种外
来文化相关的。

---

① 〔唐〕白居易著,顾学颉校点:《白居易集》,中华书局,1979 年,第 339 页。
② 〔唐〕白居易著,顾学颉校点:《白居易集》,中华书局,1979 年,第 131 页。
③ 〔唐〕白居易著,顾学颉校点:《白居易集》,中华书局,1979 年,第 339 页。

二

如前所述,白居易这种"中隐"观念的核心就是把现实的物质生活、物质利益与理想的精神世界、精神自由结合起来。本来的"江湖"是要为了精神,为了理想牺牲、放弃现实利益的,是要吃苦的。而白居易的"中隐"则"鱼与熊掌兼得"。这样一种人生设计是与佛教的影响,具体说与维摩诘形象的影响有着直接的关系。白居易的《和梦游春诗一百韵》有一篇长序,对于了解白居易的思想十分重要:

> 微之既到江陵,又以《梦游春》诗七十韵寄予,且题其序曰:"斯言也,不可使不知吾者知;知吾者亦不可使不知。乐天知吾也,吾不敢不使吾子知。"予辱斯言,三复其旨,大抵悔既往而悟将来也。然予以为苟不悔不痛则已,若悔于此,则宜悟于彼也;反于彼而悟于妄,则宜归于真也。况与足下外服儒风,内宗梵行者有日矣。而今而后,非觉路之返也,非空门之归也,将安反乎? 将安归乎? 今所和者,其卒章指归于此。夫感不甚则悔不熟,感不至则悟不深;故广足下七十韵为一百韵,重为足下陈梦游之中,所以甚感者;叙婚仕之际,所以至感者:欲使曲尽其妄,周知其非,然后返乎真,归乎实。亦犹《法华经》序火宅、偈化城、《维摩经》入淫舍、过酒肆之义也。微之、微之,予斯文也,尤不可使不知吾者知,幸藏之云尔。①

---

① 〔唐〕白居易著,顾学颉校点:《白居易集》,中华书局,1979 年,第 292 页。

这是白居易贬官之后思想转变的自述,讲的是"悔"与"悟"。"悔"的是什么?《与元九书》中已讲过:"志未就而悔已生。"也就是兼济天下的"平生之志"。

"悟"的是什么呢?这篇序中反复言及,就是"觉路""空门""梵行",换言之就是佛教之理。这一点,白居易的研究者早有指出。但是,还有一点却被无视了。白居易认为只有充分的"悔"——"悔熟",要"曲尽其妄,周知其非",才能有真正的"悟"。他把这种状态与两部佛经相联系,一部是《法华经》,一部是《维摩诘经》。《法华经》有所谓"法华七喻","火宅喻"与"化城喻"是其中的两个。"火宅喻",讲现实世界的危险,"化城喻"讲现实世界的空幻。白居易在理想失落、现实失败的时候接受这样的观念,实在是很自然的事情。问题在于《维摩诘经》这句:"《维摩经》入淫舍、过酒肆之义。"

在分析这句话的"入淫舍、过酒肆"之前,我们先来看看他对这部佛经的特殊兴趣。在白氏诗歌中提到这部经的名字或是内容的颇有几首,例如《自咏》:

> 白衣居士紫芝仙,半醉行歌半坐禅。今日维摩兼饮酒,当时绮季不请钱。等闲池上留宾客,随事灯前有管弦。但问此身销得否?分司气味不论年。[1]

诗中以维摩居士自况。又如《内道场永欢上人就郡见访,善说〈维摩经〉,临别请诗,因以此赠》:

---

[1] 〔唐〕白居易著,顾学颉校点:《白居易集》,中华书局,1979年,第701页。

　　　　五夏登坛内殿师,水为心地玉为仪。正传金粟如来
偈,何用钱塘太守诗? 苦海出来应有路,灵山别后可无
期? 他生莫忘今朝会,虚白亭中法乐时。①

　　诗中的"金粟如来"即维摩诘居士的别称。又如《晏坐闲
吟》:

　　　　昔为京洛声华客,今作江湖老倒翁。意气销磨群动
里,形骸变化百年中。霜侵残鬓无多黑,酒伴衰颜只暂
红。赖学禅门非想定,千愁万念一时空。②

　　《维摩诘经》之"弟子品",有维摩诘就"宴坐"教训舍利弗,
指出:"不舍道法而现凡夫事,是为宴坐。"

　　白居易还在《三教论衡》中特意就《维摩经》与义林法师有
相当深入的讨论,"(《维摩诘经》的)'不可思议品'中云:'芥子
纳须弥。'须弥至大至高,芥子至微至小;岂可芥子之内,入得
须弥山乎? 假如入得,云何得见? 假如却出,云何得知? 其义
难明,请言要旨","法师所云'芥子纳须弥,是诸佛菩萨解脱神
通之力所致也'。敢问诸佛菩萨,以何因缘,证此解脱? 修何
智力,得此神通? 必有所因,愿闻其说"。③ 足见对于这部经
典的浓厚兴趣。他还在《与济法师书中》归结这部经的要旨云

---

① 〔唐〕白居易著,顾学颉校点:《白居易集》,中华书局,1979 年,第 450 页。
② 〔唐〕白居易著,顾学颉校点:《白居易集》,中华书局,1979 年,第 317 页。
③ 〔唐〕白居易著,顾学颉校点:《白居易集》,中华书局,1979 年,第 1437—
1438 页。

"《维摩经》总其义云：为大医王应病与药"。① 在《苏州重玄寺法华院石壁经碑文》中极力称道："证无生忍，造不二门，住不可思议解脱，莫极于《维摩经》。"② 足见白氏对于这部经的重视，以及对这部佛经的熟悉程度。

《维摩诘经》的一个重要观点就是"不舍道法而现凡夫事"③，也就是主张一方面修习佛法，一方面过着普通人的生活——包括各种欲念的生活。维摩诘居士自己就是这样的榜样。他一方面"住佛威仪，心大如海"④，有极高的修养、不可思议的神通；另一方面却是生活在红尘之中，"有妻子""有眷属""服宝饰""获俗利""至博奕戏处""入诸淫舍""入诸酒肆"。

这样的形象，在佛教中是独一无二的。在中华本土文化中，此前也是绝无踪迹的。所以，一经传入中土就产生了巨大的影响。如大诗人王维，字摩诘，名字连称即为"维摩诘"，就是最好的明证。而李白自称是"金粟如来"转世。杜甫则表示"金粟影"使他"神妙难忘"。不过，他们都不及白居易如此热衷，如此深研，并据以建构起自己的人生模式。

他把自己的这一思想转变写进《赠杓直》诗中：

> 世路重禄位，恓恓者孔宣。人情爱年寿，夭死者颜渊。二人如何人？不奈命与天！我今信多幸，抚己愧前

---

① 〔唐〕白居易著，顾学颉校点：《白居易集》，中华书局，1979 年，第 969 页。
② 〔唐〕白居易著，顾学颉校点：《白居易集》，中华书局，1979 年，第 1449 页。
③ 李英武注：《禅宗三经》，巴蜀书社，2005 年，第 360 页。
④ 李英武注：《禅宗三经》，巴蜀书社，2005 年，第 353 页。

贤。已年四十四,又为五品官;况兹知足外,别有所安焉。
早年以身代,直赴《逍遥》篇。近岁将心地,回向南宗禅。
外顺世间法,内脱区中缘。进不厌朝市,退不恋人寰。自
吾得此心,投足无不安。体非道引适,意无江湖闲。有兴
或饮酒,无事多掩关。寂静夜深坐,安稳日高眠。秋不苦
长夜,春不惜流年。委形老小外,忘怀生死间。昨日共君
语,与余心脊然。此道不可道,因君聊强言。①

　　他自陈心路历程的三个阶段。早期是认同社会通行的
"位禄",也就是名利,而影响自己的是儒家的思想。在遭受了
挫折之后,悟到孔颜之路不免伴随着失败与无奈,于是想到了
曾经感兴趣的老庄学说,希图"别有所安"。但是,安心的效果
还不太够,于是转向了佛教。这里他说的是"回向南宗禅"。
南宗禅是开元天宝年间形成的具有中国特色的佛教派别,而
其重要的思想理论支撑便是来自《维摩诘经》。实现了这一转
变,他就构建起了自己的人生模式,也就是上文所讲的"中
隐"——兼顾精神与物质、逍遥与红尘两方面的人生。"外顺
世间法,内脱区中缘。进不厌朝市,退不恋人寰",把这种鱼与
熊掌兼得的特点直陈无余。而这种人生安排,"有兴或饮酒,
无事多掩关",可以以"闲、适"来概括,并与庄、骚的"江湖",范
蠡的"江湖",甚至是李、杜的"江湖"都有所区别,因为它就在
红尘之中。所以,白居易明白宣示:"意无江湖闲。"他不是背

_____

　　① 〔唐〕白居易著,顾学颉校点:《白居易集》,中华书局,1979 年,第 125－
126 页。

离士人精神上遥远的虚幻"江湖",而是借助《维摩诘经》的启示,把"江湖"拉近、内化,从而达到了"自吾得此心,投足无不安"的状态。

三

如上所述,在白居易的诗作中,"江湖"意象出现了"内化"的特色。

从庄、骚到李、杜,无论他们笔下的"江湖""渔父"是写实还是虚构,都有一个共同点,就是构设了另外一个空间,这个空间是在官场之外的,在都市以外的。而白居易诗文中的"江湖",有承续了这一传统用法的,更有背离了这一用法的。前述"中隐"姿态下,白居易也有侈谈"江湖""渔钓"的,但都明确地表示对官场的不离不弃。如《马上作》:

> 处世非不遇,荣身颇有余:勋为上柱国,爵乃朝大夫。自问有何才?两入承明庐。又问有何政?再驾朱轮车。矧予东山人,自惟朴且疏。弹琴复有酒,但慕嵇阮徒。暗被乡里荐,误上贤能书;一列朝士籍,遂为世网拘。高有矰缴忧,下有陷阱虞;每觉宇宙窄,未尝心体舒。蹉跎二十年,颔下生白须。何言左迁去?尚获专城居。杭州五千里,往若投渊鱼。虽未脱簪组,且来泛江湖。吴中多诗人,亦不少酒酤;高声咏篇什,大笑飞杯盂。五十未全老,尚可且欢娱。用兹送日月,君以为何如?秋风起江上,白

日落路隅;回首语五马,去矣勿踟蹰![1]

首先是不无炫耀地讲述自己"荣身"的经历与现状,"勋为上柱国,爵乃朝大夫""两入承明庐,再驾朱轮车";然后切入主题,去杭州作刺史:"杭州五千里""尚获专城居。"这是个三品的职位,应属于高官之列,所以他在《杭州刺史谢上表》中自谦:"忝藩宣之寄,才小官重。"[2]可是,他却在诗中把荣膺地方的高官称之为"虽未脱簪组,且来泛江湖"。诚然,他是指离开了权力中心。但是,毕竟还是在体制之内,毕竟是位高权重的大州最高长官,竟然以"泛江湖"来形容,这分明与李白、杜甫的境界大不相同了。

又如《赠江州李十使君员外十四韵》:

> 我本江湖上,悠悠任运身。朝随卖药客,暮伴钓鱼人。迹为烧丹隐,家缘嗜酒贫。经过剡溪雪,寻觅武陵人。岂有疏狂性,堪为侍从臣?仰头惊凤阙,下口触龙鳞。剑佩辞天上,风波向海滨。非贤虚偶圣,无屈敢求伸!昔去曾同日,今来即后尘。中年俱白鬓,左宦各朱轮。长短才虽异,荣枯事略均。殷勤李员外,不合不相亲。[3]

白居易为这首诗作了一个小注："元和末,余与李员外同日黜官,今又相次出为刺史。"①

这是与《马上作》同一时期的作品。"朱轮""剑佩"都是表明自己的高官身份。但是又自称"江湖""疏狂"云云。这首诗中向往的是"钓鱼""卖药""烧丹""嗜酒",与前面那首中"大笑飞杯盂"的想象之词异曲同工。也就是说,高官要照做不误,但心里追求的是自由放纵的人生状态。换言之,白居易是把"江湖"原本那外在的空间搬到了内心,我们权称之为"白氏内化江湖"。白居易将疏离庙堂的"江湖",内化成为心灵的闲适,在仕宦的日常生活中营造出一种类似"江湖"的闲适感——"秋风起江上""高声咏篇什""好是修心处,何必在深山"。②

陈寅恪曾指出:"乐天老学者也,其趋向消极,爱好自然,享受闲适,亦与老学有关者也。"③他所谓"老学",指"老庄之学"即道家学说的信徒。前文已指出,这种判断并不够全面。但他拈出"爱好自然,享受闲适"来概括白居易的精神世界,还是十分准确的。

白居易对于"闲"有着深刻的体悟,在其众多作品中表达"闲"的诗作多达六百余首,而其中《闲吟》《闲出》《闲眠》《闲游》《闲题》《湖上闲望》《晚秋闲居》《长安闲居》等诸如此类诗作则以表达闲情逸致为主,可见"闲"对于白居易来说是其人

① 〔唐〕白居易著,顾学颉校点:《白居易集》,中华书局,1979 年,第 432 页。
② 〔唐〕白居易著,顾学颉校点:《白居易集》,中华书局,1979 年,第 98 页。
③ 陈寅恪:《元白诗笺证稿》,商务印书馆,2017 年,第 341 页。

生后半程追求的最为重要的生活目标。他不仅追求闲适的精神状态,更在意悠闲的为官之道。"闲"而为官也正是其"内在江湖"最为重要的思想表达:"坐安卧稳舆平肩,倚杖披衫绕四边。空腹三杯卯后酒,曲肱一觉醉中眠。更无忙苦吟闲乐,恐是人间自在天。"(《闲乐》)① 为了这份闲适,白居易自请分司,远离权力中心:"禄俸优饶官不卑,就中闲适是分司。风光暖助游行处,雨雪寒供饮宴时。肥马轻裘还粗有,粗歌薄酒亦相随。微躯所要今皆得,只是蹉跎得校迟。"(《闲适》)② 直言不讳:他所追求的"闲"既要有精神上的解脱,还要保证生活方面的享受。晚年时他曾总结自己为官经历称:"历想为官日,无如刺史时;欢娱接宾客,饱暖及妻儿。自到东都后,安闲更得宜。"(《偶作,寄朗之》)③ 白居易的闲适自在为官之道在中晚唐消极颓然的环境中显得尤为突出,正如他自己所言"随缘逐处便安闲,不住朝廷不入山。心似虚舟浮水上,身同宿鸟寄林间。"(《咏怀》)④

　　真的去隐居山林深处、江湖水畔,对于白居易来说,心向往之,但却望而却步,至于其原因,白居易自称:"莫隐深山去,君应到自嫌。齿伤朝水冷,貌苦夜霜严。渔去风生浦,樵归雪满岩。"(《不如来饮酒七首》)⑤ 所以,"养病未能辞薄俸,忘名何必入深山?"(《咏怀,寄皇甫朗之》)⑥ 这导致白居易对于"江

① 〔唐〕白居易著,顾学颉校点:《白居易集》,中华书局,1979年,第811页。
② 〔唐〕白居易著,顾学颉校点:《白居易集》,中华书局,1979年,第769页。
③ 〔唐〕白居易著,顾学颉校点:《白居易集》,中华书局,1979年,第847页。
④ 〔唐〕白居易著,顾学颉校点:《白居易集》,中华书局,1979年,第735页。
⑤ 〔唐〕白居易著,顾学颉校点:《白居易集》,中华书局,1979年,第618页。
⑥ 〔唐〕白居易著,顾学颉校点:《白居易集》,中华书局,1979年,第777页。

湖"的态度则显得颇为暧昧,向往甚至将日常生活打造成远遁的样子,但却常有"何必入深山"之语。同时,将"江湖"的生活情趣引入自己入仕的现实生活当中,在衙署中,宅池旁,甚至台阶下,都营造出"类江湖"的世界,其目的则是在现实生活中感受"江湖"世界的超脱与自适:

> 沧浪峡水子陵滩,路远江深欲去难。何似家池通小院,卧房阶下插鱼竿。(《家园三绝》其一)①

> 石浅沙平流水寒,水边斜插一渔竿。江南客见生乡思,道似严陵七里滩。(《新小滩》)②

> 洗浪清风透水霜,水边闲坐一绳床。眼尘心垢见皆尽,不是秋池是道场。(《秋池》)③

> 行寻甃石引新泉,坐看修桥补钓船。绿竹挂衣凉处歇,清风展簟困时眠。身闲当贵真天爵,官散无忧即地仙。林下水边无厌日,便堪终老岂论年?(《池上即事》)④

子陵滩、七里滩,都是东汉初年著名隐士严光隐居垂钓之处。严光与汉光武帝刘秀为同学好友,但坚不出仕,以"不召之臣""高风千古"为后代士人景仰。白居易以"路远江深欲去

---

① 〔唐〕白居易著,顾学颉校点:《白居易集》,中华书局,1979年,第739页。
② 〔唐〕白居易著,顾学颉校点:《白居易集》,中华书局,1979年,第831页。
③ 〔唐〕白居易著,顾学颉校点:《白居易集》,中华书局,1979年,第639页。
④ 〔唐〕白居易著,顾学颉校点:《白居易集》,中华书局,1979年,第612页。

难"为自己不能仿效开脱，并举出"家池小院""阶下鱼竿"来，认为情趣差相仿佛。而且，他还标榜这样的人生是身处"道场"，是修得"天爵"。而由于内心中对"江湖"传统的向往，所以他诗中对身边的水域总是表现出浓厚的兴趣。"秋池""家池""新泉""水边"，一片浅水多能成为他享受"江湖"情趣的场景。水边常常给他带来悠闲自得的况味——"独坐槐阴下，开襟向晚风。沤麻池水里，晒枣日阳中。人物何相称？居然田舍翁！"（《闲坐》）①"池晚莲芳谢，窗秋竹意深。更无人作伴，唯对一张琴。"（《池窗》）②池边独奏、水边垂钓，往往是隐士们山林、江湖中才有的雅趣，而白居易在自家的水池边一样兴趣盎然。甚至在与人谈玄论道时也不忘自家小池：

　　……进不趋要路，退不入深山；深山太濩落，要路多险艰。不如家池上，乐逸无忧患。有食适吾口，有酒酡吾颜。恍惚游醉乡，希夷造玄关。五千言下悟，十二年来闲。富者我不顾，贵者我不攀；唯有天坛子，时来一往还。（《闲题家池，寄王屋张道士》）③

　　白居易对自己这个刻意营造出来的"类江湖"世界，非常得意，拉出一群古人来做反衬，说明自己人生设计的高明：

　　林静蚊未生，池静蛙未鸣。景长天气好，竟日和且

---

① 〔唐〕白居易著，顾学颉校点：《白居易集》，中华书局，1979 年，第 846 页。
② 〔唐〕白居易著，顾学颉校点：《白居易集》，中华书局，1979 年，第 577 页。
③ 〔唐〕白居易著，顾学颉校点：《白居易集》，中华书局，1979 年，第 821 页。

清。春禽余哢在,夏木新阴成。兀尔水边坐,翛然桥上行。自问一何适?身闲官不轻。料钱随月用,生计逐日营。食饱惭伯夷,酒足愧渊明。寿倍颜氏子,富百黔娄生。有一即为乐,况吾四者并?所以私自慰,虽老有心情。(《首夏》)①

诗的前一半描写自己悠然自得的生活情景,并以自问自答作一小结:"自问一何适,身闲官不轻。"为什么能有如此惬意的生活呢?是因为既作着高官,又身闲不担责任。后一半进一步作出分析,先是拉出"饿死首阳"的伯夷,来陪衬自己的饱食终日;口中讲的是"惭",心里其实是自得。接着拉出"性嗜酒,家贫不能常得"的陶渊明,来陪衬自己樽中常满的美酒。然后以颜回、黔娄反衬自己的寿考、富贵。最后以"四者并"来"自慰",欣然于如此成功的人生。《唐宋诗醇》曾对白居易这种内化的"类江湖"评价为:"触景怡情。及时行乐,迁谪之感毫不挂怀,全是一团真趣流露笔墨间。"②作为封建时代士大夫来说,这样的人生设计或许无可厚非,如此坦言也比言清行浊之辈要"可爱"一点。不过,今天读来,这样精致的利己打算,特别是洋洋自得的表露,还是会感觉些许不甚舒服的。

朝市而江湖的思想因子也是其来有自。郭象注《逍遥游》

---

① 〔唐〕白居易著,顾学颉校点:《白居易集》,中华书局,1979 年,第 658 页。
② 〔清〕爱新觉罗·弘历编:《唐宋诗醇》,中国文学出版社,2000 年,第 619 页。

曰:"夫圣人虽在庙堂之上,然其心无异于山林之中。"①注《大宗师》曰:"故圣人常游外以弘内,无心以顺有。"②而他解读《逍遥游》与《齐物论》,概括出"自适其适"的人生准则。标举"自适",正是白居易大量"闲适诗"的核心观念。东晋王康琚的《反招隐》表达着同一种思想态度,其中"小隐隐陵薮,大隐隐朝市"③的提法,正是白居易"中隐"之说的滥觞。此外《晋书·邓粲传》中对于"隐"的表达更透彻显示士人"不舍富贵而求自适"的态度:"夫隐之为道,朝亦可隐,市亦可隐,隐初在我,不在于物。"④白居易承此一脉,又得维摩诘"加持",就有了大量理直气壮的诗意自述:

> 自哂此迂叟,少迂老更迂;家计一不问,园林聊自娱。竹间琴一张,池上酒一壶;更无俗物到,但与秋光俱。古石苍错落,新泉碧萦纡。焉用车马客,即此是吾徒。犹有所思人,各在城一隅;杳然爱不见,搔首方踟蹰。玄晏风韵远,子真云貌孤。诚知厌朝市,何必忆江湖? 能来小涧上,一听潺湲无?(《闲居偶吟,招郑庶子、皇甫郎中》)⑤

---

① 〔晋〕郭象注,〔唐〕成玄英疏,曹础基、黄兰发点校:《南华真经注疏》,中华书局,1998 年,第 12 页。

② 〔晋〕郭象注,〔唐〕成玄英疏,曹础基、黄兰发点校:《南华真经注疏》,中华书局,1998 年,第 155 页。

③ 〔南朝梁〕萧统编,〔唐〕李善注:《文选》,上海古籍出版社,1986 年,第 1030 页。

④ 〔唐〕房玄龄等撰:《晋书》,中华书局,1974 年,第 2151 页。

⑤ 〔唐〕白居易著,顾学颉校点:《白居易集》,中华书局,1979 年,第 820—821 页。

冰塘耀初旭,风竹飘余霰。幽境虽目前,不因闲不见。晨起对炉香,道经寻两卷。晚坐拂琴尘,秋思弹一遍。此外更无事,开樽时自劝。何必东风来,一杯春上面。(《冬日早起闲咏》)[1]

肺病不饮酒,眼昏不读书;端然无所作,身意闲有余。鸡栖篱落晚,雪映林木疏。幽独已云极,何必山中居?(《闲居》)[2]

池馆清且幽,高怀亦如此。有时帘动风,尽日桥照水。静将鹤为伴,闲与云相似。何必学留侯,崎岖觅松子?(《和裴侍中〈南园静兴〉见示》)[3]

白居易的"江湖"本就是营造出的精神与物质兼顾的"自适"世界,是庄子顺世思想(特别是经郭象阐释、发挥后的庄子思想),维摩的居士人生模式,以及儒家的入世姿态三方面的综合作用下,超越了原本的"江湖"观念,于名利场中寻找清凉,寻找逍遥。正如白居易自己所说"莫惊宠辱虚忧喜,莫计恩仇浪苦辛。黄帝孔丘何处问,安知不是梦中身?"(《疑梦二首》)[4],将宠辱、毁誉俱看作是"空",因此在沉沉浮浮的生存中找到了新的哲学解释,他认为:"汩市朝,溺妻子,非达也。困山林,摈血属,亦非达也。若有人与群动处一代间:彼为彼,

---

① 〔唐〕白居易著,顾学颉校点:《白居易集》,中华书局,1979 年,第 661 页。
② 〔唐〕白居易著,顾学颉校点:《白居易集》,中华书局,1979 年,第 144 页。
③ 〔唐〕白居易著,顾学颉校点:《白居易集》,中华书局,1979 年,第 678 页。
④ 〔唐〕白居易著,顾学颉校点:《白居易集》,中华书局,1979 年,第 642 页。

我为我,不自洁,不自污,不巢许,不伊吕,水其心,云其身,浮沉消息,无往而不自得者,其达人乎?"(《故饶州刺史吴府君神道碑铭》)①他不再如庄、骚笔下的渔父飘然远去,也不再如魏晋嵇、阮、渊明般抱有某种特定精神向往,而是和光同尘,将所有的向往皆化为无可无不可的"类江湖"场景,内化为自我闲适的生存状态。如果站在道德高地上,这种人生态度肯定不受今天的读者恭维,但如果设想置身于专制政体,置身于君昏臣佞的乱局,却也不免多几分同情的理解。

第四节　东坡消融于诗意的"江湖"

如果说,杜甫诗中的"江湖",基调是落寞,白居易诗中的"江湖",基调是闲适,那么苏东坡诗中的"江湖",基调则是潇洒、旷远。他们各自的性格特征,各自的背景文化,都在很大程度上映射在自己作品的"江湖"意象之中。

一

苏东坡因乌台诗案贬谪到了黄州。黄州地处今湖北境内。湖北素有"大江大湖"之誉。东坡居黄五年,诗文创作都达到了新的高峰,其中颇有与"江"、与"湖"、与"江湖"相关的名作。冠绝千古的文赋《前赤壁赋》,冠绝千古的词作《念奴娇·赤壁怀古》,都把自然的大江,文人的江游,乃至"江""水"的

---

① 〔唐〕白居易著,顾学颉校点:《白居易集》,中华书局,1979年,第1446—1447页。

哲思抒写到了极致。即以《前赤壁赋》而论,江景、江游、江思三者融汇为一、了无造作之痕,堪称千古一赋:

> 壬戌之秋,七月既望,苏子与客泛舟游于赤壁之下。清风徐来,水波不兴。举酒属客,诵明月之诗,歌窈窕之章。少焉,月出于东山之上,徘徊于斗牛之间。白露横江,水光接天。纵一苇之所如,凌万顷之茫然。浩浩乎如冯虚御风,而不知其所止,飘飘乎如遗世独立,羽化而登仙。
>
> 于是饮酒乐甚,扣舷而歌之。歌曰:"桂棹兮兰桨,击空明兮溯流光。渺渺兮予怀,望美人兮天一方。"客有吹洞箫者,倚歌而和之。其声呜呜然,如怨如慕,如泣如诉。余音袅袅,不绝如缕。舞幽壑之潜蛟,泣孤舟之嫠妇。
>
> 苏子愀然,正襟危坐,而问客曰:"何为其然也?"客曰:"······吾与子渔樵于江渚之上,侣鱼虾而友麋鹿,驾一叶之扁舟,举匏尊以相属。寄蜉蝣于天地,渺沧海之一粟。哀吾生之须臾,羡长江之无穷。挟飞仙以遨游,抱明月而长终。知不可乎骤得,托遗响于悲风。"
>
> 苏子曰:"客亦知夫水与月乎? 逝者如斯,而未尝往也。盈虚者如彼,而卒莫消长也。盖将自其变者而观之,则天地曾不能以一瞬;自其不变者而观之,则物与我皆无尽也,而又何羡乎? 且夫天地之间,物各有主。苟非吾之所有,虽一毫而莫取。惟江上之清风,与山间之明月,耳得之而为声,目遇之而成色。取之无禁,用之不竭。是造

物者之无尽藏也,而吾与子之所共适。"

　　客喜而笑,洗盏更酌。肴核既尽,杯盘狼藉。相与枕藉乎舟中,不知东方之既白。[①]

　　可以毫不夸张地讲,古今写泛舟之美,江行之思,无过于此文者。这篇奇文并非一般意义上的"游记"。从表面上看,它似乎就是一篇记游文字,细推敲却与写实性的"游记"大相径庭。他描写的既有写实的泛舟境况,又是理想中的天人合一的诗境:"清风徐来,水波不兴""月出于东山之上,徘徊于斗牛之间。白露横江,水光接天。纵一苇之所如,凌万顷之茫然"——这已经带有强烈的主观理想色彩了;更何况,"举酒属客,诵明月之诗,歌窈窕之章""浩浩乎如冯虚御风,而不知其所止;飘飘乎如遗世独立,羽化而登仙",完全是《逍遥游》所想象的藐姑射仙人般诗意的生存了。

　　必须指出的是,苏东坡此时为戴罪之身,政治危机并没有完全过去,经济上也相当困窘。比起杜甫的"十载江湖客",东坡的处境,或者说东坡所处的现实的"江湖",要险恶得多。但是,他笔下的"江湖"生涯却是如此洒脱,如此诗意盎然。不但诗人眼中的江景如此豁人心胸,诗人心中的境界也超然于物外。他所设的主客问答是类似于楚辞《渔父》中的三闾大夫与渔父问答的文学手法,客所言乃是"江湖"文化普遍面临的困惑:"渔樵于江渚""一叶之扁舟",固然自由自在了,但与草木

---

　　① 〔宋〕苏轼著,〔明〕茅维编,孔凡礼点校:《苏轼文集》,中华书局,1986年,第5—6页。

同朽,生命的价值何在?由此,引出"苏子"的思考、回答,从而借此把对于人生价值的透彻认识以诗的语言表达出来。作者的思考与表达言简而意赅,分为两个层次:一个层次是生命价值问题,在有限与无限的辩证关系背后,实际消解掉了世俗功利与消极颓废两种极端观念;另一个层次是张扬江游所应呈现的天人合一境界。两个层次都豁然开悟,主客便消融在忘我的、诗意的境界之中,"相与枕藉乎舟中,不知东方之既白"——这唯《庄子》的"吾丧我"庶几近之。

可贵的是,这样深刻的哲理,在东坡的笔下完全没有生涩、沉重的感觉。由于话语与上下文的江景、感受融合无间,以致哲理与诗情完全打成一片。乐享这样的"清风明月"——可贵的"造物者之无尽藏",从而"与子之所共适",便成为苏东坡的"江湖宣言",也是他笔下大量的"江湖""江海""扁舟""渔蓑"意象的共同灵魂,共同特色。

在东坡的诗作中,这样的例子比比皆是,我们随机引述几首,印证一下。如《江城子·湖上与张先同赋》:

> 凤皇山下雨初晴,水风清,晚霞明,一朵芙蕖,开过尚盈盈。何处飞来双白鹭,如有意,慕娉婷。 忽闻江上弄哀筝,苦含情,遣谁听。烟敛云收,依约是湘灵。欲待曲终寻问取,人不见,数峰青。①

---

① 〔宋〕苏轼著,〔清〕朱孝臧编年,龙榆生校笺,朱怀春标点:《东坡乐府笺》,上海古籍出版社,2009年,第20页。

江上风清霞明，芙蕖盈盈，赏心悦目。又有白鹭飞来，似乎是与自己一起欣赏这美景良辰。诗人不仅是一个旁观者，更是全身心地融入。接下来，似乎传来不和谐的乐声，隐约是屈原的调子。而欲待与弹奏者交流，却只见江流滔滔，数峰青青。无论是作品的结构，还是表现观念、表达的手法都可以看出《前赤壁赋》的影子。特别是作品饱含的潇洒、乐观、热爱自然与人生的情怀，二者几无二致。所不同的只是笔下的景致各有千秋。又如《蔡景繁官舍小阁》：

> ……三年弭节江湖上，千首放怀风月里。手开西阁坐虚明，目净东溪照清泚。素琴浊酒容一榻，落霞孤鹜供千里。大舫何时系门柳，小诗屡欲书窗纸。文昌新构满鹓鸾，都邑正喧收杞梓。相逢一醉岂有命，南来寂寞君归矣。[1]

满眼"落霞孤鹜"，乐享"素琴浊酒"，于是"千首放怀风月里"——这是何等诗意的"江湖"生涯！诗中那些具体的情景描写，却又是"有我之境"，是由诗人审美的眼睛看到的境界。而"大舫何时系门柳，小诗屡欲书窗纸"，更是使潇洒自得的诗人形象呼之欲出。无论是描绘的生动"江湖"情境，还是其中呈露出的阔达胸襟，都是白居易作品所不及的。再如《九日寻臻阇梨遂泛小舟至勤师院二首》其二：

---

[1] 〔宋〕苏轼著，〔清〕王文诰辑注，孔凡礼点校：《苏轼诗集》，中华书局，1982年，第1289页。

　　　　湖上青山翠作堆,葱葱郁郁气佳哉。笙歌丛里抽身出,云水光中洗眼来。白足赤髭迎我笑,拒霜黄菊为谁开。明年桑苎煎茶处,忆著衰翁首重回。①

　　"湖上青山翠作堆,葱葱郁郁气佳哉",自在、得意,情不自禁的情状跃然纸上。而"抽身"于"笙歌丛","洗眼"于"云水光",就不仅是疏离名利场,远避险恶仕途了,而是一种人生价值的改变,是对"五色令人目盲;五音令人耳聋"②的世俗人生的超越,是将生命融入大自然的更为真实的生命境界。诗中的"白足赤髭""拒霜黄菊",都是既写实,又写意,把"湖上"境界的真纯、自傲融入两个生动形象之中。这种富有情趣的描写是东坡"江湖"诗作的非常明显的标志性特色。不妨再略举几例。《和王晋卿送梅花次韵》:

　　　　东坡先生未归时,自种来禽与青李。五年不踏江头路,梦逐东风泛萍芷。江梅山杏为谁容,独笑依依临野水。此间风物君未识,花浪翻天雪相激。明年我复在江湖,知君对花三叹息。③

　　"梦逐东风""独笑依依",皆情趣盎然之笔。《和子由记园中草木十一首》其五:

---

　　①〔宋〕苏轼著,〔清〕王文诰辑注,孔凡礼点校:《苏轼诗集》,中华书局,1982年,第506—507页。
　　②高明撰:《帛书老子校注》,中华书局,1996年,第273页。
　　③〔宋〕苏轼著,〔清〕王文诰辑注,孔凡礼点校:《苏轼诗集》,中华书局,1982年,第1635—1636页。

芦笋初似竹,稍开叶如蒲。方春节抱甲,渐老根生须。不爱当夏绿,爱此及秋枯。黄叶倒风雨,白花摇江湖。江湖不可到,移植苦勤劬。安得双野鸭,飞来成画图。[1]

其余如《与王郎昆仲及儿子迈,绕城观荷花,登岘山亭,晚入飞英寺,分韵得"月明星稀"四字》的"……孤舟任斜横。中流自偃仰,适与风相迎。举杯属浩渺,乐此两无情。归来两溪间,云水夜自明"[2],《好事近》的"醉中吹堕白纶巾,溪风漾流月,独棹小舟归去"[3],《送运判朱朝奉入蜀》的"我在尘土中,白云呼我归。我游江湖上,明月湿我衣"[4],《次韵李修孺留别二首》的"何处青山不堪老,当时明月巧相随"[5],等等,都是在江湖烟水中展现出诗人旷达通透的精神世界。

东坡的"江湖"诗作还有一个特点,就是与朋友们分享自然之美、自由之乐——当然,这也是《前赤壁赋》的"范式"。如《次韵答王巩》:

---

① 〔宋〕苏轼著,〔清〕王文诰辑注,孔凡礼点校:《苏轼诗集》,中华书局,1982年,第204-205页。

② 〔宋〕苏轼著,〔清〕王文诰辑注,孔凡礼点校:《苏轼诗集》,中华书局,1982年,第985-986页。

③ 〔宋〕苏轼著,〔清〕朱孝臧编年,龙榆生校笺,朱怀春标点:《东坡乐府笺》,上海古籍出版社,2009年,第283页。

④ 〔宋〕苏轼著,〔清〕王文诰辑注,孔凡礼点校:《苏轼诗集》,中华书局,1982年,第1844-1845页。

⑤ 〔宋〕苏轼著,〔清〕王文诰辑注,孔凡礼点校:《苏轼诗集》,中华书局,1982年,第1456页。

　　我有方外客，颜如琼之英。十年尘土窟，一寸冰雪清。揭来从我游，坦率见真情。顾我无足恋，恋此山水清。新诗如弹丸，脱手不暂停。昨日放鱼回，衣巾满浮萍。今日扁舟去，白酒载乌程。山头见月出，江路闻鼍鸣。莫作孺子歌，沧浪濯吾缨。吾诗自堪唱，相子棹歌声。①

　　"昨日放鱼回，衣巾满浮萍。今日扁舟去，白酒载乌程。山头见月出，江路闻鼍鸣"，写朋友们摆脱羁縻后的自在、畅快状态，情趣盎然，令人神往。"吾诗"与"子歌"此唱彼和，这种与友人共享的"江湖"快乐，也就完全不同于老杜那种孤独、寂寞的"江湖"了。同样的如《穆父新凉》的"清风来既雨，新稻香可饭。紫螯应已肥，白酒谁能劝……幸推江湖心，适我鱼鸟愿"②，"江湖心"不再孤寂、困苦，持螯举觞，和朋友一起享受融入自然中的生活之趣，其乐何如！《乘舟过贾收水阁，收不在，见其子，三首》则有"青山来水槛，白雨满渔蓑……不知何所乐，竟夕独酣歌"，"袅袅风蒲乱，猗猗水荇长……乐哉无一事，何处不清凉"③，也都是抒写友朋得趣于"江湖"的快乐。

　　东坡对"江湖"的情趣，还被他灌注到艺术的品评之中，如《书李世南所画秋景》"野水参差落涨痕，疏林欹倒出霜根。扁

---

　　① 〔宋〕苏轼著，〔清〕王文诰辑注，孔凡礼点校：《苏轼诗集》，中华书局，1982年，第948—949页。

　　② 〔宋〕苏轼著，〔清〕王文诰辑注，孔凡礼点校：《苏轼诗集》，中华书局，1982年，第1521—1522页。

　　③ 〔宋〕苏轼著，〔清〕王文诰辑注，孔凡礼点校：《苏轼诗集》，中华书局，1982年，第966—976页。

舟一棹归何处,家在江南黄叶村。人间斤斧日创夷,谁见龙蛇
百尺姿。不是溪山曾独往,何人解作挂猿枝。"①前一首由画
中景色想象画外的意趣,后一首写画家"溪山独往"的经历,是
笔下"龙蛇百尺姿"的基础。而言外之意,这种得自大自然的
本然生态,艺术生命远超"人间斤斧""创夷"之后的萎靡之作。
又如《书皇亲画扇》的"十年江海寄浮沉,梦绕江南黄苇林。谁
谓风流贵公子,笔端还有五湖心"②,从画中看出"五湖心",便
欣然引为同道。《次前韵送程六表弟》的"忆昔江湖一钓舟,无
数云山供点笔。未应便障西风扇,只恐先移北山檄"③,也是
讲"江湖"生涯可以提供创作灵感。可以说,苏东坡把他的"江
湖"情怀、"江湖心结"贯穿在他艺术活动的方方面面,包括创
作,也包括品评,对当时以及后世的"文人画""文人书"都产生
了深远的影响。

二

东坡笔下的"江湖",不仅情趣生动、境况美好,而且往往
伴随着哲思的兴味,使得作品深邃、隽永。如他在杭州参加好
朋友释参寥的雅集,写下一诗一铭,其中都有"江湖"的意象。
诗为《参寥上人初得智果院,会者十六人,分韵赋诗,轼得心
字》:

---

① 〔宋〕苏轼著,〔清〕王文诰辑注,孔凡礼点校:《苏轼诗集》,中华书局,
1982 年,第 1525 页。

② 〔宋〕苏轼著,〔清〕王文诰辑注,孔凡礼点校:《苏轼诗集》,中华书局,
1982 年,第 1524 页。

③ 〔宋〕苏轼著,〔清〕王文诰辑注,孔凡礼点校:《苏轼诗集》,中华书局,
1982 年,第 1583－1584 页。

涨水返旧壑，飞云思故岑。念君忘家客，亦有怀归心。三间得幽寂，数步藏清深。攒金卢橘坞，散火杨梅林。茶笋尽禅味，松杉真法音。云崖有浅井，玉醴常半寻。遂名参寥泉，可濯幽人襟。相携横岭上，未觉衰年侵。一眼吞江湖，万象涵古今。愿君更小筑，岁晚解我簪。①

铭为《参寥泉铭》（其实不妨算是广义的诗）：

在天雨露，在地江湖。皆我四大，滋相所濡。伟哉参寥，弹指八极。退守斯泉，一谦四益。余晚闻道，梦幻是身。真即是梦，梦即是真。石泉槐火，九年而信。夫求何神，实弊汝神。②

智果寺在杭州西湖之畔，地理形胜。中有一泉，水甚甘冽。参寥驻锡于寺，煮泉烹茶，召友人雅集。参寥九年前曾到黄州陪伴东坡，二人是患难之交。所以东坡诗中赞美了参寥的修行，以及寺庙的清幽，但又超越雅集的具体情境，夹写了一段与参寥的"相携"游历，"一眼吞江湖，万象涵古今"，既是登临所见所感，又是对参寥素抱的称许。"江湖"与"古今"相对，这里便有空间、世界、辽阔、风波等复杂的意蕴。至于《参

---

① 〔宋〕苏轼著，〔清〕王文诰辑注，孔凡礼点校：《苏轼诗集》，中华书局，1982年，第1656—1657页。

② 〔宋〕苏轼著，〔明〕茅维编，孔凡礼点校：《苏轼文集》，中华书局，1986年，第566—567页。

寥泉铭》更是进一步抒写对于生命、命运的思考。"在天雨露，在地江湖。皆我四大，滋相所濡"，"四大"即身体，"江湖"则概括了大地上的"水"，并隐指大地。这里浸染的是庄禅的人生观念：物我消融，妙有真空。而以"江湖"指代身外世界，可见其在东坡心目中的重要。

前面我们已经提到，东坡笔下的"江湖"，不仅是庙堂的对待物，还是"城市"的对待物。"江湖"对待于庙堂，重点是对政治的疏离，对险恶仕途的退避。而对待于"城市"的时候，"江湖"的重点转移到对自然的拥抱，对生命本然的珍重。当然，在超脱于名利场这一点上，"江湖"的基本含义是始终未变的。

东坡以诗的形式讨论"江湖"与"城市"的差异，生动而有趣：

城市不识江湖幽，如与蟪蛄语春秋。试令江湖处城市，却似麋鹿游汀洲。高人无心无不可，得坎且止乘流浮。公卿故旧留不得，遇所得意终年留。君不见抛官彭泽令，琴无弦，巾有酒，醉欲眠时遣客休。（《和蔡唯郎中见邀游西湖三首》其二）①

这里把"城市"生活与"江湖"生涯相对提出，指出两种人生模式之间很难相互理解。由于援引了"蟪蛄语春秋"，就使得这种人生反思具有了明显的庄子"齐物"的味道。表面看

① 〔宋〕苏轼著，〔清〕王文诰辑注，孔凡礼点校：《苏轼诗集》，中华书局，1982年，第337—339页。

来,"蟪蛄语春秋"之后,又有"麋鹿游汀洲"之语,似乎在"江湖"与"城市"之间无所轩轾。不过细品,作者的态度还是可以看出来的。"如与蟪蛄语春秋",是隐隐带有轻蔑意味的贬词。而"麋鹿游汀洲"则是善意调侃。何况"麋鹿"还带有朴野天性的意味——如嵇康《与山巨源绝交书》的"愈思长林丰草"。但是,东坡此时的重点不在此,而在于"高人无心无不可",也就是说,人生不必给自己硬性规定一种生活模式,因为命运之流时常不可测度,不免要任运委化,"得坎且止乘流浮"。同时,也不要被世俗的种种关系束缚,自我的"得意"、得趣才是最好的状态。于是乎,他就在讨论"江湖"与"城市"两种人生选择之后,又超越了一层,使得人生的思考更加深入了。而可喜的是,这种思考并不是干巴巴的,而是用诗的语言、诗的形象表现出来。"琴无弦,巾有酒,醉欲眠时遣客休",放诞、自在的诗人形象呼之欲出。这一形象其实骨子里体现的正是"江湖"人生的精魂,不过此时游处之地是在"城市"中的江湖罢了。

类似表达任运自然的诗作还有,如《徐大正闲轩》:

> 冰蚕不知寒,火鼠不知暑。知闲见闲地,已觉非闲侣。君看东坡翁,懒散谁比数。形骸堕醉梦,生事委尘土。……问闲作何味,如眼不自睹。颇讶徐孝廉,得闲能几许。……我诗为闲作,更得不闲语。君如汗血驹,转盼略燕楚。莫嫌銮辂重,终胜盐车苦。[1]

---

[1] 〔宋〕苏轼著,〔清〕王文诰辑注,孔凡礼点校:《苏轼诗集》,中华书局,1982年,第1983-1984页。

"冰蚕"与"火鼠"之相对,类似于"江湖"与"城市"的相对。此诗讲刻意求闲,已失去"闲"的真谛。"闲"是一种精神境界,而不在于行迹。他用了一个比喻:"如眼不自睹。"这就把一个玄思生动形象表现出来了。又如《秀州僧本莹静照堂》:

> 鸟囚不忘飞,马系常念驰。静中不自胜,不若听所之。君看厌事人,无事乃更悲。贫贱苦形劳,富贵嗟神疲。作堂名静照,此语子谓谁?江湖隐沦士,岂无适时资。老死不自惜,扁舟自娱嬉。从之恐莫见,况肯从我为。①

其意旨与上面两首相近。也是人各有志,自适其适即可。江湖隐沦之人"扁舟自娱嬉",但大多数人还会另有选择。东坡认为各行其志互不相妨,"静中不自胜,不若听所之"。欣赏"江湖",但又超越"江湖",从更高的视野观察世态人情,显出其通达的胸襟。而这样的思想方法,正是来自禅学的修养:

> 任性逍遥,随缘放旷,但尽凡心,别无胜解。以我观之,凡心尽处,胜解卓然。但此胜解,不属有无,不通言语,故祖师教人,到此便住。②

---

① 〔宋〕苏轼著,〔清〕王文诰辑注,孔凡礼点校:《苏轼诗集》,中华书局,1982 年,第 234—235 页。

② 〔宋〕苏轼著,〔明〕茅维编,孔凡礼点校:《苏轼文集》,中华书局,1986 年,第 1834 页。

　　把"江湖"生涯与《庄子》、佛禅相关联,为东坡诗作增添了哲思的意味。《复次韵谢赵景贶、陈履常见和,兼简欧叔弼兄弟》的"逝将江湖去,浮我五石樽"①,《书双竹湛师房》的"我本西湖一钓舟,意嫌高屋冷飕飕。羡师此室才方丈,一炷清香尽日留"②,把"江湖"同"大樽""方丈"同曲吟唱,自然就带有了几分哲思玄想。不过,诗毕竟是诗,诗中的哲理如果能如羚羊挂角了无痕迹就更高明了。东坡抒写"江湖"作品中颇不乏这样的例子,如《留题仙都观》:

　　　　山前江水流浩浩,山上苍苍松柏老。舟中行客去纷纷,古今换易如秋草……学仙度世岂无人,餐霞绝粒长苦辛。安得独从逍遥君,泠然乘风驾浮云,超世无有我独行。③

《江上看山》:

　　　　船上看山如走马,倏忽过去数百群。前山槎牙忽变态,后岭杂沓如惊奔。仰看微径斜缭绕,上有行人高缥缈。舟中举手欲与言,孤帆南去如飞鸟。④

---

　　① 〔宋〕苏轼著,〔清〕王文诰辑注,孔凡礼点校:《苏轼诗集》,中华书局,1982年,第1790—1792页。

　　② 〔宋〕苏轼著,〔清〕王文诰辑注,孔凡礼点校:《苏轼诗集》,中华书局,1982年,第524页。

　　③ 〔宋〕苏轼著,〔清〕王文诰辑注,孔凡礼点校:《苏轼诗集》,中华书局,1982年,第18—19页。

　　④ 〔宋〕苏轼著,〔清〕王文诰辑注,孔凡礼点校:《苏轼诗集》,中华书局,1982年,第16—17页。

《行香子·过七里滩》：

> 一叶舟轻，双桨鸿惊，水天清、影湛波平。鱼翻藻鉴，鹭点烟汀。过沙溪急，霜溪冷，月溪明。 重重似画，曲曲如屏。算当年、空老严陵。君臣一梦，今古虚名。但远山长，云山乱，晓山青。①

理趣若有若无，如盐在水，意味更为悠长了。

三

如前所述，"江湖"进入文学书写，并成为内涵丰富的文学意象，始于魏晋，渐盛于唐，李、杜以截然不同的风格推进了这一过程，中唐的白居易、柳宗元、张志和等为其注入了新的意蕴。这一文学现象到两宋达到了顶峰。而使"江湖"充分诗化，成为大传统中影响广远的文化现象的旗手，非东坡莫属。

与李白笔下的"江湖""江海"比，东坡的"江湖"同样豪情洋溢，超然尘外，但同时又富有具体生动的情境，有别具只眼的趣味；

与杜甫笔下的"江湖"比，东坡的"江湖"同样富于人文关怀，同样鄙夷名枷利锁，但东坡的"江湖"色调更明朗，对自然的拥抱更紧密。老杜的"江湖"通常是"江湖多风波，水深波浪阔""朴直乞江湖。滟滪险相迫""十载江湖客，茫茫迟暮心"，

---

① 〔宋〕苏轼著，〔清〕朱孝臧编年，龙榆生校笺，朱怀春标点：《东坡乐府笺》，上海古籍出版社，2009年，第3—4页。

秉承屈子"行吟泽畔，形容憔悴"的传统更多一些；而东坡则是"谁怕？一蓑烟雨任平生"①的近于庄子的放达形象。

与白居易笔下的"闲适江湖""中隐"比，东坡的"江湖"同样充满闲趣，同样有行藏用舍任运随缘的表达，但是东坡的江湖更为气象阔大，而且自然任性，不似白居易有精致利己的计较在其中。可以说，东坡那样兴致盎然地描绘江湖的万千气象，细大不捐，是植根于心灵深处的归属感，是更丰沛的生命意识的自觉。

所以，东坡的"江湖"不是衰飒的、哀怨的，而是风发之意气，沛然充盈。他在《答贾耘老》中描画了一段江湖偶遇的情景：

> 久放江湖，不见伟人。前在金山，滕元发以扁舟破巨浪来相见。出船，巍然使人神耸。好个没兴底张镐相公。见时，且为我致意。别后酒狂，甚长进也。老杜云："张公一生江海客，身长九尺须眉苍。"谓张镐也。萧嵩荐之云："用之则为帝王师，不用则穷谷一病叟耳。"②

这般豪情壮景，几乎可以置于《虬髯客传》《水浒传》之中。"江湖"之上，竟然有"扁舟破巨浪"的景象，这个"伟人"从小船中一出现，形象是"巍然使人神耸"。于是，诗人想到了老杜笔

---

① 〔宋〕苏轼著，〔清〕朱孝臧编年，龙榆生校笺，朱怀春标点：《东坡乐府笺》，上海古籍出版社，2009 年，第 167 页。

② 〔宋〕苏轼著，〔明〕茅维编，孔凡礼点校：《苏轼文集》，中华书局，1986 年，第 1725 页。

下的张镐,也是伟岸丈夫。然后借萧嵩推荐张镐的评语来形容滕元发:虽然现在只是江湖扁舟上的一介平民,其实具有作"帝王师"的水准。这样来写"江湖"人物,实际表现出的是东坡自己的胸怀。"别后酒狂甚长",正是写自己与滕惺惺相惜的兴奋。这样来写"江湖",东坡之外,不作第二人想。

　　东坡的狂,源于自信。无论在何等逆境,自信不变,自在不变。他的人生最低谷是贬谪琼州之时,可谓生死悬于一线。但是看他此时的诗作《入寺》:

> 曳杖入寺门,辑杖挹世尊。我是玉堂仙,谪来海南村。多生宿业尽,一气中夜存。旦随老鸦起,饥食扶桑暾。光圆摩尼珠,照耀玻璃盆。来从佛印可,稍觉魔忙奔。闲看树转午,坐到钟鸣昏。敛收平生心,耿耿聊自温。①

　　"我是玉堂仙,谪来海南村",何等气派!而"辑杖挹世尊""来从佛印可",都不是常人能够具有的潇洒与大气。"一气中夜存",则是对自己的人格、修养的充分自信。他自信地宣示,之所以貌视一切外来的横逆,是因为自己心胸强大的正气:"门前万事不挂眼,头虽长低气不屈。"(《戏子由》)②而且,他自省,这股倔强之气来自于天性,虽想稍加改变也是极端困

---

① 〔宋〕苏轼著,〔清〕王文诰辑注,孔凡礼点校:《苏轼诗集》,中华书局,1982 年,第 2283 页。

② 〔宋〕苏轼著,〔清〕王文诰辑注,孔凡礼点校:《苏轼诗集》,中华书局,1982 年,第 324—325 页。

难:"明珠照短褐,陋室生虹霓。虽无孔方兄,顾有法喜妻。弹琴一长啸,不答阮与嵇……我生本强鄙,少以气自挤。孤舟倒江河,赤手揽象犀。"(《赠王仲素寺丞》)[1]正是这样的精神气质,才能把"江湖"生涯安顿得有声有色,才能在他人视若畏途的"江湖"从容而大气地展开人生。

这般豪情浸染在东坡"江湖"的方方面面,如一直陪伴自己浪迹江湖的拄杖,在他的笔下:

> 入怀冰雪生秋思,倚壁蛟龙护昼眠。遥想人天会方丈,众中惊倒野狐禅。
>
> 二年相伴影随身,踏遍江湖草木春。摘石旧痕犹作眼,闭门高节欲生鳞。畏涂自卫真无敌,捷径争先却累人。远寄知公不嫌重,笔端犹自斡千钧。(《乐金先生生日,以铁拄杖为寿,二首》)[2]

一个普通的物件,东坡把它写得虎虎生气、凛凛生风。有趣的是,他特意点出这支铁杖是可以担任"江湖"伴侣、"江湖"卫士,所到之处,草木成春。写铁杖"无敌",正是写自己的气度、气魄。结末一句"众中惊倒野狐禅",借用了禅门掌故,既把彼此的精神高度略带夸张地写出,又形象而富有趣味,显示出东坡笔墨轻松诙谐的风格。

---

① 〔宋〕苏轼著,〔清〕王文诰辑注,孔凡礼点校:《苏轼诗集》,中华书局,1982年,第750—751页。

② 〔宋〕苏轼著,〔清〕王文诰辑注,孔凡礼点校:《苏轼诗集》,中华书局,1982年,第1086—1087页。

大手眼、大手笔,抒写"江湖"情怀往往有神来的夸张之笔,如《曹既见和复次其韵》的"造物本儿嬉,风噫雷电笑。谁令妄惊怪,失匕号万窍。人人走江湖,一一操网钓。偶然连六鳌,便谓此手妙。空令任公子,三岁蹲海徼"①,《九月中曾题二小诗于南溪竹上,既而忘之,昨日再游,见而录之》的"谁谓江湖居,而为虎豹宅?焚山岂不能,爱此千竿碧"②。像这样写"江湖",老杜没有如此豪情,白居易没有如此胆魄,可谓是东坡精神世界的外化。

苏东坡诗文中时常会写到自己在"江湖"生涯中的形象。这一点与白居易有几分相似。但细加比较,会发现二人格调差别不小。白居易很在意自己的"闲雅"形象,对于精神贵族的塑造有时显得刻意了一些。东坡则不然。他在"江湖"中如鱼在水,自然、放任源自于天性。《与子明兄》中坦言:"世事万端,皆不足介意。所谓自娱者,亦非世俗之乐,但胸中廓然无一物,即天壤之内,山川草木虫鱼之类,皆是供吾家乐事也。"③所以,"扁舟草履,放浪山水间,与樵渔杂处,往往为醉人所推骂。辄自喜"④。且看他的"江湖"自画像:

---

① 〔宋〕苏轼著,〔清〕王文诰辑注,孔凡礼点校:《苏轼诗集》,中华书局,1982 年,第 1133 页。

② 〔宋〕苏轼著,〔清〕王文诰辑注,孔凡礼点校:《苏轼诗集》,中华书局,1982 年,第 184 页。

③ 〔宋〕苏轼著,〔明〕茅维编,孔凡礼点校:《苏轼文集》,中华书局,1986 年,第 1832 页。

④ 〔宋〕苏轼著,〔明〕茅维编,孔凡礼点校:《苏轼文集》,中华书局,1986 年,第 1432 页。

　　三十三年，飘流江海，万里烟浪云帆。故人惊怪，憔
悴老青衫。我自疏狂异趣，君何事、奔走尘凡。(《满庭
芳》)①

　　用舍由时，行藏在我，袖手何妨闲处看。身长健，但
优游卒岁，且斗尊前。(《沁园春》)②

　　藤梢橘刺元无路，竹杖棕鞋不用扶。……野客归时
山月上，棠梨叶战暝禽呼。(《宝山新开径》)③

　　"我"与"江湖"相融为一。可以说，这种自然而然的归属
感，是苏氏"江湖"的灵魂所在，所以有"本意终老江湖，与公扁
舟往来，而事与心违，何胜慨叹"(《与王文甫》)④，"老去心灰
不复然，一麾江海意方坚"(《次韵答黄安中兼简林子中》)⑤
"我老念江海，不饮空咨嗟"(《三月二十日多叶杏盛开》)⑥，
"江湖来梦寐，蓑笠负平生"(《藉田》)⑦，"今年我欲江湖去，暮

　　① 〔宋〕苏轼著，〔清〕朱孝臧编年，龙榆生校笺，朱怀春标点：《东坡乐府
笺》，上海古籍出版社，2009 年，第 241 页。
　　② 〔宋〕苏轼著，〔清〕朱孝臧编年，龙榆生校笺，朱怀春标点：《东坡乐府
笺》，上海古籍出版社，2009 年，第 70 页。
　　③ 〔宋〕苏轼著，〔清〕王文诰辑注，孔凡礼点校：《苏轼诗集》，中华书局，
1982 年，第 525 页。
　　④ 〔宋〕苏轼著，〔明〕茅维编，孔凡礼点校：《苏轼文集》，中华书局，1986 年，
第 1588 页。
　　⑤ 〔宋〕苏轼著，〔清〕王文诰辑注，孔凡礼点校：《苏轼诗集》，中华书局，
1982 年，第 1764 页。
　　⑥ 〔宋〕苏轼著，〔清〕王文诰辑注，孔凡礼点校：《苏轼诗集》，中华书局，
1982 年，第 2022 页。
　　⑦ 〔宋〕苏轼著，〔清〕王文诰辑注，孔凡礼点校：《苏轼诗集》，中华书局，
1982 年，第 1937 页。

雨连山宰树春"(《潘推官母李氏挽词》)①,"明年春日江湖上,回首觚棱一梦中"(《次韵秦少游王仲至元日立春三首》)的念兹在兹。而《临江仙》中颇有戏剧性的名句——"小舟从此逝,江海寄余生"②,更是用极富诗意的话语写出了东坡心灵深处的归属情怀。

苏东坡的"江湖",如此丰富多彩,既得力于他的天性、人格,也与他高妙丰赡的学养有密切的关系。苏辙这样评价乃兄的文学成就:

> 公之于文,得之于天……谪居于黄,杜门深居,驰骋翰墨,其文一变,如川之方至……读释氏书,深悟实相,参之孔老,博辩无碍,浩然不见其涯也。③(《子瞻和陶渊明诗集引》)

也就是说,儒家思想、道家思想与佛学修养兼收并蓄,经过自己的思考——"辩驳无碍",对世界和人生的认识达到了透彻超然的高度,于是笔下的文学世界便"浩然不见其涯也"。揆之这首词,可以看得十分清楚。《定风波》:

> 莫听穿林打叶声,何妨吟啸且徐行。竹杖芒鞋轻胜

---

① 〔宋〕苏轼著,〔清〕王文诰辑注,孔凡礼点校:《苏轼诗集》,中华书局,1982 年,第 1475 页。

② 〔宋〕苏轼著,〔清〕朱孝臧编年,龙榆生校笺,朱怀春标点:《东坡乐府笺》,上海古籍出版社,2009 年,第 190 页。

③ 〔宋〕苏辙著,曾枣庄、马德富校点:《栾城集》,上海古籍出版社,1987 年,第 1421—1422 页。

马,谁怕? 一蓑烟雨任平生。　　料峭春风吹酒醒,微冷,山头斜照却相迎。回首向来萧瑟处,归去,也无风雨也无晴。①

"何妨吟啸且徐行",是对横逆之来的抗争。阮嗣宗以善啸著称,啸是他对抗司马氏暴政的特殊方式。东坡的"吟啸徐行"隐含的同样是坚韧的抗争精神,体现的是儒家的人格理想。而"一蓑烟雨任平生",则更多的是道家任运自然的人生态度。最后的"也无风雨也无晴",乃是典型的佛教典籍中"是非双遣"的超越思维。东坡非常艺术地把三者熔铸到一起,了无造作痕迹,正是"辩驳无碍"的彻悟之境界。

李泽厚认为东坡"没有屈原、阮籍的忧愤,没有李白、杜甫的豪诚,不似白居易的明朗,不似柳宗元的孤峭,当然更不像韩愈那样盛气凌人不可一世"。② 这话只说对了一半。事实上,东坡骨子里既有忧愤、豪诚、明朗,也有孤峭,只是的境界升华了一层,包容了这些,又超越了这些。其"江湖"意象之内涵亦当作如是观。

---

① 〔宋〕苏轼著,〔清〕朱孝臧编年,龙榆生校笺,朱怀春标点:《东坡乐府笺》,上海古籍出版社,2009 年,第 167 页。

② 李泽厚:《美的历程》,生活·读书·新知三联书店,2017 年,第 148 页。

第三章 古代小说中的"江湖"

美国人类学家罗伯特在 20 世纪 50 年代提出了文化的"大传统"与"小传统"二分的观点,其内涵后来又有发展与变化,但大体来说,"大传统"指社会上层,精英知识分子所秉持的,一定程度上也被官方意识形态所认可的文化内容;"小传统"则指在社会下层传播,主要为一般民众(乡土、市井之间)喜闻乐见的民间文化。用这样的思路来看"江湖"及其书写,我们会发现很有趣的现象:同一个名词,在不同的"传统"中有着迥异的书写、建构;但这种表面的差异底下,却又有精神层面的相通。

中国文化小传统中的"江湖",与大传统中的"江湖",有着密切的关联,这主要是在某些精神气质方面,如与"朝廷""庙堂"的疏离,不受或少受"礼法"的约束,对自由生存状态的向往,等等。这些都是内在的,须"透视"方可见出。不过,之所以"共用"了"江湖"这个词,与这种关联是分不开的。至于差异,则更为明显一些。首先是在身份方面。大传统的"江湖"向往者都是文人,是文人中较有个性、怀才不遇者,或是政治斗争中的失意者。小传统的"江湖"人物则多为社会下层的游民。而由于这一根本性差异,大传统的"江湖"书写,是文人的自我表现；而小传统的"江湖"则包含了文人为"江湖人物"的代言与文人的大胆想象。因而，如前面所论述，大传统中的"江湖"散发着几分幽怨、几分潇洒，基调是怨而不怒，闲适自在；小传统中的江湖却是泼辣大胆，既有热血，也有罪恶的另类世界、异样天地。

　　全面呈现小传统的"江湖"样貌，首推《水浒传》。而对《水浒传》的阐发，也就和"江湖"书写紧密纠结在一起。评点《水浒传》的第一个大名人是李卓吾。他的历史观念与文艺观念都带有明显的异端色彩，所以在评点中反复强调："《水浒传》者，发愤之所作也。"①"《水浒传》事节都是假的，说来却似逼真，所以为妙。"②"施罗二公，真是妙手……只是借此以发泄不平耳。"③"劈空理凿，条理井井如此，文人之心一至此乎！若实有其事，则不奇矣。"④在他看来，《水浒传》是"文人之心"想象的产物，而想象的动力则出于对现实的"愤懑""不平"，也就是他在《杂说》中鼓吹的"夺他人之酒杯，浇自己之块垒"。⑤对于小说中的离经叛道描写，李卓吾总是赞不绝口，如针对鲁智深大闹五台山一节批道："此回文字分明是个成佛作祖图。若是那班闭眼合掌的和尚，决无成佛之理。何也？外面模样

① 〔明〕李贽著：《焚书》，中华书局，2009 年，第 109 页。
② 〔明〕施耐庵、〔明〕罗贯中著，〔明〕李卓吾点评：《李卓吾先生批评忠义水浒传》，明容与堂刻本，卷一，第 11b 页。
③ 〔明〕施耐庵、〔明〕罗贯中著，〔明〕李卓吾点评：《李卓吾先生批评忠义水浒传》，明容与堂刻本，卷 　百，第 18b 页。
④ 〔明〕施耐庵、〔明〕罗贯中著，〔明〕李卓吾点评：《李卓吾先生批评忠义水浒传》，明容与堂刻本，卷七十一眉批，第 11a 页。
⑤ 〔明〕李贽著：《焚书》，中华书局，2009 年，第 97 页。

尽好看,佛性反无一些。如鲁智深吃酒打人,无所不为,无所不做,佛性反是完全的,所以到底成了正果。算来外面模样看不得人,济不得事,此假道学之所以可恶也与。"①其中有两个观点值得注意:作"恶"者具备成佛的条件,反之却不成;认真依照佛教规仪("闭眼合掌"打坐)修行,并非真修行。这两点结合到一起,就形成了背离社会主流道德标准的异端倾向——这正是李卓吾评论《水浒传》的出发点。

继李卓吾之后的《水浒》评论者是民间色彩更浓的金圣叹。他对于文人的"江湖"书写有更透彻的认识:

> 人亦有言,非圣人不知圣人,然则非豪杰不知豪杰,非奸雄不知奸雄也……以豪杰兼奸雄……以拟耐庵,容当有之。若夫耐庵之非淫妇、偷儿,断断然也。今观其写淫妇居然淫妇,写偷儿居然偷儿,则又何也?
>
> 谓耐庵非淫妇非偷儿者,此自是未临文之耐庵耳。……惟耐庵于三寸之笔,一幅之纸之间,实亲动心而为淫妇,亲动心而为偷儿。既已动心,则均矣,又安辨泚笔点墨之非入马通奸,泚笔点墨之非飞檐走壁耶?经曰:"因缘和合,无法不有。"……而耐庵作《水浒》一传,直以因缘生法为其文字总持,是深达因缘也。夫深达因缘之人,则岂惟非淫妇也,非偷儿也,亦复非奸雄也,非豪杰也。何也?写豪杰、奸雄之时,其文亦随因缘而起,则是耐庵固

---

① 〔明〕施耐庵、〔明〕罗贯中著,〔明〕李卓吾点评:《李卓吾先生批评忠义水浒传》,明容与堂刻本,卷四,第21a页。

无与也。或问曰：然则耐庵何如人也？曰：……真能格物
致知者也。①

"非圣人不知圣人"之类的疑问涉及了作品真实性与作者
生活经验的关系，金圣叹用"因缘生法"说来解释这一种奥秘，
换成今天的话语就是"无中生有"的想象与虚构。在一定程度
上，他看到了《水浒传》一类作品描画的江湖世界，具有很强的
主观心营意造的性质。

到了近现代，构建"纸上江湖"的工作主要由武侠小说承
担起来。有些作家自述其创作心得，也涉及这类观点。如 20
世纪 40 年代，朱贞木在其名作《罗刹夫人》中自承武侠的写作
乃是"文人造谣，聊以快意"。②

小传统中的"江湖"文学书写，主要见于白话小说，文言小
说次之，戏剧、弹词又次之。这方面，最早集中描写，同时内容
又极其丰富的作品首推《水浒传》。将《水浒传》称之为小传统
的"江湖宝典"殆不为过。

第一节　"江湖宝典"《水浒传》

《水浒传》是一部世代累积而成的作品。南宋、元两代的
二百余年间，下层文人与民间艺人陆续为搭建这一"纸上江
湖"添墨着色；到了明初，某天才文人——姑名之为"施耐庵"，

---

① 〔明〕施耐庵、〔明〕罗贯中著，〔清〕金圣叹、〔明〕李卓吾点评：《水浒传》，
中华书局，2009 年，第 478 页。

② 朱贞木著：《罗刹夫人》，上海文化出版社，2008 年，第 84 页。

集其大成,又发挥丰富的想象力,终于完成了任何一部经史子集都未曾涉及的另一个世界——"江湖"的构建。既通过故事的叙述与描写,也表现在相关意象群的建立。

纵观文学史,无论大传统方面还是小传统方面,当"江湖"成为文学书写的对象时,作者的笔触都不是局限于"江湖"这一个词语、一个概念。如前文已经讲过的,文人笔下的江湖生涯,除了"江湖"这一核心用语外,"小舟""扁舟""舟楫""渔父""渔翁""渔樵""蓑笠""蓑衣""渔蓑"等,都具有互文见义的表达功能。甚至,"沧海""白鸥"等意象也是同一主旨下的代用语。

同理,小传统中的对"江湖"的文学书写也含有相当庞大的意象组合。"江湖",当然居于组合的核心位置,而"好汉""武艺""本事""义气""仗义""酒肉""客店""盘缠"等,则是围绕着核心的多见意象、语词。正是这些意象、语词,成为作者讲述故事、刻画人物不可须臾离开的"建筑材料",也就成了辨识小传统的"纸上江湖"的重要标志。

在最表层的意义上,《水浒传》中,"江湖"一词出现了46次;"好汉"一词出现了86次,"英雄"则有60次;"义气"一词出现了34次,"仗义"则为26次(仗义疏财16次);"武艺"出现了43次,"本事"则有38次。

无论是其中某一意象、语词,还是作为一个组合,出现的密集程度,古今作品无与伦比。

如果再细分一下,这些意象、语词既是互相依傍,又是彼此分工,成为"纸上江湖"世界的特殊的、不可或缺的一个维度。

作为另一个世界的核心——"江湖",是与"朝廷""官家"相对的意象。这一点,与大传统中的"文人江湖"有相通之处。但是,区别也是明显的。如果说"文人江湖"更多的是精神世界的幻象,建构的是心灵抚慰场域;与庙堂的关系也是"分居的夫妇"而已。那么《水浒传》构建的"江湖"则是实实在在的生存空间,里面活跃着有血有肉的众生。它与庙堂、朝廷的关系在多数情况下是剧烈冲突的,即使冲突没有爆发的时候,也是被强烈排斥的。这在使用"江湖"这一语词时也可明显感觉到。例如:

> 店主人道:"你不知俺这村中有个大财主,姓柴名进,此间称为柴大官人,江湖上都唤做'小旋风',他是大周柴世宗子孙。自陈桥让位,太祖武德皇帝敕赐与他誓书铁券在家,无人敢欺负他,专一招集天下往来的好汉,三五十个养在家中。常常嘱付我们:'酒店里如有流配来的犯人,可叫他投我庄上来,我自资助他。'我如今卖酒肉与你,吃得面皮红了,他道你自有盘缠,便不助你。我是好意。"①

"专一招集天下往来的好汉,三五十个养在家中。常常嘱付我们:'酒店里如有流配来的犯人,可叫他投我庄上来,我自

---

① 〔明〕施耐庵、〔明〕罗贯中著,〔清〕金圣叹、〔明〕李卓吾点评:《水浒传》,中华书局,2009年,第78页。

资助他。'"这是明目张胆地招降纳叛。而由于所谓的"陈桥让位",这种行为更是带有十分危险的政治色彩,至少也是和朝廷分庭抗礼。这种情况在现实中是根本不可能存在的,完全是下层文人与民间草根想象出来的。之所以有这种想象,其实就是给处于边缘的"江湖"树立旗帜,扬威壮胆。

如果说柴进是"江湖"的一面旗帜的话,另一面更高更大的旗帜非宋江莫属了。作品里唯一的一次由作者出面介绍人物:

> 这宋江自在郓城县做押司。他刀笔精通,吏道纯熟;更兼爱习枪棒,学得武艺多般。平生只好结识江湖上好汉,但有人来投奔他的,若高若低,无有不纳,便留在庄上馆谷,终日追陪,并无厌倦。若要起身,尽力资助,端的是挥金似土。人问他求钱物,亦不推托,且好做方便,每每排难解纷,只是周全人性命。时常散施棺材药饵,济人贫苦,赒人之急,扶人之困,以此山东、河北闻名,都称他做"及时雨",却把他比做天上下的及时雨一般,能救万物。[①]

"平生只好结识江湖上好汉,但有人来投奔他的,若高若低,无有不纳"——同样是自觉树立在江湖中的威信,成为这个隐形社会的无冕之王。作品里写到这二人的会面,把"江

---

① 〔明〕施耐庵、〔明〕罗贯中著,〔清〕金圣叹、〔明〕李卓吾点评:《水浒传》,中华书局,2009 年,第 146 页。

湖"与"朝廷"的对立、对抗性质揭示得淋漓尽致：

> 柴进携住宋江的手，入到里面正厅上，分宾主坐定。
> 柴进道："不敢动问，闻知兄长在郓城县勾当，如何得暇来
> 到荒村敝处？"宋江答道："久闻大官人大名，如雷贯耳。
> 虽然节次收得华翰，只恨贱役无闲，不能够相会。今日宋
> 江不才，做出一件没出豁的事来，弟兄二人寻思。无处安
> 身，想起大官人仗义疏财，特来投奔。"柴进听罢，笑道：
> "兄长放心。遮莫做下十恶大罪，既到敝庄，但不用忧心。
> 不是柴进夸口，任他捕盗官军，不敢正眼儿觑着小庄。"宋
> 江便把杀了阎婆惜的事，一一告诉了一遍。柴进笑将起
> 来，说道："兄长放心。便杀了朝廷的命官，劫了府库的财
> 物，柴进也敢藏在庄里。"①

"便杀了朝廷的命官，劫了府库的财物，柴进也敢藏在庄
里。""遮莫做下十恶大罪，既到敝庄，但不用忧心。不是柴进
夸口，任他捕盗官军，不敢正眼儿觑着小庄。"——两位"江湖"
领袖人物见面，自诩与相互推许的都是谋逆造反的话题。按
说，两个人都属于统治阶级，特别是柴进，地位与财富都堪比
王侯。但由于与当政者的矛盾，便转持了敌对的态度。而支
撑这一态度的实际行动就是混迹于"江湖"。

《水浒传》中，与"江湖"这一意象关联最为密切的语词当

---

① 〔明〕施耐庵、〔明〕罗贯中著，〔清〕金圣叹、〔明〕李卓吾点评：《水浒传》，
中华书局，2009 年，第 184 页。

属"英雄"与"好汉"这一组。"江湖"可以说是一个没有边界的半隐半现的空间,这个空间的主体部分五行八作,而共同的身份则为"游民"。孟子讲过"有恒产者有恒心"①,而江湖人物正是这句话的反面——无"恒产"者。在这个群体里,自然也会按照其特有的标准分为上层与下层。"英雄"与"好汉"便是"江湖"上层的流行称谓。二者合计,《水浒传》中出现了146次,可见其核心性地位。

书中写武松在十字坡与张青相遇之后,因同为"江湖好汉"便不打不相识成了好朋友:

> 两个又说些江湖上好汉的勾当,却是杀人放火的事……两个公人听得,惊得呆了,只是下拜。武松道:"难得你两个送我到这里了,终不成有害你之心。我等江湖上好汉们说话,你休要吃惊。我们并不肯害为善的人。"②

"好汉"与"江湖"密切相连,成为一种身份;这种身份既是相互辨识的基础,又是自我正当化的出发点,也是内心自豪感之所在。

给"江湖"世界以道义支撑的,还有"义气"与"仗义"一组语词。如前所言,《水浒传》中,"义气"一词出现了34次,"仗义"则为26次(仗义疏财16次),合计达到60次。可以说,《水浒传》在构建"江湖"世界的时候,作者的脚是站在梁山大

---

① 〔清〕焦循撰、沈文倬点校:《孟子正义》,中华书局,1987年,第333页。
② 〔明〕施耐庵、〔明〕罗贯中著,〔清〕金圣叹、〔明〕李卓吾点评:《水浒传》,中华书局,2009年,第240页。

寨中的。他为这一评价暧昧的世界建立的最重要的精神支柱就是"义气"。所以"好汉"们相互推重、自我标榜,无不把"义"挂在嘴边。如第七回,回目即为"公孙胜应七星聚义",标榜这个"义"字。其中,吴用介绍阮氏三雄入伙道:

> 这三个是亲弟兄。小生旧日在那里住了数年,与他相交时,他虽是个不通文墨的人,为见他与人结交真有义气,是个好男子,因此和他来往。①

显然,"真有义气"是非常高的评价,由于有义气,所以断定"是个好男子",可以放心拉他们入伙。而三阮上梁山后,这个"义"仍然是支撑起他们自我正当心理的核心。阮小七被关胜俘虏后,视死如归,一派凛然地斥责关胜道:

> 俺哥哥山东、河北驰名,叫做及时雨呼保义宋公明。你这厮不知忠义之人,如何省得!②

道德上的优越感使得他虽为俘虏却显得义正词严。

晁盖等明明做的是触犯刑律的危险勾当,但有了"义"做心理支撑,一切就理直气壮了,于是他们之间言必称"义":

---

① 〔明〕施耐庵、〔明〕罗贯中著,〔清〕金圣叹、〔明〕李卓吾点评:《水浒传》,中华书局,2009年,第116页。

② 〔明〕施耐庵、〔明〕罗贯中著,〔清〕金圣叹、〔明〕李卓吾点评:《水浒传》,中华书局,2009年,第551页。

我等七人聚义举事,岂不应天垂象![1]

去后堂前面列了金钱、纸马、香花、灯烛……个个说誓道:"梁中书在北京害民,诈得钱物,却把去东京与蔡太师庆生辰,此一等正是不义之财。我等六人中,但有私意者,天诛地灭。神明鉴察。"六人都说誓了,烧化纸钱。[2]

刘唐道:"……此一套是不义之财,取之何碍!便可商议个道理,去半路上取了,天理知之,也不为罪。"[3]

贫道久闻郓城县东溪村晁保正大名,无缘不曾拜识,今有十万贯金珠宝贝,专送与保正作进见之礼,未知义士肯纳受否?[4]

当然,最能显示"义"对于"纸上江湖"的重要性的细节,是"聚义厅""忠义堂"的名目。无论桃花山、清风山,还是早期的水泊梁山,山寨的中心都是"聚义厅"——这一字样出现过 22 次。宋江主持梁山之后,"聚义厅"改为"忠义堂",隐隐指向了"招安"的后续情节。而"忠义堂"也出现了 22 次。虽然改来改去,"义"字是不能变的。

还有一组语词,也是构建"纸上江湖"不可或缺的,就是

---

① 〔明〕施耐庵、〔明〕罗贯中著,〔清〕金圣叹、〔明〕李卓吾点评:《水浒传》,中华书局,2009 年,第 125 页。

② 〔明〕施耐庵、〔明〕罗贯中著,〔清〕金圣叹、〔明〕李卓吾点评:《水浒传》,中华书局,2009 年,第 122 页。

③ 〔明〕施耐庵、〔明〕罗贯中著,〔清〕金圣叹、〔明〕李卓吾点评:《水浒传》,中华书局,2009 年,第 113 页。

④ 〔明〕施耐庵、〔明〕罗贯中著,〔清〕金圣叹、〔明〕李卓吾点评:《水浒传》,中华书局,2009 年,第 123 页。

"武艺"与"本事"。二者基本同义,只是因语境而有所区分,如:

> 王伦动问了一回,蓦然寻思道:"……我又没十分本事,杜迁、宋万武艺也只平常。如今不争添了这个人,他是京师禁军教头,必然好武艺。倘若被他识破我们手段,他须占强,我们如何迎敌?"①
>
> 朱贵见了,便谏道:"哥哥在上,莫怪小弟多言……这位又是有本事的人,他必然来出气力。"②
>
> 刘唐道:"闻知哥哥大名,是个真男子,武艺过人。小弟不才,颇也学得本事……倘蒙哥哥不弃时,情愿相助一臂。"③
>
> 吴学究道:"我寻思起来,有三个人义胆包身,武艺出众,敢赴汤蹈火,同死同生。只除非得这三个人,方才完得这件事。"④
>
> 石秀道:"哥哥差矣。如今天下江湖上皆闻山东及时雨宋公明招贤纳士,结识天下好汉,谁不知道? 放着我和

① 〔明〕施耐庵、〔明〕罗贯中著,〔清〕金圣叹、〔明〕李卓吾点评:《水浒传》,中华书局,2009 年,第 94 页。

② 〔明〕施耐庵、〔明〕罗贯中著,〔清〕金圣叹、〔明〕李卓吾点评:《水浒传》,中华书局,2009 年,第 95 页。

③ 〔明〕施耐庵、〔明〕罗贯中著,〔清〕金圣叹、〔明〕李卓吾点评:《水浒传》,中华书局,2009 年,第 113 页。

④ 〔明〕施耐庵、〔明〕罗贯中著,〔清〕金圣叹、〔明〕李卓吾点评:《水浒传》,中华书局,2009 年,第 116 页。

你一身好武艺,愁甚不收留?"①

　　杜迁道:"吴军师一来与你相识,二乃知你两个武艺本事,特使戴宗来宅上相请。"②

　　无论是自负的刘唐,还是心虚的王伦,都十分看重"武艺"与"本事"。显然这是成为"好汉"的必备条件,也是行走"江湖"的通行证。所以书中频繁出现这些语词,也频繁出现展示"武艺"与"本事"的情节。

　　当然,列举"江湖"及其关联的语词,只是"纸上江湖"最表面的现象。接下来我们稍微深入一些,看看从《水浒传》中可以看到一个怎样的"江湖"。

二

　　过去民间有一个说法:"车船店脚牙,无罪也该杀。"这是"走江湖"者打交道最多的五种职业,此话意思是这五种从业者,都有犯罪的很大嫌疑。当然,这里不无夸张,不无想象,可以看作是"江湖"之外的人们对"江湖"的恐惧心理的流露。

　　《水浒传》正可以拿来作为这种说法的注脚。

　　先来看"店"——客栈及饭店——的有关描写。

　　第十一回中朱贵开的酒店:

---

　　① 〔明〕施耐庵、〔明〕罗贯中著,〔清〕金圣叹、〔明〕李卓吾点评:《水浒传》,中华书局,2009 年,第 402 页。

　　② 〔明〕施耐庵、〔明〕罗贯中著,〔清〕金圣叹、〔明〕李卓吾点评:《水浒传》,中华书局,2009 年,第 338 页。

　　林冲与柴大官人别后,上路行了十数日,时遇暮冬天气,彤云密布,朔风紧起,又见纷纷扬扬下着满天大雪。林冲踏着雪只顾走,看看天色冷得紧切,渐渐晚了,远远望见枕溪靠湖一个酒店,被雪漫漫地压着。林冲奔入那酒店里来,揭开芦帘,拂身入去,倒侧身看时,都是座头。拣一处座下,倚了衮刀,解放包裹,抬了毡笠,把腰刀也挂了……那汉慌忙答礼,说道:"……山寨里教小弟在此间开酒店为名,专一探听往来客商经过,但有财帛者,便去山寨里报知。但是孤单客人到此,无财帛的,放他过去。有财帛的来到这里,轻则蒙汗药麻翻,重则登时结果,将精肉片为靶子,肥肉煎油点灯。"①

　　一个典型的黑店,令人毛骨悚然。其功能既是强盗的眼线,本身也干着杀人越货的勾当,而且手段极其残忍。特别可骇怪的是这种吃人的"业务"竟然是梁山的日常惯例!

　　更有名的黑店是张青孙二娘的十字坡:

　　来此间盖些草屋,卖酒为生。实是只等客商过往,有那入眼的,便把些蒙汗药与他吃了便死,将大块好肉,切做黄牛肉卖,零碎小肉,做馅子包馒头。小人每日也挑些去村里卖,如此度日。②

---

① 〔明〕施耐庵、〔明〕罗贯中著,〔清〕金圣叹、〔明〕李卓吾点评:《水浒传》,中华书局,2009年,第92—94页。

② 〔明〕施耐庵、〔明〕罗贯中著,〔清〕金圣叹、〔明〕李卓吾点评:《水浒传》,中华书局,2009年,第237页。

模式与朱贵一样,但在吃人一点上更为恐怖:人肉包子还要到村落里出售,可见"经营的"规模(这种描写对于后世社会的恐慌心理产生了持久的影响,甚至到了现代还会衍生出吓人的谣传)。还有揭阳岭上的催命判官李立,情况完全一样,此不赘述。

作品还通过武松与宋江之口,把"江湖上"黑店现象进行归纳性描述:

> 武松道:"我从来走江湖上,多听得人说道:'大树十字坡,客人谁敢那里过。肥的切做馒头馅,瘦的却把去填河。'"①
>
> 三个人一头吃,一面口里说道:"如今江湖上歹人多,有万千好汉着了道儿的,酒肉里下了蒙汗药,麻翻了,劫了财物,人肉把来做馒头馅子。我只是不信,那里有这话?"②

这样写,把江湖上的"黑店"普泛化,再加上武松在景阳冈上的猜疑——"你留我在家里歇,莫不半夜三更,要谋我财,害我性命"③,造成了几乎无店不黑的印象。这分明既有揭露的成分,也有猎奇、夸张的成分。

---

① 〔明〕施耐庵、〔明〕罗贯中著,〔清〕金圣叹、〔明〕李卓吾点评:《水浒传》,中华书局,2009 年,第 235 页。

② 〔明〕施耐庵、〔明〕罗贯中著,〔清〕金圣叹、〔明〕李卓吾点评:《水浒传》,中华书局,2009 年,第 308 页。

③ 〔明〕施耐庵、〔明〕罗贯中著,〔清〕金圣叹、〔明〕李卓吾点评:《水浒传》,中华书局,2009 年,第 189 页。

再来看"车船"——江湖上的运输行业。

最有名的当属浔阳江上的船火儿张横了。

> 那梢公摇着橹，口里唱起湖州歌来，唱道："老爷生长在江边，不爱交游只爱钱。昨夜华光来趁我，临行夺下一金砖。"……那梢公睁着眼道："老爷和你耍甚鸟！若还要吃'板刀面'时，俺有一把泼风也似快刀，在这舱板底下。我不消三刀五刀，我只一刀一个，都剁你三个人下水去。你若要吃'馄饨'时，你三个快脱了衣裳，都赤条条地跳下江里自死！"……李俊道："哥哥不知，这个好汉，却是小弟结义的兄弟，姓张，是小孤山下人氏，单名横字，绰号'船火儿'，专在此浔阳江做这件'稳善'的道路。"①

"馄饨""板刀面"已成为后世水上抢劫的代用语，可见这段给读者印象之深。而更可怕的是，不仅张横，李俊与二童也干着类似的营生，而且实力显然又超过张横。"江湖"之可怕实令读者心惊。这段描写也成为后世无数小说的范本。《西游记》、还珠楼主等，都有类似的仿制品。

《水浒传》中写"车"之可怕不多，但也有间接笔墨，如"姓王名英，江湖上叫他做'矮脚虎'。原是车家出身，为因半路上见财起意，就势劫了客人，事发到官，越狱走了，上清风山，和

---

① 〔明〕施耐庵、〔明〕罗贯中著，〔清〕金圣叹、〔明〕李卓吾点评：《水浒传》，中华书局，2009 年，第 316－318 页。

燕顺占住此山,打家劫舍"(三十一回)。① "车家"与"船家"路数一样,差别只在作案的地点。

更为明目张胆的自然是劫匪了。这方面,《水浒传》写得就更多了。既有安营扎寨、团伙作案的,也有个人单干、出没无常的。后者最典型的是"假李逵",根据他的自述:"孩儿虽然姓李,不是真的黑旋风。为是爷爷江湖上有名目,提起爷爷大名,鬼也害怕,因此孩儿盗学爷爷名目,胡乱在此剪径。但有孤单客人经过,听得说了'黑旋风'三个字,便撇了行李逃奔了去,以此得这些利息,实不敢害人。小人自己的贱名,叫做李鬼,只在这前村住。"(四十二回)②后面李鬼的老婆更是给他出主意:"你去寻些麻药来,放在菜内,教那厮吃了,麻翻在地,我和你却对付了他,谋得他些金银。"③也就是说,看似平民,随时可以"转换身份"成为劫匪,成为黑店。还有"九纹龙剪径赤松林"一节,史进没有了盘缠,就临时作"剪径"的营生,也属于单干户。

安营扎寨的就更多了,梁山之外,还有桃花山、清风山、二龙山、白虎山等。日常的粮草靠抢劫,招待朋友靠抢劫,考验同伙也靠抢劫。他们的自存之道就是利用险要的地形地势,"占山为王"——梁山还多了一层"水泊"。而在他们打家劫舍的威胁之下,有实力的村寨便组成武装民团,形成"准"割据的

---

① 〔明〕施耐庵、〔明〕罗贯中著,〔清〕金圣叹、〔明〕李卓吾点评:《水浒传》,中华书局,2009 年,第 277 页。

② 〔明〕施耐庵、〔明〕罗贯中著,〔清〕金圣叹、〔明〕李卓吾点评:《水浒传》,中华书局,2009 年,第 371 页。

③ 〔明〕施耐庵、〔明〕罗贯中著,〔清〕金圣叹、〔明〕李卓吾点评:《水浒传》,中华书局,2009 年,第 372 页。

局面,如祝家庄、曾头市,还有史家村等。这也构成了江湖的另一种景观。

至于"走江湖"者,《水浒传》也描写了各色人等。打把势的如李忠、薛永、汤隆等。他们走州撞府,收入微薄——李忠的小气乃缘于贫穷。而且随时会受到恶势力的挑衅。李忠碰到周通,只好入伙。薛永碰到孔明孔亮两个恶霸地痞,几乎送了性命。作品描写卖艺的场面:

> 分开人众看时,中间裹一个人,仗着十来条杆棒,地上摊着十数个膏药,一盘子盛着,插把纸标儿在上面,却原来是江湖上使枪棒卖药的。史进见了,却认得他原来是教史进开手的师父,叫做"打虎将"李忠。①

原来使枪棒与卖药是相关联的。而薛永一段描写得更细:

> 只见人烟辏集,市井喧哗。正来到市镇上,只见那里一伙人围住着看。宋江分开人丛,挨入去看时,却原来是一个使枪棒卖膏药的。宋江和两个公人立住了脚,看他使了一回枪棒。那教头放下了手中枪棒,又使了一回拳。宋江喝采道:"好枪棒拳脚!"那人却拿起一个盘子来,口里开科道:"小人远方来的人,投贵地特来就事,虽无惊人

---

① 〔明〕施耐庵、〔明〕罗贯中著,〔清〕金圣叹、〔明〕李卓吾点评:《水浒传》,中华书局,2009 年,第 25 页。

的本事,全靠恩官作成,远处夸称,近方卖弄。如要筋骨
膏药,当下取赎。如不用膏药,可烦赐些银两铜钱赍发,
休教空过了。"那教头把盘子掠了一遭,没一个出钱与他。
那汉又道:"看官高抬贵手"。又掠了一遭,众人都白着眼
看,又没一个出钱赏他。①

如何习武,如何卖药,如何讨钱,以及凄惶的场面、心酸的
生涯都生动呈现出来。

卖艺的则写了卖唱的金翠莲与父亲金老、宋玉莲与父母、
白秀英与父亲白玉乔,还有画匠王义与女儿玉娇枝。这里又
分成了两类:一类没靠山的,如金翠莲、宋玉莲、玉娇枝,完全
是"被侮辱、被损害",而女孩子处处受气。情况最好的是宋玉
莲,虽被李逵打伤,却得到宋江的赔偿。金翠莲被霸占了身
体,还要受到奴役与敲诈。玉娇枝更是被地方官强占,父亲被
判罪,本人投井自尽。另一类则是白秀英,出卖色相靠上了官
府,有靠山后生意做得风生水起:"在勾栏里说唱诸般品调,每
日有那一般打散,或是戏舞,或是吹弹,或是歌唱。赚得那人
山人海价看。"②得意忘形之下,倚官仗势未免嚣张跋扈,于是
与地方另外的势力冲突,死于非命——其实也是一种悲剧。

描写卖艺女子的命运,我国古代没有一部作品如《水浒
传》这样多着笔墨的。书中不仅写了她们的悲剧生涯,还描写

---

① 〔明〕施耐庵、〔明〕罗贯中著,〔清〕金圣叹、〔明〕李卓吾点评《水浒传》,
中华书局,2009 年,第 310 页。
② 〔明〕施耐庵、〔明〕罗贯中著,〔清〕金圣叹、〔明〕李卓吾点评《水浒传》,
中华书局,2009 年,第 437 页。

了演出的情况：

> 雷横听了，又遇心闲，便和那李小二到勾栏里来看。只见门首挂着许多金字帐额，旗杆吊着等身靠背。入到里面，便去青龙头上第一位坐了。看戏台上，却做笑乐院本。那李小二人丛里撇了雷横，自出外面赶碗头脑去了。院本下来，只见一个老儿裹着磕脑儿头巾，穿着一领茶褐罗衫，系一条皂绦，拿把扇子，上来开科道："老汉是东京人氏，白玉乔的便是，如今年迈，只凭女儿秀英歌舞吹弹，普天下伏侍看官。"锣声响处，那白秀英早上戏台，参拜四方。拈起锣棒，如撒豆般点动。拍下一声界方，念出四句七言诗道：

> 新鸟啾啾旧鸟归，老羊羸瘦小羊肥。人生衣食真难事，不及鸳鸯处处飞。

> 雷横听了，喝声采。那白秀英道："今日秀英招牌上明写着这场话本，是一段风流韫藉的格范，唤做'豫章城双渐赶苏卿'。"说了开话又唱，唱了又说，合棚价众人喝采不绝。

> 那白秀英唱到务头，这白玉乔按喝道："'虽无买马博金艺，要动聪明鉴事人。'看官喝采是过去了，我儿且下来，这一回便是衬交鼓儿的院本。"白秀英拿起盘子，指着道："财门上起，利地上住，吉地上过，旺地上行。手到面前，休教空过。"白玉乔道："我儿且走一遭，看官都待赏你。"白秀英托着盘子，先到雷横面前。雷横便去身边袋

里摸时,不想并无一文。雷横道:"今日忘了,不曾带得些出来,明日一发赏你。"白秀英笑道:"'头醋不酽二醋薄。'官人坐当其位,可出个标首。"雷横通红了面皮道:"我一时不曾带得出来,非是我舍不得。"白秀英道:"官人既是来听唱,如何不记得带钱出来?"雷横道:"我赏你三五两银子,也不打紧,却恨今日忘记带来。"白秀英道:"官人今日眼见一文也无,提甚三五两银子! 正是教俺望梅止渴,画饼充饥。"白玉乔叫道:"我儿,你自没眼! 不看城里人村里人,只顾问他讨甚么? 且过去问晓事的恩官告个标首。"雷横道:"我怎地不是晓事的?"白玉乔道:"你若省得这子弟门庭时,狗头上生角!"众人齐和起来。①

　　这是一段具有多方面价值文字。首先,关于勾栏演出的实况,从门首、旗杆,到演出的服装、道具,甚至收费的方式,如此详细、具体的描写几乎是仅见。其次,"院本"演出的内容、体制,如"开科"、定场诗、务头等,也都是戏曲、说唱艺术史的宝贵资料。还有就是与"走江湖"有关的材料:白秀英原在东京演出,老相好到郓城作知县,便来投靠;在官方势力下,演出异常火爆,连观众都分外买账,帮她嘲笑雷横;雷横也是地方有势力的人物,所以白氏父女到郓城也要先来参见,只是偶然错过,酿成冲突;走江湖卖艺会夹到地方各种势力之间,生存不免处于危险之中。

---

　　① 〔明〕施耐庵、〔明〕罗贯中著,〔清〕金圣叹、〔明〕李卓吾点评:《水浒传》,中华书局,2009 年,第 437—438 页。

其他"走江湖"的人物,《水浒传》还描写到流配的囚犯,如林冲、武松、宋江、卢俊义等,他们的经历更是惊心动魄,可以说是"江湖险恶"的最佳注脚。书中也描写到漂泊江湖的僧道。这些人物的真实身份又各不相同:公孙胜既习武艺又学道术,却"飘荡江湖,多与好汉们相聚"[1],实则伺机作案;鲁智深属于"调动工作",但也在江湖上卷入是非、争斗;崔道成、邱小乙则是隐身于寺院的匪徒。

《水浒传》不仅描绘出"江湖"的各色人等、各种场面,还着意揭示一些江湖的"规矩""内幕"。这显然是好奇的读者特别感兴趣的。

这方面最突出的是"智取生辰纲"一节。

先是梁中书欲委重任于杨志,杨志献上一条计策:

> 杨志又禀道:"若依小人一件事,便敢送去。"梁中书道:"我既委在你身上,如何不依你说。"杨志道:"若依小人说时,并不要车子,把礼物都装做十余条担子,只做客人的打扮行货,也点十个壮健的厢禁军,却装做脚夫挑着。只消一个人和小人去,却打扮做客人,悄悄连夜上东京交付,恁地时方好。"[2]

这当然属于杨志的江湖经验,就是后世武侠小说常常写

---

① 〔明〕施耐庵、〔明〕罗贯中著,〔清〕金圣叹、〔明〕李卓吾点评:《水浒传》,中华书局,2009年,第458页。

② 〔明〕施耐庵、〔明〕罗贯中著,〔清〕金圣叹、〔明〕李卓吾点评:《水浒传》,中华书局,2009年,第126—127页。

到的套路——"保暗镖"。正如杨志教训老都管"你须是城市里人,生长在相府里,那里知道途路上千难万难"[1],城市里的"良民"对此自然会产生新奇感。而待到杨志百般小心终归失败后,作者先用"却怎地用药"来吊起读者的胃口,然后还原现场、细加解密:

> 原来挑上冈子时,两桶都是好酒。七个人先吃了一桶,刘唐揭起桶盖又兜了半瓢吃,故意要他们看着,只是叫人死心塌地。次后吴用去松林里取出药来抖在瓢里,只做走来饶他酒吃,把瓢去兜时,药已搅在酒里,假意兜半瓢吃,那白胜劈手夺来倾在桶里。这个便是计策。那计较都是吴用主张,这个唤做"智取生辰纲"。[2]

严苛地说,这几乎要沾上"教唆""指导"的嫌疑了。

类似的江湖知识,如十字坡一节,通过武松与孙二娘的对话,告诉读者:有蒙汗药的酒会比较"浑",而且把酒"烫得热了","这药却是发作得快"。再加上生辰纲一段,几乎可称作"蒙汗药专题"了。还有第四回,鲁智深遇到李忠一节,作者特意插入一段说明性文字:

> 原来强人下拜,不说此二字,为军中不利,只唤作"剪

---

① 〔明〕施耐庵、〔明〕罗贯中著、〔清〕金圣叹、〔明〕李卓吾点评:《水浒传》,中华书局,2009年,第129页。

② 〔明〕施耐庵、〔明〕罗贯中著、〔清〕金圣叹、〔明〕李卓吾点评:《水浒传》,中华书局,2009年,第132—133页。

拂",此乃吉利的字样。①

　　这也是很有趣的现象——作者似乎是特意要做一江湖知识的普及。不过,这里有一点费解的情况:《水浒传》全书共出现四次"剪拂"字样,都是用在鲁智深身上。而其他好汉之间类似的行动都是"便拜""下拜",计有六十余次。这种特异的情况,当与《水浒传》的成书过程有关,他日或当详考之。

三

　　《水浒传》不仅仅想象、描画出了"江湖"的丰富、复杂的面貌,而且还对内在的精神世界,包括价值观念、人生态度、社会立场等,都有或深或浅的表现。

　　阮氏三雄被吴用勾引动心,起念要弃家踏入江湖时,非常直白地讲出自己的动机:

　　　　他们不怕天,不怕地,不怕官司,论秤分金银,异样穿
　　绸锦,成瓮吃酒,大块吃肉,如何不快活! 我们弟兄三个
　　空有一身本事,怎地学得他们!②

　　放纵、享乐、自在,这就是江湖好汉共同的人生追求。而实现这样的人生目标,必然要和现存的社会秩序发生冲突。

---

　　① 〔明〕施耐庵、〔明〕罗贯中著,〔清〕金圣叹、〔明〕李卓吾点评:《水浒传》,中华书局,2009 年,第 49 页。
　　② 〔明〕施耐庵、〔明〕罗贯中著,〔清〕金圣叹、〔明〕李卓吾点评:《水浒传》,中华书局,2009 年,第 120 页。

于是,就形成了江湖好汉"圈子里面"的价值标准,与"主流社会"认可的秩序、价值背道而驰,甚或不可避免地走向冲突。第三十四回有这样一段戏剧性很强的情节:宋江串联起花荣、秦明、燕顺等一众好汉投奔梁山入伙,路上歇脚,于是出现这样的一幕:

> 只说宋江和燕顺各骑了马,带领随行十数人,先投梁山泊来。在路上行了两日,当日行到晌午时分,正走之间,只见官道傍边一个大酒店。宋江看了道:"孩儿们走得困乏,都叫买些酒吃了过去。"当时宋江和燕顺下了马,入酒店里来⋯⋯酒保却去看着那个公人模样的客人道:"有劳上下,那借这副大座头,与里面两个官人的伴当坐一坐。"那汉嗔怪呼他做"上下",便焦躁道:"也有个先来后到!甚么官人的伴当,要换座头!老爷不换!"燕顺听了,对宋江道:"你看他无礼么?"宋江道:"由他便了,你也和他一般见识?"却把燕顺按住了。只见那汉转头看了宋江、燕顺冷笑。酒保又陪小心道:"上下,周全小人的买卖,换一换有何妨?"那汉大怒,拍着桌子道:"你这鸟男女,好不识人!欺负老爷独自一个,要换座头!便是赵官家,老爷也鳖鸟不换!高则声,大脖子拳不认得你!"酒保道:"小人又不曾说甚么。"那汉喝道:"量你这厮敢说甚么!"燕顺听了,那里忍耐得住,便说道:"兀那汉子,你也鸟强!不换便罢,没可得鸟吓他!"那汉便跳起来,绰了短棒在手里,便应道:"我自骂他,要你多管!老爷天下只让

得两个人，其余的都把来做脚底下的泥！"燕顺焦躁，便提起板凳，却待要打将去。

宋江因见那人出语不俗，横身在里面劝解："且都不要闹。我且请问你，你天下只让得那两个人？"那汉道："我说与你，惊得你呆了！"宋江道："愿闻那两个好汉大名。"那汉道："一个是沧州横海郡柴世宗的子孙，唤做小旋风柴进，柴大官人。"宋江暗暗地点头，又问："那一个是谁？"那汉道："这一个又奢遮，是郓城县押司山东及时雨呼保义宋公明！"宋江看了燕顺暗笑，燕顺早把板凳放下了。"老爷只除了这两个，便是大宋皇帝也不怕他！"宋江道："你且住，我问你。你既说起这两个人，我却都认得。你在那里与他两个厮会？"那汉道："你既认得，我不说谎。三年前在柴大官人庄上住了四个月有余，只不曾见得宋公明。"……宋江听了大喜，向前拖住道："有缘千里来相会，无缘对面不相逢。只我便是黑三郎宋江。"那汉相了一面，便拜道："天幸使小弟得遇哥哥！……小人姓石名勇。原是大名府人氏。日常只靠放赌为生，本乡起小人一个异名，唤做'石将军'。为因赌博上一拳打死了个人，逃走在柴大官人庄上。多听得往来江湖上人说哥哥大名，因此特去郓城县投奔哥哥……"①

作者通过这生动而有趣的一幕"江湖"冲突，集中表现了

---

①　〔明〕施耐庵、〔明〕罗贯中著，〔清〕金圣叹、〔明〕李卓吾点评：《水浒传》，中华书局，2009年，第298－299页。

"江湖"的另类价值观:它的领袖人物是与官方的最高代表——"大宋皇帝"相对的;当石勇讲出"都把来做脚底下的泥"时,是把皇帝也算在里面的。在石勇的世界里,最高的价值是在宋江与柴进身上,而且是与"大宋皇帝"相对而并举的。而这句"大逆不道"的话一出,立刻引起宋江的注意,得出此人"出语不俗"的结论——不是大逆不道,而是惺惺相惜式的赞叹。接下来,他的问话也很有意思:"你天下只让得那两个人?愿闻那两个好汉大名。"可注意的是,宋江立刻得出那两个人是"两个好汉"的认识。如前所述,"好汉"是江湖上人的尊称,庙堂上、市井里绝无这等推尊。

经过这番问答,刚刚还是剑拔弩张的双方,立刻化干戈为玉帛:"宋江听了大喜,向前拖住道","那汉相了一面,便拜道","宋江便把那汉拖入里面"。"大喜""便拜",是相互认可了"自家人",而两个"拖"字更是生动地描画出宋江对石勇的亲近感。这种亲近感,固然与对方的尊重有关,但在其他类似场合却从未有过。可以看出,这与石勇"两个人""脚下泥"表现出的另类价值观搔到了及时雨心灵中隐秘的痒处直接相关。

如前所述,《水浒传》在构建"纸上江湖"之时,不仅平面地展示出了五行八作的样貌——既有写实也有想象,还十分明晰地刻画出这一另类世界的道德支撑——"义气""仗义"。可以说,对这一支撑的认可,是"江湖"凝聚力的根源。江湖的好汉们相互推重、彼此标榜,首先就是这一品性:

晁盖道："小可多闻人说柴大官人仗义疏财,接纳四方豪杰,说是大周皇帝嫡派子孙,如何能够会他一面也好。"①

武松又说："山东及时雨宋公明,仗义疏财……"②

宋清答道："我只闻江湖上人传说沧州横海郡柴大官人名字,说他是大周皇帝嫡派子孙,只不曾拜识。何不只去投奔他? 人都说他仗义疏财,专一结识天下好汉……"③

燕顺道："……小弟在江湖上绿林丛中,走了十数年,闻得贤兄仗义疏财,济困扶危的大名,只恨缘分浅薄,不能拜识尊颜。"④

甚至,他们的自我认知,也是把"义气""仗义"摆在重要位置:

(林冲)乘着一时酒兴,向那白粉壁上写下八句道:

仗义是林冲,为人最朴忠。江湖驰誉望,京国显英

---

① 〔明〕施耐庵、〔明〕罗贯中著,〔清〕金圣叹、〔明〕李卓吾点评:《水浒传》,中华书局,2009 年,第 158 页。

② 〔明〕施耐庵、〔明〕罗贯中著,〔清〕金圣叹、〔明〕李卓吾点评:《水浒传》,中华书局,2009 年,第 240 页。

③ 〔明〕施耐庵、〔明〕罗贯中著,〔清〕金圣叹、〔明〕李卓吾点评:《水浒传》,中华书局,2009 年,第 183 页。

④ 〔明〕施耐庵、〔明〕罗贯中著,〔清〕金圣叹、〔明〕李卓吾点评:《水浒传》,中华书局,2009 年,第 278 页。

雄。身世悲浮梗,功名类转蓬。他年若得志,威镇泰山东!①

有了这样共同的道德准绳、价值取向,也就有了相应的羞耻观,有了一定程度上的行为准则。这样的笔墨可谓"盗亦有道",是《水浒传》为梁山好汉赚取同情的重要方式:

> 宋万也劝道:"柴大官人面上,可容他在这里做个头领也好。不然,见得我们无义气,使江湖上好汉见笑。"②
> 阮小七道:"便捉得他们,那里去请赏? 也吃江湖上好汉们笑话。"③

《水浒传》这部小说对于中华文化的一个重要影响是把"江湖义气""仗义疏财"的观念凝聚定型,并大力度地传播开来。无论评价或褒或贬,"义气""仗义"自此成为民族文化传统的不容忽视的一部分,则属确凿无疑。

在中华思想文化史上,有关"义"的论述最多最早当属《孟子》,所谓"孔曰成仁,孟曰取义"便由此而发。其最为有名的言论如:

---

① 〔明〕施耐庵、〔明〕罗贯中著,〔清〕金圣叹、〔明〕李卓吾点评:《水浒传》,中华书局,2009 年,第 93 页。
② 〔明〕施耐庵、〔明〕罗贯中著,〔清〕金圣叹、〔明〕李卓吾点评:《水浒传》,中华书局,2009 年,第 95 页。
③ 〔明〕施耐庵、〔明〕罗贯中著,〔清〕金圣叹、〔明〕李卓吾点评:《水浒传》,中华书局,2009 年,第 121 页。

生,亦我所欲也;义,亦我所欲也。二者不可得兼,舍
生而取义者也。[①]

而关于"气"的论述,也以孟子影响最大。有趣的是,他也
是把二者联系道一起来谈的第一人。他在回答弟子公孙丑
时讲:

浩然之气……其为气也,配义与道。无是,馁也。[②]

他认为"气"必须与"义""道"相配合,便成为强大的主体
精神——浩然之气;而如果没有"义""道"这样的精神支撑,
"气"便会柔弱颓靡。这种观点,最基本精神上倒是与《水浒
传》鼓吹的"义气""仗义"有几分近似,但内涵与重点却还有较
大的差异。

经典中,"义气"连用而对后代产生广泛影响的首推《礼
记》:

天地严凝之气,始于西南而盛于西北,此天地之尊严
气也,此天地之义气也。天地温厚之气,始于东北而盛于
东南,此天地之盛德气也,此天地之仁气也。[③]

---

① 〔清〕焦循撰,沈文倬点校:《孟子正义》,中华书局,1987 年,第 783 页。
② 〔清〕焦循撰,沈文倬点校:《孟子正义》,中华书局,1987 年,第 200 页。
③ 〔清〕孙希旦撰,沈啸寰、王星贤点校:《礼记集解》,中华书局,1989 年,第
1426 页。

这是把阴阳五行与伦理的附会,而作为一个固定的词组,《礼记》发端,其后沿用者众多。但都是在大传统之中,语义与"江湖义气"基本无涉。

"义气""仗义"的内涵逐渐向"江湖义气"的方向,是在宋代的事情。有趣的是,这种情况大量发生在经典的阐释中。宋代对于《春秋》《尚书》的阐释之作都有不少"义气""仗义"出现,如《洪氏春秋说》:

> 今楚以征舒大恶、天下莫讨,合两国而图之。义气所激,其谁不应! 不待战郯,而晋九万里风已在其下矣。①
>
> 夫义气之感人,捷于威令。②
>
> 宜拊膺流涕、以天子蒙尘于外激扬诸大夫之义气,鼓行直前。③

《春秋集传详说》:

> 宋冯、鲁允、郑突,皆篡国之君,其罪皆当讨。齐方伯之国也,仗义而讨之,夫谁曰不然?④
>
> 以为成汤仗义以正天下。⑤

《四书章句集注》:

① 〔宋〕洪咨夔撰:《春秋说》,清文渊阁四库全书本,卷十六,第 11a、b 页。
② 〔宋〕洪咨夔撰:《春秋说》,清文渊阁四库全书本,卷十九,第 2b 页。
③ 〔宋〕洪咨夔撰:《春秋说》,清文渊阁四库全书本,卷二十六,第 3a 页。
④ 〔宋〕家铉翁撰:《春秋集传详说》,清文渊阁四库全书本,卷四,第15b 页。
⑤ 〔宋〕家铉翁撰:《春秋集传详说》,清文渊阁四库全书本,卷六,第 6b 页。

桓公伐楚,仗义执言,不由诡道,犹为彼善于此。①

《尚书全解》:

我当与尔众邦仗义兴兵,以伐殷之逋亡播荡之臣武庚也。②

《尚书讲义》:

然就是三者论之,比干仗义以立君,臣之大节其正也。③

《夏氏尚书详解》:

今日之事,天实以其事之甚大者遗我身,事之甚艰者投于我身,故仗义往征者,于我冲人非自恤也,实天以是遗我也。④

《乐书》:

---

① 〔宋〕朱熹撰:《四书章句集注》,中华书局,1983 年,第 153 页。
② 〔宋〕林之奇撰:《尚书全解》,清文渊阁四库全书本,卷二十七,第19b 页。
③ 〔宋〕史浩撰:《尚书讲义》,清文渊阁四库全书本,卷十,第 18b 页。
④ 〔宋〕夏僎撰:《尚书详解》,清武英殿聚珍版丛书本,卷十八,第 35a、b 页。

武王仗义以平乱也。①

"义气""仗义",在经典原文中都不曾出现,此前的注疏中也不曾有,而两宋之间如此集中出现,可见当时已有流行之势。细玩文义,以上文例中,"义气""仗义"的用法已经和《水浒传》相当接近了。而以文本性质论,与小说直接相关的领域中,此时也出现相同的趋向,如《太平广记》:

> 对曰:"暂寄居耳。无害于君,且以君义气闻于乡里,故告耳。"(田达诚)②
> 唐元和中,有陈鸾凤者,海康人也。负气义,不畏鬼神,乡党咸呼为"后来周处"(陈鸾凤)③

又如《分门古今类事》:

> 张景,晦之,以古学,尚义气,少走河朔,与冀州一侠少游,侠者不轨。事败,景亦连坐,捕之甚急。(张景改名)④

宋元时期,正是《水浒传》成书之前的累积期。这一变化,

---

① 〔宋〕陈旸撰:《乐书》,清文渊阁四库全书本,卷二十,第1b页。
② 〔宋〕李昉撰:《太平广记》,民国景明嘉靖谈恺刻本,卷三百五十四,第5a页。
③ 〔宋〕李昉撰:《太平广记》,民国景明嘉靖谈恺刻本,卷三百九十四,第1a页。
④ 〔宋〕佚名撰:《分门古今类事》,清文渊阁四库全书本,卷二十,第12a页。

无论是在观念层面,还是在语词层面,对于《水浒传》"纸上江湖"的构建,都是提供了帮助的。

《水浒传》流行之后,"义气""仗义""江湖义气""仗义疏财"便成为明代小说中相当普遍的通用语。这也可以看作《水浒传》社会影响的一个重要方面。这方面的例子不胜枚举,如《初刻拍案惊奇》:"每讶衣冠多盗贼,谁知盗贼有英豪?试观当日及时雨,千古流传义气高。"①《二刻拍案惊奇》:"我朝嘉靖年间,苏州有个神偷懒龙,事迹颇多。虽是个贼,煞是有义气,兼带着戏耍,说来有许多好笑好听处……他自号懒龙……《水浒传》中鼓上蚤,其矫捷不过如此……懒龙虽是偷儿行径,却有几件好处:不肯淫人家妇女,不入良善与患难之家,许了人说话再不失信。亦且仗义疏财,偷来东西随手散与贫穷负极之人。"②又如《警世通言》中,"此人姓范名汝为,仗义执言,救民水火。群盗从之如流,啸聚至十余万"③"看他《千里送京娘》这节故事便知。正是:说时义气凌千古,话到英风透九霄。八百军州真帝主,一条杆棒显雄豪。"④《初刻拍案惊奇》:"十一娘道:'吾是剑侠……见公颇有义气,所以留心,在此相候,以报公德。适间鼠辈无礼,已曾晓谕他过了。'"⑤"话说杭州

---

① 〔明〕凌濛初著,张明高校注:《初刻拍案惊奇》,中华书局,2009 年,第77 页。

② 〔明〕凌濛初著,吴书荫校注:《二拍·二刻拍案惊奇》,中华书局,2014 年,第 628－630 页。

③ 〔明〕冯梦龙编撰:《警世通言》,中华书局,2009 年,第 106 页。

④ 〔明〕冯梦龙编撰:《警世通言》,中华书局,2009 年,第 185－186 页。

⑤ 〔明〕凌濛初著,张明高校注:《初刻拍案惊奇》,中华书局,2009 年,第41 页。

府有一贾秀才,名实,家私巨万,心灵机巧,豪侠好义,专好结识那一班有意气的朋友。"①《二刻拍案惊奇》:"话说天台营中有一上厅行首,姓严名蕊……行事最有义气,待人常是真心。所以人见了的,没一个不失魂荡魄在他身上。"②"山东莱州府掖县有一个勇力之士邵文元,义气胜人,专要路见不平,拔刀相助。"③如此等等,可谓不胜枚举了。

四

毋庸讳言,《水浒传》中的"纸上江湖",是一个复杂的多面体。归纳一下,可简称为"半侠半盗"。十字坡的人肉馒头,浔阳江上的板刀面,梁山泊的投名状,恩州牢城的杀威棒,如此等等,无不是令人悚然心惊的盗匪行为,其活动的空间乃是不折不扣的"险恶江湖"。但是,就整本书而言,读者对这一"纸上江湖"的印象还是正面成分居多。究其原因,大端有二。一个是作品开篇两个人物的遭遇为全书的基调——逼上梁山奠定了道义基础。那就是王进与林冲的亡命江湖。他们本是守法良民,无辜被害投入了"江湖"。于是,"江湖"因他们而涂上了"正义"的底色。另一个则是"江湖"人物之间的"义气"。这是贯穿《水浒传》的精神线索,某种程度上几可视为全书的灵魂。

---

①　〔明〕凌濛初著,张明高校注:《初刻拍案惊奇》,中华书局,2009 年,第144 页。

②　〔明〕凌濛初著,吴书荫校注:《二拍·二刻拍案惊奇》,中华书局,2014 年,第 215 页。

③　〔明〕凌濛初著,吴书荫校注:《二拍·二刻拍案惊奇》,中华书局,2014 年,第 454 页。

《水浒传》故事的一个特点是好汉们不断"结义""结拜"，检索《水浒全传》，直接出现的字样将近三十处。而全书的高潮处——大聚义，有一段精彩文字称得上是"江湖义气"的宣言书，略云：

> 有篇言语，单道梁山泊的好处，怎见得：
>
> 八方共域，异姓一家。天地显罡煞之精，人境合杰灵之美。千里面朝夕相见，一寸心死生可同。相貌语言，南北东西虽各别；心情肝胆，忠诚信义并无差。其人则有帝子神孙，富豪将吏，并三教九流，乃至猎户渔人，屠儿刽子，都一般儿哥弟称呼，不分贵贱；且又有同胞手足，捉对夫妻，与叔侄郎舅，以及跟随主仆，争斗冤仇，皆一样的酒筵欢乐，无问亲疏。或精灵，或粗卤，或村朴，或风流，何尝相碍，果然认性同居；或笔舌，或刀枪，或奔驰，或偷骗，各有偏长，真是随才器使……地方四五百里，英雄一百八人。昔时常说江湖上闻名，似古楼钟声声传播；今日始知星辰中列姓，如念珠个个连牵。在晁盖恐托胆称王，归天及早；惟宋江肯呼群保义，把寨为头。休言啸聚山林，早愿瞻依廊庙。①

"八方共域，异姓一家"，是对江湖人物的"定性"——后面特意点出"江湖上闻名"。"其人则有帝子神孙，富豪将吏，并

---

① 〔明〕施耐庵、〔明〕罗贯中著：《水浒全传》，上海人民出版社，1975年，第881—882页。

三教九流,乃至猎户渔人,屠儿刽子,都一般儿哥弟称呼,不分贵贱"则是他们之间相处的理想性原则。换句话讲,就是"四海之内皆兄弟"。不过,《论语》中的"皆兄弟"重点是强调人的修养。而这里强调的是平等。"都一般儿哥弟称呼",看似一个人际相处的小小细节,其实蕴含着下层民众,尤其是自尊心强烈的下层文人对人际平等关系的强烈企盼。还有"随才器使",也是不得志者的社会理想。至于"一样的酒筵欢乐""识性同居",则与大传统中,特别是东坡所代表的"江湖"任性逍遥的一脉相承。

这篇文字在容与堂的《忠义水浒传》中完全是另一种面目,上述"亮点"几乎都没有出现,就是"山分八寨,旗列五方""列两副仗义疏财金字障,竖一面替天行道杏黄旗"①之类平铺直叙的内容。所以,这篇精彩的江湖义气"宣言书"应出自于万历四十二年书种堂的《水浒全传》。大胆推测一下,很可能是伙同书商袁无涯增改刊行的杨定见的手笔。关于容本与袁本文字优劣,历来见仁见智。但如果就这一篇文字比较,袁本之优胜多多矣。

奇怪的是,袁本问世的二十余年后,金圣叹伪托"古本"刊行了《第五才子书水浒传》,竟然删去了这篇精彩的文字。一般而言,金批本对《水浒传》文字的打磨是有所提升的,但删去这段,将其糅进誓词中,其原因及效果还是值得研究一番的。他的改动是这样的:

---

① 〔明〕施耐庵、〔明〕罗贯中著,〔明〕李卓吾点评:《李卓吾先生批评忠义水浒传》,明容与堂刻本,卷七十一,第12b页。

宋江鸣鼓聚众,都到堂上。焚一炉香,又对众人道:"今非昔比,我有片言:我等既是天星地曜相会,必须对天盟誓,各无异心,生死相托,患难相扶,一同扶助宋江,仰答上天之意。"众皆大喜,齐声道:"是。"各人拈香已罢,一齐跪在堂上,宋江为首誓曰:"维宣和二年四月二十三日,梁山泊义士宋江、卢俊义……同秉至诚,共立大誓:窃念江等昔分异地,今聚一堂,准星辰为弟兄,指天地作父母。一百八人,人无同面,面面峥嵘;一百八人,人合一心,心心皎洁;乐必同乐,忧必同忧,生不同生,死必同死。既列名于天上,无贻笑于人间。一日之声气既孚,终身之肝胆无二。倘有存心不仁,削绝大义,外是内非,有始无终者,天照其上,鬼阚其旁,刀剑斩其身,雷霆灭其迹,永远沉于地狱,万世不得人身!报应分明,神天共察!"誓毕,众人同声发愿,"但愿生生相会,世世相逢,永无间阻,有如今日。"当日众人歃血饮酒,大醉而散。①

百回本与百二十回本的誓词相同,且都比较简单:

宋江为首誓曰:"宋江鄙猥小吏,无学无能,荷天地之盖载,感日月之照临,聚弟兄于梁山,结英雄于水泊,共一百八人,上符天数,下合人心。自今已后,若是各人存心不仁,削绝大义,万望天地行诛,神人共戮,万世不得人

---

① 〔清〕金圣叹评点,文子升校点:《第五才子书施耐庵水浒传》,中州古籍出版社,1985 年,第 1122—1123 页。

身,亿载永沉末劫。但愿共存忠义于心,同著功勋于国。
替天行道,保境安民。神天鉴察,报应昭彰。"誓毕,众皆
同声共愿,但愿生生相会,世世相逢,永无断阻。当日歃
血誓盟,尽醉方散。"①

两相比较,金圣叹改写的誓词在文采与气势上都提升了
一大截。可是,金氏是在删除了那一大段赞语前提下改写的,
而且分明是借鉴、吸取了赞语的思路。那么,就需要考虑,他
对赞语的取舍得失当如何评判了。

有清一代,《水浒传》流行的就是《第五才子书》,所以金圣
叹撰写的结义誓词也随之广为传播,"指天地作父母"甚至成
为某些帮会的切口。"一日之声气既孚,终身之肝胆无二""人
合一心,心心皎洁""生不同生,死必同死",把"江湖义气"的
"义气"抒写得十分到位。但是,赞语中关于"江湖"的理想性
描述,如"一般儿哥弟称呼,不分贵贱""一样的酒筵欢乐""认
性同居"则被摒弃、刊落了。这一点向未有人关注。其实,对
"江湖"的态度也是分析金圣叹评点《水浒传》一个重要的角
度。作为一个专题研究,实有深入的余地,不过那要俟诸他
日了。

第二节　三国中的"江湖气"

如果说,《水浒传》的主体就是一部"江湖"长卷,《三国演

① 〔明〕施耐庵、罗贯中著,〔清〕金圣叹、〔明〕李卓吾点评:《水浒传》,中华
书局,2009 年,第 610 页。

义》则不同。其主体的内容是社会上层的政治、军事斗争。但是,作为"演义",小说又为原本属于上层的历史事件熏染了浓厚的"江湖气息"。其表现集中于"义气"描写。上至君臣,下至士卒,交往与人品,皆以"义气"作为衡量标准。此外,其变泰发迹的草莽幻想,以及江湖术士的行为等情节,也是"江湖气"的显现,并成为小说中色彩特异的情节。

《三国演义》中最为世人所熟知的故事往往都带有很强的"江湖气",诸如桃园三结义、千里走单骑、赤壁借东风、华容道义释曹操等,皆是以"义气"作为情节的基本支点。

大传统中的"义"是道义,《管子·牧民》中讲:"国有四维。一维绝则倾,二维绝则危,三维绝则覆,四维绝则灭。倾可正也,危可安也,覆可起也,灭不可复错也。何谓四维?一曰礼,二曰义,三曰廉,四曰耻。礼不逾节,义不自进……"①管子的"义"与治国有关的行为规范,所强调是起心动念的合情、合理、合法性。而小传统中的"义"则是义气,强调人与人之间的交往原则,其内核是朋友之间的互惠互利,相互扶持,更重要的是要有知恩图报的意识。而这种小传统意识明显影响着《三国演义》作者道德观念,并将其写入小说之中成为判断行为正确性的重要依据。

一

王学泰在他的《游民文化与中国社会》中指出:"《三国志平话》和《三国演义》则把本来是'事上'道德的'忠'化为较为

---

① 黎翔凤撰,梁运华整理:《管子校注》,中华书局,2004年,第11页。

平等道德的'义'。"①在所有的《三国》故事中"忠义"往往是最
为突出表现的,而这其中最为著名的桃园三结义则更是将"忠
义"结合得最为成功的情节,其特别突出了"有福同享,有难同
当"的游民意识,而在他们桃园结义的誓词中明显看出其对于
"义气"的看重:"念刘备、关羽、张飞,虽然异姓,既结为兄弟,
则同心协力,救困扶危;上报国家,下安黎庶;不求同年同月同
日生,只愿同年同月同日死。皇天后土,实鉴此心。背义忘
恩,天人共戮!"②《三国志》中也有三人关系的描述,却仅称:
"先主与二人寝则同床,恩若兄弟。而稠人广坐,侍立终日,随
先主周旋,不避艰险。"③很明显三人或许亲近,但依旧是君臣
关系,而君臣结义的情节,更是为士大夫所不屑。清人章学诚
特别愤慨地指出:"演义之最不可训者桃园结义。甚至忘其君
臣而直称兄弟……叙昭烈、关、张、诸葛。俱以《水浒传》中崔
苻啸聚行径拟之。"④可见,结拜为异姓兄弟正是"江湖气"最
突出的表现。

　　此外,书中在介绍三人身份时特别说明了其游民出身:

　　　　玄德见他形貌异常,问其姓名。其人曰:"某姓张,名
　　飞,字翼德。世居涿郡,颇有庄田,卖酒屠猪,专好结交天
　　下豪杰。恰才见公看榜而叹,故此相问。"玄德曰:"我本

---

　　①　王学泰:《游民文化与中国社会(增修版)》,同心出版社,2007年,第
341页。

　　②　〔明〕罗贯中:《三国演义》,人民文学出版社,1979年,第5页。

　　③　〔晋〕陈寿撰,〔南朝宋〕裴松之注,中华书局编辑部点校:《三国志》,中华
书局,1982年,第939页。

　　④　〔清〕章学诚撰,冯惠民点校:《丙辰札记》,中华书局,1986年,第89页。

汉室宗亲,姓刘,名备。今闻黄巾倡乱,有志欲破贼安民;恨力不能,故长叹耳。"飞曰:"吾颇有资财,当招募乡勇,与公同举大事,如何?"玄德甚喜,遂与同入村店中饮酒。正饮间,见一大汉,推着一辆车子,到店门首歇了;入店坐下,便唤酒保:"快斟酒来吃,我待赶入城去投军。"玄德看其人:身长九尺,髯长二尺;面如重枣,唇若涂脂;丹凤眼,卧蚕眉;相貌堂堂,威风凛凛。玄德就邀他同坐,叩其姓名。其人曰:"吾姓关,名羽,字长生,后改云长,河东解良人也。因本处势豪,倚势凌人,被吾杀了;逃难江湖,五六年矣。今闻此处招军破贼,特来应募。"①

张飞"卖酒屠猪",已经不是个"本分"的四民之内人物,而被后世所崇拜且被黑白两道奉为始祖的"关二爷",因命案而"逃难江湖"多年,更是个不折不扣的游民,这就为整部作品定下了"江湖"基调。

桃园结义因《三国演义》而影响广远,但其来源却更久远一些。我们看《三国志平话》中的描写:

> 话说一人,姓关名羽,字云长……将县令杀了,亡命逃遁,前往涿郡。
>
> 不因躲难身漂泊　怎遇分金重义知
>
> 却说有一人,姓张名飞,字翼德,乃燕邦涿郡范阳人也。生得豹头环眼,燕颔虎须,身长九尺余,声若巨钟。

---

① 〔明〕罗贯中:《三国演义》,人民文学出版社,1979年,第4—5页。

家豪大富。因在门首闲立,见关公街前过,生得状貌非俗,衣服蓝缕,非是本处人。纵步向前,见关公施礼。关公还礼。飞问曰:"君子何往?甚州人氏?"关公见飞问,观飞貌亦非凡,言曰:"念某河东解州人氏,因本县官虐民不公,吾杀之,不敢乡中住,故来此处避难。"飞见关公话毕,乃大丈夫之志,遂邀关公于酒肆中。飞叫量酒:"将二百钱酒来!"主人应声而至。关公见飞非草次之人,说话言谈便气和。酒尽,关公欲待还杯,乃身边无钱,有艰难之意。飞曰:"岂有是理!"再叫主人将酒来。二人把盏相劝,言语相投,有如契旧。正是:

> 龙虎相逢日 君臣庆会时

说起一人,姓刘名备,字玄德……德公不甚乐读书,好犬马,美衣服,爱音乐。当日因贩履于市卖讫,也来酒店中买酒吃。关、张二人见德公生得状貌非俗,有千般说不尽底福气。关公遂进酒于德公。公见二人状貌亦非凡,喜甚,也不推辞,接盏便饮。饮罢,张飞把盏,德公又接饮罢。飞邀德公同坐,三杯酒罢,三人同宿昔交便气合。①

"不因躲难身漂泊,怎遇分金重义知""飞叫量酒,将二百钱酒来""关公欲待还杯,乃身边无钱""喜甚,也不推辞,接盏便饮。饮罢,张飞把盏,德公又接饮罢",这样一些细节描写,

---

① 钟兆华著:《元刊全相平话五种校注》,巴蜀书社,1990 年,第 377 - 378 页。

以及作者的赞语,皆极富民间色彩,或者说"江湖气"更浓厚一些。文人据以整理、增饰成《三国演义》时把这些过于草莽气的笔墨删削了(包括三人太行山落草之类的情节),于是形成了雅俗共赏的局面。

如前文所述,《三国演义》将忠义作为全书比重较重的部分,其在情节上自然更为突出,而桃园结义这个情节所表现的义更是大于忠,由于桃园结义的铺垫使得整部小说中所有涉及刘关张三人的情节都会给读者带来三人以"义气"为出发点的错觉,加之关长二人又常以"兄长""哥哥"等称谓,此间"江湖义气"的成分更是明显。而民间表现三人的江湖义气的说话本子更是层出不穷,《花关索传》便是个中翘楚。

社会动荡时,游民往往最容易成为变泰发迹的群体,他们没有家庭与社会舆论的压力,甚至无所得失,但在行动之初,对于彼此之间的相互提携与落难后的扶持便十分看重,正如陈涉曾说"苟富贵,勿相忘",而《三国演义》便是一个永远不会出现背叛的故事,这或许也是作者在创作时有意拥刘贬曹进行书写的本意,其一方面能够获得游民心理上的共识并得到他们的共鸣,另一方面也将江湖义气放大,使其成为整个社会所认可的价值观。总之,《三国演义》中的"义"往往与"江湖义气"相呼应,这使得"江湖义气"不再仅限于游民价值观,而成为广泛认可的社会原则。

清人章学诚特别指出《三国演义》中的称谓问题,"演义之最不可训者桃园结义。甚至忘其君臣而直称兄弟……叙昭烈、关、张、诸葛。俱以《水浒传》中崔苻啸聚行径拟之"。《三国演义》作为游民文化中诞生的文学作品,其中的江湖气息浓厚自然无可厚非,无论如何修正雅化都无法概念其中的游民意识,这在整篇作品的称谓上表现得最为突出。

前文曾说,作者有意加重刘关张之间义气的描写,并强调三人之间的兄弟义气,这在作品中最常出现的自然是称谓。在描写三人创业初期时,便开始以兄长、哥哥等称呼显示三人的亲密关系:

> 玄德终是仁慈的人,急喝张飞住手。傍边转过关公来,曰:"兄长建许多大功,仅得县尉,今反被督邮侮辱。……"①

> 攒指关、张而问曰:"此何人也?"玄德曰:"此关羽、张飞,备结义兄弟也。"②

> 飞怒曰:"吾跟哥哥多年,未尝失信,你如何轻料我!"玄德曰:"弟言虽如此,吾终不放心。还请陈元龙辅之,早晚令其少饮酒,勿致失事。"陈登应诺。③

> 刘岱、王忠行不上十余里,一声鼓响,张飞拦路大喝曰:"我哥哥忒没分晓!捉住贼将如何又放了?"……张飞睁眼挺枪赶来,背后一人飞马大叫:"不得无礼!"视之,乃云长也。刘岱、王忠方才放心。云长曰:"既兄长放了,吾弟如何不遵法令?"飞曰:"今番放了,下次又来。"云长

---

① 〔明〕罗贯中:《三国演义》,人民文学出版社,1979年,第15—16页。
② 〔明〕罗贯中:《三国演义》,人民文学出版社,1979年,第40—41页。
③ 〔明〕罗贯中:《三国演义》,人民文学出版社,1979年,第126页。

曰:"待他再来,杀之未迟。"①

　　先主大惊曰:"二弟原来尚在?"云长曰:"臣等非人,乃鬼也。上帝以臣二人平生不失信义,皆敕命为神。哥哥与兄弟聚会不远矣。"先主扯定大哭。忽然惊觉,二弟不见。即唤从人问之,时正三更。先主叹曰:"朕不久于人世矣!"②

　　诸如此类,不胜枚举。张飞性格莽撞,因此称呼刘玄德"哥哥",而关云长相较而言则为守礼,以"兄长"相称。《三国演义》中不仅君臣之间以兄弟相称,包括家眷也不乏亲人之间的称呼,如关云长、张飞称呼刘备的甘夫人、糜夫人也是"嫂嫂":

　　玄德默然无语。关公顿足埋怨曰:"你当初要守城时说甚来?兄长分付你甚来?今日城池又失了,嫂嫂又陷了,如何是好!"③

　　赵云自思:"今番中了东吴之计!"只见当头船上一员大将,手执长矛,高声大叫:"嫂嫂留下侄儿去!"原来张飞巡哨,听得这个消息,急来油江夹口,正撞着吴船,急忙截住。当下张飞提剑跳上吴船。周善见张飞上船,提刀来迎,被张飞手起一剑砍倒,提头掷于孙夫人前。夫人大惊曰:"叔叔何故无礼?"张飞曰:"嫂嫂不以俺哥哥为重,私

①　〔明〕罗贯中:《三国演义》,人民文学出版社,1979年,第203页。
②　〔明〕罗贯中:《三国演义》,人民文学出版社,1979年,第727页。
③　〔明〕罗贯中:《三国演义》,人民文学出版社,1979年,第128页。

自归家,这便无礼!"夫人曰:"吾母病重,甚是危急,若等你哥哥回报,须误了我事。若你不放我回去,我情愿投江而死!"……乃谓夫人曰:"俺哥哥大汉皇叔,也不辱没嫂嫂。今日相别,若思哥哥恩义,早早回来。"说罢,抱了阿斗,自与赵云回船,放孙夫人五只船去了。①

相应地,刘备的夫人们也直接称呼关张二人为"叔叔":

关公引兵入下邳,见人民安妥不动,竟到府中。来见二嫂。甘、糜二夫人听得关公到来,急出迎之。公拜于阶下曰:"使二嫂受惊,某之罪也。"二夫人曰:"皇叔今在何处?"公曰:"不知去向。"二夫人曰:"二叔今将若何?"公曰:"关某出城死战,被困土山,张辽劝我投降,我以三事相约。曹操已皆允从,故特退兵,放我入城。我不曾得嫂嫂主意,未敢擅便。"二夫人问:"那三事?"关公将上项三事,备述一遍。甘夫人曰:"昨日曹军入城,我等皆以为必死;谁想毫发不动,一军不敢入门。叔叔既已领诺,何必问我二人?——只恐日后曹操不容叔叔去寻皇叔。"公曰:"嫂嫂放心,关某自有主张。"二夫人曰:"叔叔自家裁处,凡事不必问俺女流。"②

甘夫人曰:"二叔因不知你等下落,故暂时栖身曹氏。今知你哥哥在汝南,特不避险阻,送我们到此。三叔休错

---

① 〔明〕罗贯中:《三国演义》,人民文学出版社,1979 年,第 527—528 页。
② 〔明〕罗贯中:《三国演义》,人民文学出版社,1979 年,第 221—222 页。

见了。"糜夫人曰:"二叔向在许都,原出于无奈。"飞曰:
"嫂嫂休要被他瞒过了!忠臣宁死而不辱。大丈夫岂有
事二主之理!"关公曰:"贤弟休屈了我。"……飞曰:"云
长兄与孙乾送二嫂方到,已知哥哥下落。"①

　　《三国演义》中此类"叔叔""嫂嫂""哥哥""侄儿"等江湖特
点的称谓常常在刘关张之间出现。由于三人的草莽出身是将
游民对于变泰发迹的幻想变成现实,这种兄弟身份的认同,一
方面把"苟富贵,毋相忘"落到了实处,使得下层民众更容易在
阅读中得到心理满足,另一方面也将游民意识中"义气"的认
识抬到与"忠"相等同的地位,使得"忠义"成为世人交往中的
基础。

　　检索《三国演义》全书,提及刘关张"结义""结拜"竟达 39
次之多。可见这一桥段在全书中的地位,以及这种"江湖"色
彩在作品中的弥漫程度。《三国演义》中的"江湖气"多体现在
蜀国,正如前文所述,其一方面是刘关张的草莽出身能够更多
地获得游民在认识上的共鸣,相较而言出身权贵阶级的曹操
先天并不具备此优势,毕竟游民对于主流社会带有与生俱来
的矛盾心理。另一方面,史书中的刘备"弘毅宽厚,知人待士,
盖有高祖之风,英雄之器焉"。②曹操甚至认为:"今天下英

---

① 〔明〕罗贯中:《三国演义》,人民文学出版社,1979 年,第 247－248 页。
② 〔晋〕陈寿撰,〔南朝宋〕裴松之注,中华书局编辑部点校:《三国志》,中华
书局,1982 年,第 892 页。

雄,唯使君与操耳。本初之徒,不足数也。"①这正是百姓所期
待的君主,也是江湖游民中最受欢迎的领导者类型。

虽然《三国演义》中的江湖气往往被隐藏在政治与军事、
权谋之中,难以察觉,但细看之下其中的"义气"与游民智慧却
是在字里行间向读者娓娓诉说着游民以他们特有的角度看待
三国时期群雄逐鹿,表达着作者所处的元明易代时游民期待
发迹与对明主的渴望之情。

而在其后的故事中更是将关羽的"义绝"表现得淋漓尽
致,诸如刘关张三人在徐州之战失败后,关羽不得不暂投曹
营,却与曹操约法三章,这才有了著名的"屯土山约三事":

> 公曰:"兄言三便,吾有三约。若丞相能从,我即当卸
> 甲;如其不允,吾宁受三罪而死。"辽曰:"丞相宽洪大量,
> 何所不容。愿闻三事。"公曰:"一者,吾与皇叔设誓,共扶
> 汉室,吾今只降汉帝,不降曹操;二者,二嫂处请给皇叔俸
> 禄养赡,一应上下人等,皆不许到门;三者,但知刘皇叔去
> 向,不管千里万里,便当辞去:三者缺一,断不肯降。望文
> 远急急回报。"②

然而这些苛刻条件在曹操不仅全盘接受,更是对他十分
礼遇:"关公自到许昌,操待之甚厚:小宴三日,大宴五日;又送

---

① 〔晋〕陈寿撰,〔南朝宋〕裴松之注,中华书局编辑部点校:《三国志》,中华
书局,1982年,第875页。

② 〔明〕罗贯中:《三国演义》,人民文学出版社,1979年,第220页。

美女十人,使侍关公。"①然而如此厚待却未能换得关羽真心投靠,关羽在得到刘备消息第一时间便离开曹营,过五关斩六将,这种对兄弟义气的重视甚至超过对于自身安危的关心。除却刘关张之间的江湖义气外,对于"义绝"的关羽,《三国演义》中表现得最为突出,而让人津津乐道的自然是"义释曹操"的情节。其将关羽内心的挣扎与江湖义气的信仰极尽描摹,也成就了关羽大仁大义的形象:

> 又行不到数里,操在马上扬鞭大笑。众将问:"丞相何又大笑?"操曰:"人皆言周瑜、诸葛亮足智多谋,以吾观之,到底是无能之辈。若使此处伏一旅之师,吾等皆束手受缚矣。"
>
> 言未毕,一声炮响,两边五百校刀手摆开,为首大将关云长,提青龙刀,跨赤兔马,截住去路。操军见了,亡魂丧胆,面面相觑。……操从其说,即纵马向前,欠身谓云长曰:"将军别来无恙!"云长亦欠身答曰:"关某奉军师将令,等候丞相多时。"操曰:"曹操兵败势危,到此无路,望将军以昔日之情为重。"云长曰:"昔日关某虽蒙丞相厚恩,然已斩颜良,诛文丑,解白马之围,以奉报矣。今日之事,岂敢以私废公?"操曰:"五关斩将之时,还能记否?大丈夫以信义为重。将军深明《春秋》,岂不知庾公之斯追子濯孺子之事乎?"云长是个义重如山之人,想起当日曹操许多恩义,与后来五关斩将之事,如何不动心?又见曹

① 〔明〕罗贯中:《三国演义》,人民文学出版社,1979年,第222页。

军惶惶,皆欲垂泪,一发心中不忍。于是把马头勒回,谓众军曰:"四散摆开。"这个分明是放曹操的意思。操见云长回马,便和众将一齐冲将过去。云长回身时,曹操已与众将过去了。云长大喝一声,众军皆下马,哭拜于地。云长愈加不忍。正犹豫间,张辽纵马而至。云长见了,又动故旧之情,长叹一声,并皆放去。①

作者两次三番提到"信义"以强调关云长重义,其目的自然是引导读者将关云长放走曹操的行为正面化,因其重义成就了关云长一生的功业,却也因其重义导致整个战局的改变。然而,且不论这一历史情节是否真实存在,单从逻辑层面分析:现实社会中,即便会出现极富江湖义气的军事将领,但在家国利益面前如何会有所退让,甚至因知恩图报的一时意气而改变整个战局的走向。但在作品中,作者穷尽笔墨将关羽对于"义"的重视与知恩图报的性格描摹于纸上。

关羽作为"义绝"自然是全篇最有"江湖义气"的角色,但这不能掩盖其他角色的对于"义"的重视,赵子龙长坂坡七进七出的义举也被世人啧啧称道。刘备樊城之役,携民渡江;不顾劝阻一意伐吴只为报兄弟之仇,皆是披着政治军事的外衣却在表现游民义气的内核。而这种对"江湖义气"的张扬,正是游民社会中所特有的精神状态。

---

① 〔明〕罗贯中:《三国演义》,人民文学出版社,1979年,第434页。

二

鲁迅《中国小说史略》对《三国演义》的评价中，称"诸葛多智而近妖"，指的是他身上的江湖术士气息。

最能表现出诸葛江湖术士气息的莫过于"借东风"这个大桥段了。说它大，是因为全书第一重头戏便是赤壁大战，赤壁大战的胜负关键在于火攻。而火攻能否实现，小说一步一步把矛盾焦点凸显出来。先是"周瑜于山顶看隔江战船……正观之际，忽狂风大作，江中波涛拍岸。一阵风过，刮起旗角于周瑜脸上拂过。瑜猛然想起一事在心，大叫一声，往后便倒，口吐鲜血。诸将急救起时，却早不省人事"①。东吴上上下下不明所以，几乎陷于绝望之中。这是诸葛亮出场了：

> 孔明笑曰："亮有一方，便教都督气顺。"瑜曰："愿先生赐教。"孔明索纸笔，屏退左右，密书十六字曰：
>
> 欲破曹公，宜用火攻；万事俱备，只欠东风。
>
> 写毕，递与周瑜曰："此都督病源也。"瑜见了大惊，暗思："孔明真神人也！早已知我心事！只索以实情告之。"乃笑曰："先生已知我病源，将用何药治之？事在危急，望即赐教。"孔明曰："亮虽不才，曾遇异人，传授奇门遁甲天书，可以呼风唤雨。都督若要东南风时，可于南屏山建一台，名曰'七星坛'：高九尺，作三层，用一百二十人，手执旗幡围绕。亮于台上作法，借三日三夜东南大风，助都督

---

① 〔明〕罗贯中：《三国演义》，人民文学出版社，1979 年，第 420 页。

用兵,何如?"①

　　这一段,颇有学者曲为之说,认为诸葛亮具有类似今天天气预报的知识结构及操作能力,不过是"上知天文,下知地理"的表现。其实,评论文学作品大可不必"选边站",那个时代的通俗小说有几分"江湖气"是很正常的事情。这一点,不妨看看作品是怎样描写孔明"借东风"仪式的:

　　　　孔明辞别出帐,与鲁肃上马,来南屏山相度地势,令军士取东南方赤土筑坛。方圆二十四丈,每一层高三尺,共是九尺。下一层插二十八宿旗:东方七面青旗,按角、亢、氐、房、心、尾、箕,布苍龙之形;北方七面皂旗,按斗、牛、女、虚、危、室、壁,作玄武之势;西方七面白旗,按奎、娄、胃、昴、毕、觜、参,踞白虎之威;南方七面红旗,按井、鬼、柳、星、张、翼、轸,成朱雀之状。第二层周围黄旗六十四面,按六十四卦,分八位而立。上一层用四人,各人戴束发冠,穿皂罗袍,凤衣博带,朱履方裾。前左立一人,手执长竿,竿尖上用鸡羽为葆,以招风信;前右立一人,手执长竿,竿上系七星号带,以表风色;后左立一人,捧宝剑;后右立一人,捧香炉。坛下二十四人,各持旌旗、宝盖、大戟、长戈、黄钺、白旄、朱幡、皂纛,环绕四面。②

---

①　〔明〕罗贯中:《三国演义》,人民文学出版社,1979年,第422页。

②　〔明〕罗贯中:《三国演义》,人民文学出版社,1979年,第422—423页。

　　这里可以有两种理解：一种是诸葛亮真的有呼风唤雨的神通，一种是诸葛亮有"天气预报"的能力，装神弄鬼糊弄周瑜、孙权。小说没有明讲，可以说两种可能都是存在的。作品在这样的地方留一点"含混"，效果可能更好一些。对于今天的读者而言，无论哪一种理解，诸葛亮的形象都不是政治家所具有的，而是典型的江湖术士的样子。

　　可以和借东风相印证的，是"五丈原诸葛禳星"：

　　孔明曰："吾素谙祈禳之法，但未知天意若何。汝可引甲士四十九人，各执皂旗，穿皂衣，环绕帐外；我自于帐中祈禳北斗。若七日内主灯不灭，吾寿可增一纪；如灯灭，吾必死矣。闲杂人等，休教放入。凡一应需用之物，只令二小童搬运。"姜维领命，自去准备。时值八月中秋，是夜银河耿耿，玉露零零，旌旗不动，刁斗无声。姜维在帐外引四十九人守护。孔明自于帐中设香花祭物，地上分布七盏大灯，外布四十九盏小灯，内安本命灯一盏。孔明拜祝曰："亮生于乱世……阳寿将终。谨书尺素，上告穹苍：伏望天慈，俯垂鉴听，曲延臣算，使得上报君恩，下救民命，克复旧物，永延汉祀。非敢妄祈，实由情切。"拜祝毕，就帐中俯伏待旦。次日，扶病理事，吐血不止。日则计议军机，夜则步罡踏斗。……孔明在帐中祈禳已及六夜，见主灯明亮，心中甚喜。姜维入帐，正见孔明披发仗剑，踏罡步斗，压镇将星。忽听得寨外呐喊，方欲令人出问，魏延飞步入告曰："魏兵至矣！"延脚步急，竟将主灯扑灭。孔明弃剑而叹曰："死生有命,不可得而禳也!"①

"七盏大灯,外布四十九盏小灯,内安本命灯一盏""披发仗剑,踏罡步斗",其仪式,其形象都与借东风十分相似,一派江湖术士的样子,与隆中对、舌战群儒的那个诸葛亮形象判若两人,正是鲁迅"状诸葛多智而近妖"的最好注脚,也是小说江湖气的集中体现。

诸葛亮的术士形象还表现于"锦囊妙计"之类的情节。这方面最突出的是刘备招亲的前前后后。在《三国演义》中,刘备也变成了诸葛亮的"阿斗"。这位"枭雄"自隆中聆教以后,对诸葛亮不仅是言听计从,而且完全丧失主见,成为被操纵的傀儡。最典型的如江东招亲一节,此事之始末见于《先主传》及《载记》,特别是《江表传》:

> 备叹息曰:"孤时危急,当有所求,故不得不往,殆不免周瑜之手! 天下智谋之士,所见略同耳。时孔明谏孤莫行,其意独笃,亦虑此也。"②

可见无论入吴就婚,还是摆脱牢笼归还,都是刘备自作主张。诸葛亮反而谏阻此行,不过意见未被玄德采纳。可到了《三国演义》中,刘备自始至终蒙在鼓里,先是担心"岂可以身轻入危险之地",而孔明却根本不顾其"怀疑未决","竟教孙乾

---

① 〔明〕罗贯中:《三国演义》,人民文学出版社,1979年,第900—901页。
② 〔晋〕陈寿撰,〔南朝宋〕裴松之注,中华书局编辑部点校:《三国志》,中华书局,1982年,第954—955页。

往江南说合亲事"（五十四回）。而后，刘备"怀疑不敢往"，"心中怏怏不安"，孔明却依然以"锦囊妙计"的方式调度着一切。一个锦囊又一个锦囊，孔明在千里外"裁处"、包办着婚姻的全过程，而玄德只能"依计行事"。这些情节很有趣味，但大不合于情理。我们看看小说是怎样处理的：

> 玄德曰："公且少留，来日回报。"是日设宴相待，留于馆舍。至晚，与孔明商议。孔明曰："来意亮已知道了。适间卜《易》，得一大吉大利之兆。主公便可应允。先教孙乾和吕范回见吴侯，面许已定，择日便去就亲。"玄德曰："周瑜定计欲害刘备，岂可以身轻入危险之地？"孔明大笑曰："周瑜虽能用计，岂能出诸葛亮之料乎！略用小谋，使周瑜半筹不展；吴侯之妹，又属主公；荆州万无一失。"玄德怀疑未决。……玄德怀疑不敢往。孔明曰："吾已定下三条计策，非子龙不可行也。"遂唤赵云近前，附耳言曰："汝保主公入吴，当领此三个锦囊。囊中有三条妙计，依次而行。"即将三个锦囊，与云贴肉收藏，孔明先使人往东吴纳了聘，一切完备。
>
> 时建安十四年冬十月。玄德与赵长、孙乾取快船十只，随行五百余人，离了荆州，前往南徐进发。荆州之事，皆听孔明裁处。玄德心中怏怏不安。到南徐州，船已傍岸，云曰："军师分付三条妙计，依次而行。今已到此，当先开第一个锦囊来看。"于是开囊看了计策。便唤五百随行军士，一一分付如此如此，众军领命而去。又教玄德先

往见乔国老。①

　　刘备自己的亲事，刘备自己要深入虎穴，却是对所有安排全不知情。诸葛亮的对策全是笼罩着神秘色彩的。先是占卜"大吉大利"，再是未卜先知地准备三个锦囊，吩咐赵云"贴肉收藏"。每个危机打开一个，问题就迎刃而解。这种写法看似高度称扬了诸葛亮的智慧，但就人物形象而言，实非一个政治家所应有。而连带地也极大地贬损了作为领袖人物刘备的英雄或"枭雄"的形象。在诸葛亮的"锦囊"面前，刘备完全成了可怜的糊涂虫：

　　　　玄德惊慌勒回马问赵云曰："前有拦截之兵，后有追赶之兵：前后无路，如之奈何？"云曰："主公休慌。军师有三条妙计，多在锦囊之中。已拆了两个，并皆应验。今尚有第三个在此，分付遇危难之时，方可拆看。今日危急，当拆观之。"便将锦囊拆开，献与玄德。玄德看了，急来车前泣告孙夫人曰："备有心腹之言，至此尽当实诉。"②
　　　　玄德俯首沉吟。赵云曰："主公在虎口中逃出，今已近本界，吾料军师必有调度，何用犹疑？"玄德听罢，蓦然想起在吴繁华之事，不觉凄然泪下。③

　　书中此类描写还有不少。显然作者在心理上认同于诸葛

---

① 〔明〕罗贯中：《三国演义》，人民文学出版社，1979 年，第 464－465 页。
② 〔明〕罗贯中：《三国演义》，人民文学出版社，1979 年，第 473 页。
③ 〔明〕罗贯中：《三国演义》，人民文学出版社，1979 年，第 475 页。

亮,故极力把他塑造成"天人大导师",而把刘备写成乖乖的小学生。我们遍览三国时期的史籍,孔明在刘备手下献策建功的记载甚少,他支配全局的作为几乎全在后主时代。可以说,演义悖于史实之处,莫此为甚。而这样描写迎合了下层民众的阅读趣味,也可以说增加了小说的"江湖气"。

三

在中国小说史上,《三国演义》与《水浒传》的一个重要价值是分别创立了一个范型。《水浒传》成为后世"英雄传奇"的典范,《三国演义》成为后世"历史演义"的典范。这种典范意义表现在方方面面,如上述《三国演义》的"江湖"色彩,在后世的历史演义类作品里便不乏效颦之作。

成书于清中叶的《飞龙全传》,是写五代后期的历史小说,从后晋末期写到赵宋建立。全书围绕赵匡胤以及周世宗柴荣等传奇故事来写,乃介乎于上述两种范型之间的作品。该书写乱世英雄变泰发迹,颇多模仿《三国演义》刘关张关系之处,全书仅"结义""结拜"字样就出现二十余处,而且直接拿《三国演义》的桃园结义来做比较,如:

> (匡胤)遂又叫柴荣道:"柴兄,今日陌路相逢,情投义合,实乃天假其缘,人生最乐之事。俺欲四人结为手足,胜比同胞,窃愿效尤那汉朝的玄德公桃园故事,不知可否?"……一面说话,一面叫人备办了三牲福物,香烛神仪,就在当厅供着。柴荣再欲推辞,只恐拂了他一团美

意,只得一齐叙了乡贯姓名、年庚八字:乃是柴荣居长,匡
胤第二,光远行三,彦威排四。各各跪在香案之前,一齐
祝道:"弟子等四人,虽各异姓,实胜同胞。愿自此之后,
扶危济困,务要同心;扶弱锄强,勿生异志。他日有官同
做,有马同骑:若有非心,天神共鉴!"誓毕,拜罢起来,各
依年齿,对拜了八拜。送神已毕,然后坐定谈心,正是:

　　不因此日恩情重,怎得他年意气浓。①

让赵匡胤讲出"愿效尤那汉朝的玄德公桃园故事",出现
两位未来的皇帝结拜为兄弟的局面,这在现实与文学中都是
绝无仅有的。而柴荣似乎也跟赵匡胤学会了,后面照葫芦画
瓢也来了一次:

　　当下柴荣见这各家兄弟,多是济济彬彬,心中大喜,
叫声:"众位贤弟,愚兄有一言相告……愚兄意欲重新叙
义,拜告天地,效桃园之心术,学廉蔺之懿行,不问死生,
共图患难,方为有合于大义。不知众位贤弟,意下如何?"
匡胤等一齐答道:"兄长所言,正合大义,弟等焉有不从!"
柴荣大喜。即命手下人整备祭礼,摆设堂上,点起了香
烛,祭祀虚空。命典礼官朗诵祭文,昭告天地。弟兄等各
各下拜,都说了海誓山盟,然后对面又行了礼。拜罢,定
了次序,乃是柴荣居长,匡胤第二,郑恩第三,张光远第
四,罗彦威第五,匡义第六。此正是龙虎禅州大结义也!

---

① 〔清〕吴璿:《飞龙全传》,华夏出版社,1995年,第34页。

有诗为证：

龙虎联情结大盟，郊天祭地告神明。

一心愿学桃园义，留待他年辅弼勤。

拜盟已毕，帅府堂上摆下筵席，弟兄依次而坐，共饮醇醪。说不尽山珍海味，写不尽玉液琼浆。①

同样是举出"效桃园之心术"。作品的诗赞也是"一心愿学桃园义"，足见《三国演义》有关描写已成为普遍认可的行为典范。

此书为一社会下层文人吴璿在一民间书场《飞龙传》基础上改写而成，自己标榜改写加工的原则是"删其繁文，汰其俚句，布以雅训之格，间以清隽之辞"②，也就是说进行了一番"雅化"的处理。此书自序之外还有署名大学者杭世骏的序，同样是从"雅驯"的角度来赞誉："予观其布置井井，衍说处亦极有理，毫无鄙词俚句，贻笑大方，洵特出于外间小说之上，而足与才子等书并传不朽。"③杭序落款署作："时嘉庆丁巳仲秋月秦亭老民杭世骏题于西湖别墅。"④而杭世骏卒于乾隆三十八年(1773)，距此已二十四年，看来当是吴某伙同书商托名所作。有趣的是，署名不同的序，一篇讲"汰其俚句"，一篇讲"无

---

① 〔清〕吴璿：《飞龙全传》，华夏出版社，1995 年，第 225－226 页。

② 〔清〕吴璿：《飞龙全传·序》，清乾隆三十三年(1768)崇德书院刊大字本，第2b 页。

③ 〔清〕吴璿：《飞龙全传·序》，清乾隆三十三年(1768)崇德书院刊大字本，第1b－2a 页。

④ 〔清〕吴璿：《飞龙全传·序》，清乾隆三十三年(1768)崇德书院刊大字本，第2b 页。

鄙词俚句",如出一辙,可见作者与书商都要突出"不俗"来招徕读者。在这种情况下,桃园结义的故事被反复提及,足见到了清代,《三国演义》中的种种虚构——包括那些"江湖"内容,都已经在相当大的范围内被认可了。

类似的描写,不妨再举几例,以见《三国演义》影响之深:

> 只因这一番,有分叫:荆棘丛中,豪侠频添气象;烟尘界里,英雄偏长威仪。正是:莫道他山无兰襟,须知萍水有桃园。①

> 匡胤道:"小弟一时仓卒,兀尚未知其详。因思这位好汉萍水高情,义气相尚,真是人间少有,世上无双,小弟心实敬爱,意欲与他八拜为交,做个异姓骨肉,患难相扶。不知兄长意下如何?"柴荣大喜,道:"贤弟之言深合吾意。但此处山地荒凉,人烟绝少,这些香烛牲礼之仪一些全无,如何是好?"……柴荣道:"子明言之有理。俺弟兄们撮土为香,拜告天地,各要虔心,不可虚谎。"三人遂一齐下拜,各说了里居姓氏,年月日时——无过同心合胆,不怀异念之意。彼时誓拜天地已毕,序了次序,各人又对拜了八拜,然后把三牲福物、馍馍酒食等物,各自依量饱餐了一顿,方才整备行程。②

再看几部其他作品。如《大唐秦王词话》:

---

① 〔清〕吴璿:《飞龙全传》,华夏出版社,1995年,第51页。
② 〔清〕吴璿:《飞龙全传》,华夏出版社,1995年,第52—53页。

恰好徐茂功飞马寻来，把单雄信的红袍一把攥住，说："大哥！想当日在龙门镇八拜为交之时，对天盟誓，情同手足，义若连枝。今日乞看小弟薄面，休赶我主。若非夙昔交情，小弟焉敢冒犯虎威？"……秦王正在艰危处，闪出军师救难人。手扯战袍不肯放，百般哀告单将军："龙门镇上曾盟誓，刺血焚香效古人。若还要害吾明主，忘却桃园结义恩。"①

《说岳全传》：

岳大爷……叫声："众兄弟，为兄的从此与你们划地断义，各自努力罢了。"众人道："也顾不得这许多。且图目下，再作道理。"竟各自上马，一齐去了。正是：本是同林鸟，分飞竟失群。谁怜一片影，相失万重云。又诗曰：结义胜关张，岂期中道绝？情深不忍抛，无言泪成血！②

《禅真逸史》：

张善相道："……小弟愚意，趁此良宵，三人在星月之下，结为生死交，异日共图富贵，患难相扶，不知二位哥哥尊意若何？"薛举道："我有此心久矣，贤弟亦有此心，真可谓同心之言，最好，最好！"杜伏威道："二位贤弟果不弃鄙

---

①　〔明〕诸圣邻著，杜维沫校点：《大唐秦王词话》，辽宁古籍出版社，1996年，第270页。

②　〔明〕钱彩著、〔清〕金丰编著：《说岳全传》，中华书局，2009年，第119页

陋,三人结义,但愿生死不易,终始全交。"张善相大喜,令家僮焚香点烛,三人拜于月光之下。杜伏威先拜道:"某杜伏威,生年一十六岁,二弟薛举,三弟张善相,俱年登十五。今夜同盟共誓,愿结刎颈之交,虽曰异姓,实胜同胞,不愿同日生,但愿同日死,富贵共享,患难相扶。皇天后土,鉴察此情,如有负心,死于乱箭之下,身首异处!"薛举、张善相皆拜誓已毕,重整酒肴,三人欢饮,直至更深彻席,三友同床而寝。①

类似文例不胜枚举,《三国演义》的"江湖"气之影响皆从中灼然可见。

第三节　其他白话小说中的"江湖"

一

先来看一看明末清初的白话短篇小说——话本与拟话本。这四五十年是小说史上白话短篇的黄金时期,最重要的作品是冯梦龙的"三言",凌濛初的"二拍"和李渔的《无声戏》《连城璧》《十二楼》。其中"三言"与"二拍"均刊行于明末。"三言"是冯梦龙在宋元话本基础上的再加工,"二拍"则基本是凌濛初的独立创作——不排除故事另有出处。因此,两套

---

① 〔明〕清溪道人编著,江巨荣、李平校点:《禅真逸史》,上海古籍出版社,1990年,第357-358页。

书在内容与风格上还是有比较明显的差异。相对而言，"三言"市井气更浓一些，总体风格更质朴浑厚；"二拍"文人的技巧追求较为明显，个人风格亦比较突出。这在有关"江湖"的书写方面也有所体现。

　　总体说来，两套书与"江湖"有关的描写，以及出现"江湖"字样的意旨是接近的。其中既有泛指，也有狭义。这方面与《水浒传》并无二致。

　　泛指的"江湖"，如《警世通言》的"司马长卿……贯串百家，精通经史。虽然游艺江湖，其实志在功名"①，这里的"江湖"就是羁旅、漂泊的意思。又如《醒世恒言》的"有一秀士姓王名勃……幼有大才，通贯九经，诗书满腹。时年一十三岁，常随母舅游于江湖"②，与上例完全相同。还有《二刻拍案惊奇》的"儿既有此绝艺，便当挟此出游江湖间，料不须带着盘费走"③，"一向不曾相识，只是江湖上闻得这人是个长者，忠信可托"④，《初刻拍案惊奇》的"饮酒中间，大家说些江湖上的新闻，也有可信的，也有可疑的"⑤，如此等等，不胜枚举。

　　不过，这两套书中的"江湖"却另有一种旨归，与此前的作品有所不同，就是专指经商，特别是长途贩运的行商。这种情

---

　　① 〔明〕冯梦龙：《警世通言》，中华书局，2009 年，第 42 页。
　　② 〔明〕冯梦龙：《醒世恒言》，中华书局，2009 年，第 591 页。
　　③ 〔明〕凌濛初著，吴书荫校注：《二拍·二刻拍案惊奇》，中华书局，2014年，第 24 页。
　　④ 〔明〕凌濛初著，吴书荫校注：《二拍·二刻拍案惊奇》，中华书局，2014年，第 412 页。
　　⑤ 〔明〕凌濛初著，张明高校注：《初刻拍案惊奇》，中华书局，2009 年，第125 页。

况相当多,是一个有意思的现象。如《警世通言》的"吕大郎还金完骨肉"中有"闲论起江湖生意之事",《醒世恒言》的"蔡瑞虹忍辱报仇"中有"你道那人是谁? 元来姓卞名福,汉阳府人氏,专在江湖经商,挣起一个老大家业"①,《初刻拍案惊奇》的"李公佐巧解梦中言　谢小娥智擒船上盗"中有"那人负气仗义,交游豪俊,却也在江湖上做大贾。……如是几年,江湖上多晓得是谢家船,昭耀耳目"②。明明就是经商,却偏要冠以"江湖",称为"江湖生意""江湖经商""江湖大贾",使得"江湖"成为具有特定社会性含义的指代用语。这种情况前所未有,成为"三言二拍"一种特殊的用语惯例。类似的情况还有:《醒世恒言》的"钱秀才错占凤凰俦"中有"话说两山之人,善于货殖,八面四路,去为商为贾,所以江湖上有个口号,叫做'钻天洞庭'"③,《初刻拍案惊奇》的"钱多处白丁横带　运退时刺史当艄"中有"只为本钱是他的,那江湖上走的人,拼得陪些辛苦在里头,随你尽着欺心算帐,还只是仗他资本营运"④,《二刻拍案惊奇》的"赠芝麻识破假形　撷草药巧谐真偶"中有"浙江有一个客商姓蒋,专一在湖广、江西地方做生意……在江湖上走了几年"⑤,如此等等,虽然是狭义专指,但与前面的泛指类

①　〔明〕冯梦龙:《醒世恒言》,中华书局,2009 年,第 533 页。
②　〔明〕凌濛初著,张明高校注:《初刻拍案惊奇》,中华书局,2009 年,第 194 页。
③　〔明〕冯梦龙:《醒世恒言》,中华书局,2009 年,第 83 页。
④　〔明〕凌濛初著,张明高校注:《初刻拍案惊奇》,中华书局,2009 年,第 234 页。
⑤　〔明〕凌濛初著,吴书荫校注:《二拍·二刻拍案惊奇》,中华书局,2014 年,第 483 页。

似，无非是背井离乡、漂泊在外的生存状态，只不过特指行商
这个人群罢了。这种专指在小说中的大量出现，是与明代嘉、
隆、万以还工商业的快速发展密切相关的。

　　且看一看小说中对商人的"江湖"有哪些具体描写。《二
刻拍案惊奇》的"许蔡院感梦擒僧　王氏子因风获盗"一篇，写
商人王禄，祖父做过知县，父亲是个盐商；兄弟二人又有分工，
哥哥王爵是生员，走仕途，王禄则带两个仆人跑"江湖"作行
商。传统观念里，商人居四民之末，官宦人家不会同时经商
的。这种情况自明中叶工商业大繁荣而有改变，尤其是江南。
正史中有记载却大多极简略，这篇小说因此而有一定的经济
史史料价值。小说写王禄子承父业"种盐"，由于"眼明手快，
算计过人"，两年的时间就翻了三倍——这自然是商业"江湖"
的诱人之处。财富来得太容易，于是王禄就花天酒地起来，最
后送了命——这又是"江湖"险恶的一面。财富、纵欲，是作者
着意渲染的商业"江湖"的灰暗色调。《初刻拍案惊奇》的"钱
多处白丁横带　运退时刺史当艄"写商业"江湖"的另一面，也
是极有特色：

　　　　江陵有一个人，叫做郭七郎。父亲在日，做江湘大
　　商，七郎长随着船上去走的。父亲死过，是他当家了，真
　　个是家资巨万，产业广延，有鸦飞不过的田宅，贼扛不动
　　的金银山，乃楚城富民之首。江、淮、河朔的贾客，多是领
　　他重本，贸易往来。却是这些富人惟有一项，不平心是他
　　本等：大等秤进，小等秤出。自家的，歹争做好；别人的，

好争做歹。这些领他本钱的贾客，没有一个不受尽他累
的。各各吞声忍气，只得受他。你道为何？只为本钱是
他的，那江湖上走的人，拼得陪些辛苦在里头，随你尽着
欺心算帐，还只是仗他资本营运，毕竟有些便宜处。若一
下冲撞了他，收拾了本钱去，就没蛇得弄了。故此随你克
剥，只是行得去的。本钱越弄越大，所以富的人只管
富了。①

　　"江、淮、河朔的贾客，多是领他重本，贸易往来"，如此写
行商与金融资本之间的关系，极为罕见。特别是写郭七郎与
张多保之间，几万两银子的贷款，本与利，信用契约等都交代
得相当具体，也是经济史难得的材料。而行商致富伴随的妓
院、帮闲等，正是商业"江湖"题中应有之义。

　　如此写"江湖"，为之灌注了独特的时代内涵，是《水浒传》
《三国演义》所没有的。

　　以上无论泛指，还是专指，"江湖"二字基本上是描述性
的，是没有明显价值判断的。另有一种狭义的用法，则带有或
多或少的贬义在内。这种情况的比例相当得高，例如《醒世恒
言》的"李汧公穷邸遇侠客"中有"那汉道：'实不相瞒，我众弟
兄乃江湖上豪杰，专做这件没本钱的生意'"②，《二刻拍案惊
奇》的"伪汉裔夺妾山中　假将军还妹江上"中有"为头的叫做
柯陈大官人，有几个兄弟，多有勇力，专在江湖中做私商勾当。

---

　　① 〔明〕凌濛初著，张明高校注：《初刻拍案惊奇》，中华书局，2009 年，第
234 页。
　　② 〔明〕冯梦龙：《醒世恒言》，中华书局，2009 年，第 438 页。

他这一族最大,江湖之间各有头目,惟他是个主"①,《喻世明言》的"临安里钱婆留发迹"中有"因贩卖私盐,被州县访名擒捉,小人一向在江湖上逃命"②,《喻世明言》的"汪信之一死救全家"中有"那解汪世雄的得了许多银两,刚行得三四百里,将他纵放。汪世雄躲在江湖上,使枪棒卖药为生"③,《初刻拍案惊奇》的"程元玉店肆代偿钱 十一娘云冈纵谭侠"中有"看他模样,也是个江湖上人,不象个本分的,骗饭的事也有"④,诸如此类,其共同点就是"江湖"带有避难所性质,"江湖"中人都是作奸犯科之辈。尽管作者为他们编造的故事情节是非各有不同,但有一点是共同的:"江湖"是法外之地,是规避惩罚,甚至是进行各种违法勾当的"犯罪天堂"。

"江湖"的这种内涵,明显带有"江湖宝典"《水浒传》影响的痕迹。这一点,在凌濛初的笔墨中尤为突出。《初刻拍案惊奇》的"乌将军一饭必酬 陈大郎三人重会"中有"世上如此之人,就是至亲切友,尚且反面无情,何况一饭之恩,一面之识?倒不如《水浒传》上说的人,每每自称好汉英雄,偏要在绿林中挣气,做出世人难到的事出来。盖为这绿林中也有一贫无奈,借此栖身的。也有为义气上杀了人,借此躲难的。也有朝廷不用,沦落江湖,因而结聚的。虽然只是歹人多,其间仗义疏

---

① 〔明〕凌濛初著,吴书荫校注:《二拍·二刻拍案惊奇》,中华书局,2014年,第460页。

② 〔明〕冯梦龙:《喻世明言》,中华书局,2009年,第200页

③ 〔明〕冯梦龙:《喻世明言》,中华书局,2009年,第389页

④ 〔明〕凌濛初著,张明高校注:《初刻拍案惊奇》,中华书局,2009年,第39页。

财的,倒也尽有"①,直接把"江湖"与"绿林"画上了等号。而评价"绿林""江湖"的标准便是《水浒传》。这段话简直就是直接从《水浒传》生发出来的:"为义气上杀了人,借此躲难";"朝廷不用,沦落江湖";"仗义疏财的";"做出世人难到的事",正是梁山好汉们的遭际、境遇的归纳、写照。

凌濛初受《水浒传》影响之深,表现在各个方面。最有趣的是把《水浒传》的两回书径自改编成杂剧,并堂而皇之地编入小说集中,就是《二刻拍案惊奇》的压卷之作《宋公明闹元宵杂剧》。其中写道:

【外】多蒙厚款。美酒佳肴,清歌妙舞,鄙人遇此,如在天上。不胜酒狂,意欲乱道一词,尽诉胸中郁结,呈上花魁尊听。

【末】哥哥,花魁美情,正当请教。【外】待不才先诉心事呵!

【前腔】问何处堪容狂啸?天南地北遥,借山东烟水,暂买春宵,凤城中春正好。薄幸怎生消?神仙体态娇。【起介】想汀蓼洲蒿,皓月空高,雁行飞,三匝绕。【做裸袖揎拳势介】谁识我忠肝共胆?只等待金鸡消耗。【拍桌介】愁万种,醉乡中两鬓萧。

【末】表兄从来酒后如此,娘子勿笑!【旦】酒以合欢。何拘于礼?只是员外言语含糊,有许多不明处。【外】借

---

① 〔明〕凌濛初著,张明高校注:《初刻拍案惊奇》,中华书局,2009 年,第77 页。

纸笔来,写出请教。【旦】取笔砚过来,向员外告珠玉。【外写介】【词寄《念奴娇》】【念介】天南地北,问乾坤何处,可容狂客?借得出东烟水寨,来买凤城春色。翠袖围香,绛绡笼雪,一笑千金值。神仙体态,薄幸如何消得?想芦叶滩头,蓼花汀畔,皓月空凝碧。六六雁行连八九,只等金鸡消息。义胆包天,忠肝盖地,四海无人识。离愁万种,醉乡一夜头白。【旦】细观此词,员外是何等之人?心中有甚不平之事?奴家文义浅薄,解不出来,求员外明言。【外欲语介】【内叫】圣驾到后门了![①]

这一段几乎照抄了《忠义水浒传》第七十二回的有关部分,不仅是那首词作,甚至连"乱道一词,尽诉胸中郁结,呈上花魁尊听""裸袖揎拳""表兄从来酒后如此,娘子勿笑"都与小说一字不差。可见凌濛初对《水浒传》的喜爱与熟悉程度。正因为如此,"二拍"中的"江湖"描写受《水浒传》影响较"三言"要更大一些。

凌濛初小说的"江湖"描写最具特色、内涵最为丰富的一篇是《二刻拍案惊奇》的"伪汉裔夺姜山中　假将军还姝江上"。小说极具传奇色彩。讲有一个汪秀才,"做人倜傥不羁,豪侠好游。又兼权略过人",携爱妾出游,"登了岳阳楼,望洞庭浩渺,巨浪拍天",又登轩辕台,"凭阑四顾,水天一色"。[②]

---

①　〔明〕凌濛初著,吴书荫校注:《二拍·二刻拍案惊奇》,中华书局,2014年,第667页。

②　〔明〕凌濛初著,吴书荫校注:《二拍·二刻拍案惊奇》,中华书局,2014年,第457—458页。

不料,遇到一伙强人,将爱妾抢去。日后,他与好友登黄鹤楼:

> 饮酒中间,汪秀才凭栏一望,见大江浩渺,云雾苍茫,想起爱妾回风不知在烟水中那一个所在,投袂而起,亢声长歌苏子瞻《赤壁》之句云:"渺渺兮予怀,望美人兮天一方。"歌之数回,不觉潸然泪下。①

行文至此,写游历,写登临,写感慨,笔墨的情调纯然是放浪江湖的文人,而且大有东坡"江湖"的气象。接下来笔锋一转,"江湖"换做了《水浒传》气象:

> 颇知山中柯陈家事体。为头的叫做柯陈大官人,有几个兄弟,多有勇力,专在江湖中做私商勾当。他这一族最大,江湖之间各有头目,惟他是个主。前日闻得在岳州洞庭湖劫得一美女回来,进与大官人,甚是快活,终日饮酒作乐。②

这些江湖人物的行径与《水浒传》中清风山王矮虎之流差相仿佛。

而后,汪秀才设计了一个妙策,向朋友处借了船只、仪仗,把几个强盗头骗到船上,终于兵不血刃夺回了爱妾。其中有

---

① 〔明〕凌濛初著,吴书荫校注:《二拍·二刻拍案惊奇》,中华书局,2014年,第459页。

② 〔明〕凌濛初著,吴书荫校注:《二拍·二刻拍案惊奇》,中华书局,2014年,第460页。

几个细节值得注意：一是借船，"江上楼船，要借一只，巡江哨船，要借二只。与平日所用伞盖旌旗冠服之类，要借一用"[①]；一是骗强盗头上船后，"定席已毕，就有带来一班梨园子弟，上场做戏。做的是《桃园结义》《千里独行》许多豪杰襟怀的戏文"[②]；强盗头警觉后，"推窗一看，大江之中，烟水茫茫，既无舟楫，又无崖岸"。[③] 这些地方显然带有《三国演义》诸葛亮草船借箭的影响痕迹。

以文人的情趣，采《水浒传》《三国演义》的要素，想象出奇诡而开阔的"江湖"景象，迎合多层面读者的口味，这是凌濛初笔下的新颖"江湖"，与稍后的李笠翁"江湖"相互辉映而生异彩。

二

通俗白话小说中的"纸上江湖"不仅仅限于《水浒传》《三国演义》以及"三言二拍"，其他白话小说的"江湖"也为小传统的"江湖文化"添砖加瓦。有些还明显带有游民江湖的影响痕迹。

窥视"江湖"世界的奥秘，迎合读者好奇之心，李渔《十二楼》的《归正楼》堪称典型。全篇以一个无良骗子为主角，写尽其机智、冷静，甚至大度与慈悲，这已经是匪夷所思了；而作者

---

① 〔明〕凌濛初著，吴书荫校注：《二拍·二刻拍案惊奇》，中华书局，2014年，第461页。

② 〔明〕凌濛初著，吴书荫校注：《二拍·二刻拍案惊奇》，中华书局，2014年，第463—464页。

③ 〔明〕凌濛初著，吴书荫校注：《二拍·二刻拍案惊奇》，中华书局，2014年，第464页。

的重点却在于渲染其高超的骗术,以及行骗成功的收获:

> 父母听见,称赞不了,说他是个神人。从此以后,今日拐东,明日骗西,开门七件事,样样不须钱买,都是些偷来之物。①

> 你说这些智谋,奇也不奇,巧也不巧?起先还在近处掏摸,声名虽著,还不出东西两粤之间。及至父母俱亡,无有挂碍,就领了徒弟,往各处横行。做来的事,一桩奇似一桩,一件巧似一件。②

> 所得的财物估算起来,竟以万计。③

整部作品可以当作"诈骗教科书"进行阅读。而作者的叙事立场完全站到骗子一边,一次又一次地写他在看来完全不可能的情况下,匪夷所思地设置骗局,最后得手。

可以肯定,在描述江湖行骗方面的材料是李渔平日里精心收集的,后又以自己的聪明才智为其增添了曲折与趣味。而对于读者,这些闻所未闻的骗术,其中隐含的智谋、胆略,都是极具吸引力。值得注意的是,通篇对于这个超级骗子没有丝毫道德谴责,有的都是赞赏与惊叹。而最后的结局还让他修成正果得登仙界。对此,杜濬的评价是:"我不知笠翁一副

---

① 〔清〕李渔著,杜维沫点校:《十二楼》,浙江古籍出版社,2014 年,第 88—89 页。

② 〔清〕李渔著,杜维沫点校:《十二楼》,浙江古籍出版社,2014 年,第 91 页。

③ 〔清〕李渔著,杜维沫点校:《十二楼》,浙江古籍出版社,2014 年,第 95 页。

心胸,何故玲珑至此!然尽有玲珑其心而不能玲珑其口、玲珑其口而不能玲珑其手者,即有妙论奇思,无由落于纸上。所以天地间快人易得,快书难得,天实有以限之也。今之作者,无论少此心胸,即有此心胸,亦不能有此口与手,读《十二楼》以后,都请搁笔可也。"[①]

　　当然李渔这样写,与当时礼教之上的社会环境相悖,其内心还是有些许不安的,所以特意声明:"做小说的本意,原在下面几回,以前所叙之事,示戒非示劝也。"[②]不过,这种声明不必过于当真。李渔此时的写作基本属于商业行为,所谓"砚田、笔耕",所以作品注重娱乐性,大多带有迎合读者——特别是市井读者心理欲求的因素,即写他们感兴趣的题材,从而吸引他们来阅读,以及消费。若从这个角度看,上述作品不失为一篇很有阅读趣味的小说。分析起来,其趣味来自新奇感,以及智力探险,在叙事中混合着越轨成功的喜悦。这些与"示戒"也没有真正的关联。因为读者根本不可能成为如此"神骗",因此也就不具有"放下骗术立地成仙"的前提。读者所能感受到的也只是沉浸其中产生的阅读快感、阅读乐趣。而这,恰恰是通俗文学的基本属性。可以说,李渔在这方面有十分的自觉、实践中也取得了十分的成功。

　　为"纸上江湖"增添新鲜笔墨的作品还有《绿野仙踪》。书中写冷于冰与张仲彦畅论江湖好汉,"在旁观者谓之强盗,在

---

①　〔清〕李渔著,杜维沫点校:《十二楼》,浙江古籍出版社,2014 年,第109 页。

②　〔清〕李渔著,杜维沫点校:《十二楼》,浙江古籍出版社,2014 年,第91 页。

绿林中人还自谓之侠客","绿林中原是大豪杰栖身之所",都显然带有游民江湖的特点。而其描写的江湖,则有可补《水浒传》之不足的。如写游方僧人的骗术:

> 和尚取过一本书来,又取出一茎香来,道:"看此书必须点此香,方不亵渎神物。"……于冰将香插在面前,且急急掀书细看,见里面的话多奇幻费解,看了两三篇,觉得头目昏晕,眼睛暴胀起来,顷刻间天旋地转,倒在地下……原来那和尚是湖广黄山多宝寺僧人,颇通文墨,极有胆量,人不敢去的地方,他都敢去,屡以此等法子骗人。他是和尚,偏要说道家话,是教人以他为奇异,人便容易入套些。适才那炷香,名为闷香,见水即解,贼盗亦偶用之,因此久走江湖人,于睡时头边着一盆水,防此物也。①

这一大段也属于"揭秘"文字,一是揭穿游方僧道装神弄鬼的把戏,指出人们上当的原因;二是揭示"闷香"的使用方法,以及如何破解"闷香"的秘密,亦是带着一点"教科书"式的意味。

若说在其之间的"江湖"带着杀人越货的狠辣,那么相比之下,《绿野仙踪》描写得就要细致多了。在《走江湖被骗哭公堂》一回中,温如玉被骗后,知府审案:

---

① 〔清〕李百川著,叶碧适标点:《绿野仙踪》,上海古籍出版社,1996 年,第57 页。

　　知府道:"你说船是从济宁雇的,拿船票来我看。"如玉道:"生员初次坐船南来,不晓得什么叫船票。"知府道:"你这船是谁与你雇的?"如玉道:"就是骗生员的朋友尤魁雇的。他说从济宁起,到苏州止,共是三十八两船价。"知府道:"南方有船行,与北方有车行驴行一般,设立这个行头,原就是防备此等拐骗劫夺、杀害等事。你既无船票,这来往的船有千千万万,教本府从那一支船拿起?"①

　　这也是借知府之口做的"江湖知识"普及。后面补写船家作案的过程,则是进一步的"普及":

　　自那日如玉主仆下船时,早被苏旺等看破,见个个俱是些憨儿,止有尤魁略老作些,也不像个久走江湖的人。又见行李沉重,知是一注大财。只因时候不巧,偏对着贡船粮船生意船,昼夜来往不断,硬做不得。欲要将他们暗中下些毒药,害死六七个人性命,内中有两三个不吃,便不妥当。因此想出个一天止走半天的路,于空野无救应地方湾船,候好机会。过了七八天,方知尤魁、谷大恩是请来的朋友,不是一家人,又见尤、谷二人时常眉眉眼眼的露意。苏旺是积年水贼,看出两人非正路人,时常于船前船后在尤魁前献些殷勤,日夜言来语去,彼此探听口气。不过三两天,就各道心事,打成了一路,说明若得手

---

　　① 〔清〕李百川著,叶碧适标点:《绿野仙踪》,上海古籍出版社,1996年,第271页。

后,尤魁是主谋的,分一半;谷大恩与船户,各分一半。一
路遇名胜地方,即攒掇如玉主仆游玩。①

　　这就把船家害人的各种方式,如劫杀、下毒、改变行程、里
应外合等,一一陈说,并分析下手的条件,也是自觉地勾勒江
湖世界这一侧面的样貌。

　　到了晚清,小说《老残游记》也写了不少江湖景象,其中也
着意揭示江湖世界的内幕、规矩。老残为申东造划策弭盗,为
其讲解"江湖上的规矩":

　　　　只因为大盗相传有这个规矩,不作兴害镖局的。所
　　以凡保镖的车上,有他的字号,出门要叫个口号。这口号
　　喊出,那大盗就觌面碰着,彼此打个招呼,也决不动手的。
　　镖局几家字号,大盗都知道的;大盗有几处窝巢,镖局也
　　是知道的。倘若他的羽翼,到了有镖局的所在,进门打过
　　暗号,他们就知道是那一路的朋友,当时必须留着喝酒吃
　　饭,临行还要送他三二百个钱的盘川;若是大头目,就须
　　尽力应酬。这就叫做江湖上的规矩。

　　　　我方才说这个刘仁甫,江湖都是大有名的。京城里
　　镖局上请过他几次,他都不肯去,情愿埋名隐姓,做个农
　　夫。若是此人来时,待以上宾之礼,仿佛贵县开了一个保

----

　　①　〔清〕李百川著,叶碧适标点:《绿野仙踪》,上海古籍出版社,1996年,第
272页。

护本县的镖局。①

这一段直截了当就是介绍"江湖规矩",以镖行的行业秘密为主:镖行与强盗是要有默契的,二者之间互有利益输送,走镖时趟子手喊号的作用,武林高手与镖行、强盗的微妙关系,等等。经过刘鹗这一番描写,人们对于江湖的这一隐秘性极强的侧面便有了相当的了解。而后来的武侠小说,如金庸《笑傲江湖》中的福威镖局,完全是照这一路数写下来的。

一般来讲,世情类作品很少来写"江湖",可是《儒林外史》是个很特殊的例外。顾名思义是写"儒林",但其中颇有关涉江湖的笔墨。如张铁臂、沈琼枝、郭孝子、凤四老爹等故事,与周进、范进们似乎不是生活在同一个世界里。吴敬梓深受《水浒传》的影响,于是情不自禁地参与到"纸上江湖"的建构中,于"儒林"中种植了一批另类的奇葩。看起来,写不写、如何写"江湖",与作者的兴趣、性格等因素也是不无关系的。

作为小传统中最具发言权的群体,下层文人掌握着不小的话语权。他们因自己的社会地位处在游民世界的边缘,远远望去对这个世界有所了解,更有解密这个世界的兴趣,于是借通俗文艺的书写与传播构建起了"纸上江湖",并与书商共谋将其展现在百姓的面前,成为文化传统的一个颇有影响力的部分。

---

① 〔清〕刘鹗著,钟夫校点:《老残游记》,上海古籍出版社,2007 版,第 37—38 页。

第四章　现代武侠文学中的"江湖"

"江湖",作为文学书写的对象,在现当代文学中,最集中的出现是在武侠小说里。这一批作品,人们往往统称之为"现代武侠"——这主要是相对于"施公案""彭公案""三侠五义"之类的"旧武侠"而言。

这批作品当然是良莠不齐,但以影响力而言,其中的还珠楼主、金庸等人的小说实已不逊于严肃文学。究其原因,一个重要的方面便是他们对"江湖"意象的重塑。

写武侠,一定离不开"江湖"。

金庸的名作《笑傲江湖》,书名中直接标举"江湖",读者心领神会,谁也不会向作者去要一个江湖的"定义"。因为很简单,在作品中"江湖"就是侠客们生存、活动的另一个世界,一个和广大民众生活的平庸世界完全不同的空间。

古龙作品中更是大量使用"江湖"一词,并有不少热情洋溢的"点赞",如《三少爷的剑》结尾:"生活在江湖中的人,虽然像是风中的落叶,水中的浮萍。他们虽然没有根,可是他们有血性,有义气。他们虽然活在苦难中,可是他们既不怨天,也不尤人。因为他们同样也有多姿多彩、丰富美好的生活。"①

---

① 古龙著:《三少爷的剑(下)》,长江文艺出版社,1992年,第528页。

《碧血洗银枪》中写沦落江湖的贵公子马如龙："现在他的眼中已无泪,胸中却有血——热血。一个已决心准备流血的人,通常都不会再流泪。"①

这诗一样的语言讲出了"江湖"两大特点:第一,江湖中的人"没有根",或者说"江湖生涯"忽略家庭——这是他们生存方式与庸众的根本差异。第二,"有血性,有义气""眼中已无泪,胸中却有热血"——"血性""热血",就是路见不平,拔刀相助;"义气"就是四海之内皆兄弟。

这两点真是要言不烦,"二语中的"。

所以,讲武侠,一定离不开"江湖"与"热血"。

还珠楼主、金庸都是有相当文化修养的作家,他们对于古典文学极为熟悉,对其中蕴含的文人情趣心向往之,于是在建构自己的武侠世界时,一方面把《水浒传》等通俗小说中的"江湖"移植过来,作为自己"侠客"活动的舞台;另一方面又把庄子、陶渊明、苏东坡等人的"江湖"借用了一些,装饰到侠客们的"江湖"上,构成了新的文学现象。

这也是他们的作品雅俗共赏的重要原因。在他们笔下,现代武侠的"江湖"世界,既有《水浒传》式的粗犷,又不乏苏东坡式的风雅。"江湖"不单纯是侠客们驰骋武艺的空间,还不时流露出对自由、潇洒的精神追求,从而使这个"江湖"世界比大传统的"文人江湖"更为鲜活生动,却又比小传统的"武人江湖"更为情趣盎然。

---

① 古龙著:《碧血洗银枪》,河南文艺出版社,2013年,第121页。

第一节　鸟瞰：武侠文学的不同"江湖"属性

《水浒传》的"武侠"因子，这些因子天然地在"江湖"中发育、成长。

清朝乾嘉以还，出现了一批武侠小说，如《施公案》《彭公案》《雍正剑侠图》《永庆升平》《三侠五义》，以及文康的《儿女英雄传》等。前者皆出于书场艺人之口，略加整饬而付梓。后者为文人的独立创作，自我标榜为"有憾于《红楼》"而作。这些作品都是着意描写以超人的武艺仗义行侠，而他们的活动空间便是在"江湖"之上。

至此，文学作品中的"江湖"又有了另一番面貌。不过，书场艺人本身处于社会下层，表演的欣赏者也以下层的市民为主，这就决定了他们几乎身在"江湖"之内的言说。而文康则出身显赫，是大学士勒保之孙，曾任理藩院郎中、徽州知府、驻藏大臣等；晚年家道中落，毕竟算得中上层的文人。他从这样的立场、这样的视角来看待"江湖"，描写"江湖"，自然是另一番景况。这两种作品都对后世的武侠文学产生了不小的影响，文康开启的文人趣味的武侠"江湖"更是对现代所谓"新武侠"有导夫先路的意义。

《施公案》《彭公案》先后问世，情节是同样路数，即侠客辅助清官剪除盗匪，侦破疑案。在这两部小说中，"江湖"通常就是盗匪之流的代名词，不过，侠客与绿林豪客往往彼此兼容。如《施公案》：

我家师,真真厉害,手使单刀,有飞檐走壁之能,结交天下英雄、江湖弟兄。①

那人大叫道:"施不全听真!我本豪杰英雄。江湖朋友,被拿进监,我心不平,有意反狱……"

那人被施公这些话,说了个进退两难,低头一想,叫声不全:"我要杀你,易如反掌。罢咧!把你作官的印给我拿去,好见江湖众友,作进衙凭据。"②

王栋带笑说:"当日我们兄弟二人,绿林贸易,山东一带颇有名望,不入江湖,吃穿快乐。昔年撞见捕官,甚是厉害,弹弓无虚,长枪短棒,人人惊怕。围住我们,弟兄两膀中箭。忽见一人骑着黄马,扬手发镖,并不脱空,伤了达官几人。我们赶上请他留名,外号飞镖黄三太。"③

"江湖弟兄""江湖朋友",都是盗匪团伙的代名词。而盗匪被捕快围攻之时,侠客黄三太救盗匪出险,原因也是同为"江湖朋友"之故。黄三太的儿子黄天霸更是出入于盗匪与侠客两边,他打死结义兄弟之后,"也觉伤心,为施公难以顾义,不免从今江湖落骂之名",对绿林众友讲:"我天霸为老爷,伤却江湖朋友……不顾人之秽骂,愧见天下弟兄。"这类作品中的"江湖",价值观混沌、混乱是其特点,当与前面提到的书场

---

① 〔清〕佚名著,秋谷校点:《施公案》,上海古籍出版社,2005 版,第 6 页。

② 〔清〕佚名著,秋谷校点:《施公案》,上海古籍出版社,2005 版,第 47—48 页。

③ 〔清〕佚名著,秋谷校点:《施公案》,上海古籍出版社,2005 版,第 86—87 页。

背景有一定的关系。

同样是书场的关系,这些作品的"江湖"时常炫耀一点内幕"知识",显示作者的"个中人"身份。这便有了大量所谓"黑话",如:

> 彭公主仆二人一听这伙人所说之话,一概不懂。岂知该众所谈乃江湖中黑话:"合字"是他们一伙之人,"调瓢儿昭路把哈"是回头瞧瞧,"盘儿尖尺寸小"是说这妇人长得好、年岁小,"念孙衫架着"是没有男人跟着,"训训圮岔堌儿"是问他家在哪里住。①
>
> 方走有一里之遥,前面有几棵柳树,忽然蹿出一人说:"哎!此山是我开,此树是我栽。若要从此走,须留买路财。无有买路财,一刀一个土内埋。"英八和尚一听,他也乐了,回头说:"兄长!这是吃生米的,他也不打听打听,你我是何等人也!"说着,他一拉刀往对面答话说:"合字吗?"高通海说:"我是井字。"英八和尚说:"线上的朋友,哏喀孤饭,咱们是一个跳板上之人。"高通海说:"我是绳上的,打杠子为生,我也没使船,咱们不是一个跳板上之人。"英八和尚说:"你真愣,全不懂,我也是一个贼。"高通海说:"好!贼吃贼,吃得更肥。"②

---

①　〔清〕贪梦道人著,秦客,巩军校点:《彭公案》,上海古籍出版社,2005版,第5页。

②　〔清〕贪梦道人著,秦客,巩军校点:《彭公案》,上海古籍出版社,2005版,第249页。

"黑话"的出现,强化了"江湖"是另一个世界的感觉,既增加了作品的神秘感,也激活了读者窥视的兴趣。

文康笔下的"江湖"完全是另一番气象。

《儿女英雄传》中的安学海是个饱学鸿儒,为官干练贤达,却是性喜"退归林下,遍走江湖,结识几个肝胆英雄,合他杯酒谈心",于是结识了有着"名镇江湖"之称的老英雄邓九公。作品用详细的笔墨写这两类人之间的交往。江湖豪侠邓九公被放到读书人的视野中,于是出现了特异的江湖人物形象。安学海和儿子一道看邓九公的书信:

> "愚兄邓振彪顿首拜上⋯⋯再:二位姑奶奶可曾有喜信儿否?念念!又笔。"后头还打着"虎臣"两个字的图书,合他那"名镇江湖"的本头戳子。安老爷见那封信通共不到三篇儿八行书,前后错落添改倒有十来处,依然还是白字连篇,只点头叹赏。公子在一旁看了,却忍不住要笑。老爷道:"你不可笑他。你只想他那个脾气性格儿,竟能低下头捺着心写这许多字,这是甚么样的至诚!"[①]

虽说是"不可笑他",但笔墨之间还是对邓的草莽、粗鲁有几分调侃。对一个侠客、豪杰,注意其文字的错落不通,注意到白字的多少,一看就是文人的眼中看出。更典型的是描写安德海应邀为邓九公作传记一段,文字有些长,但实在是意味丰富的妙文,故还是移录于下:

---

① 〔清〕文康著:《儿女英雄传》,上海古籍出版社,2001年,第634—635页。

却讲安老爷坐下,便叫把手下的酒果挪开了几样,要了分纸笔墨砚来放在手下,一面喝酒,一面笔不加点就把他给邓九公作的那篇生传写出来。写完,先把那大意合老头儿细讲了一遍,然后才一手擎着杯,高声朗诵的念给大家听道:

义士邓翁传……既见翁,饮予以酒,言笑甚欢,纵谈其生平事,须眉跃跃欲动,始知古所谓豪侠好义之士者,今非无其人也。……与予饮于堂上,以酒属予曰:'某浪迹江湖,交游满天下,求其真知某者无如吾子。吾九十近矣,纵百岁归居,亦来日苦少,子盍为我撰墓志以须乎?'予闻命皇皇,疑从翁之言,则豫凶非礼;以不敏辞,又非翁所以属予之意,而没翁可传之贤。考古人为贤者立传,不妨及其生存而为之,如司马君实之于范蜀公是也。翁平生出处皆不类范蜀公,而学海视君实且弗如远甚。然其例可援也,请得援此例以质翁。

谨按翁名振彪,字虎臣,以行行,人称曰九公。淮之桃源人,其大父某公,官明崇祯按察副使,从永明王入滇,与邓士廉、李定国诸人同日尽难。父某公,时以岁贡生任训导,闻之弃官,徒步万里,冒锋镝负骸骨以归,竟以身殉。呜呼! 以知翁之得天独厚者,端有自来矣!

迫翁入本朝,以康熙第一壬寅应童子试,不售,觉占哗非丈夫事,望望然去之,便从事于长枪大戟,驰马试剑,改试武科。试之日,弓刀石皆膺上上考,而以默写武经违式,应见黜。典试者将先有所要求而后斡旋之,且许以冠军。翁怒曰：'丈夫以血气取功名，谁复能持白锤乞怜昏夜哉！'然犹得缀名榜末。而翁竟由此绝意进取，乃载先人枢，去乡里，走山东，择茬平桐口之二十八棵红柳树地卜筑家焉。至今地以人重，道公者辄道'二十八棵红柳树邓九公'云。

性诚笃而毅，间以侠气出，恒为里闬排难解纷，抑强扶弱，有不顺者则奋老拳捶楚之，人恒乐得其一言以为曲直。久之，举益豪，名益重。时承平久，萑苻蠭起，凡南北挟巨资通有无者，多有戒心。闻翁名，咸侠重币来聘翁偕护行箧，翁因之得以马足遍天下。业此垂六十年，未尝失一事，亦未尝伤一人。卒业之日，请大贾榜其门曰'名镇江湖'。此诚不足为翁荣，然亦可想见其气概之轶伦矣。翁身中周尺九尺，广颡丰下，目光炯炯射人，颏下须如银，长可过脐，卧则理而束之，尝谓：'不惜日掷千金，此须不得损吾毫末也。'晚无他嗜好，惟纵酒自适，酣则击刺跳踯以为乐。

翁康强富寿，特有伯道之戚，居辄怏怏曰：'使邓某终无子，非天道也。'予以'《洪范》五福，子与官不与焉'解之，而翁终不怿。岁庚戌，为翁九十初度，予自京邸载酒以来，为翁寿。入门，翁家适作汤饼会，问之，则翁簉室已先一月协熊占而又孪生也。噫嘻！学海闻男子八八而不生，女子七七而不长，此理数之常也；九十生子，曾未前闻。乃翁之所以格天，与天之所报翁，一若有非理数所能限者。翁亦人杰也哉！

然则翁之享期颐,宜孙子,余庆方长,此后之可传者正未有艾。学海幸旦暮勿死,终将濡笔以待焉。

安老爷念完了,自己十分得意,料着邓九公听了不知要乐到怎的个神情。那知他听完了,点了点头,只不言语,却不住的抓着大长的那把胡子在那里发愣,像是想着一件甚么为难的事情一般。老爷看了大是不解,不禁问道:"九兄,你听我这篇拙作可还配得来你这个人?"只见他正色道:"甚么话! 老弟你这个样儿的大笔,可还有甚么说的? 就只我这么听着,里头还短一点过节儿,你还得给我添上。"老爷忙问:"还添甚么?"他道:"你这里头没提上我们姑奶奶。我往往瞧见人家那碑上,把一家子都写在后头;再你还得把你方才给俩小子起的那俩名字也给写上。"

老爷道:"阿,不是这等办法。文章各有个体裁,碑文是碑文,生传是生传,这怎好挽在一处? 如果要照那等体裁,岂但老兄的子女,连嫂夫人的姓氏以至你生于何年月日,将来殁于何年月日、葬于某处,都要入在后面。这是你一百二十岁以后的事,此时如何忙得?"邓九公道:"我不管那些。我好容易见着老弟你了,你只当面儿给弄齐全了,我就放心了。"

老爷被他磨得没法,只得另要了张纸,给他写道:"公生于明崇祯癸酉某年月日,以大清某年月日考终,合葬某处。元配某氏,先翁若干年卒。女一,亦巾帼而丈夫者也,适山东褚生。子二,世骏、世驯。"

他看了这才欢喜,又笑嘻嘻的递给安老爷说:"好兄弟,你索兴把后头那几句四六句儿也给弄出来。"安老爷道:"老哥哥,你这可是搅了。那叫作墓志铭,岂有你一个好端端的人在这里,我给你铭起墓来的理?"邓九公道:"喂! 老弟,拿着你这么个人,怎么也这么不通! 一个人活到九十岁了,要还有这些忌讳,那就叫'贪心不足,不知好歹'了。"老爷在书堆里苦磨了半世,不想此时落得被这老头儿道得个"不通"。想了想,他这句话竟自有理,便思索了一刻,又在后面写了一行,写道是:

铭曰:不读书而能贤,不立言而足传。一得无惭,五福兼全。宜其克昌厥后也,而区区者若不予畀焉;乃亦终协熊占,其生也孪,且在九十之年。呜呼,此其所以为天,后之来者视此阡。

老爷念了一遍,又细细的讲给他听。他听了,只说了句:"得了! 得了!"跳起来就爬下给安老爷磕了个头,老爷忙得还礼不迭。又听他说道:"老弟呀! 还是我那句话,我这条身子是父母给的,我这个名是你留的。我有了这件东西,说到得了天塌地陷也是瞎话,横竖咱们大清国万万年,我邓振彪也万万年了。"说着,又亲自给安老爷斟了一杯酒,他自己大杯相陪。①

一个"江湖"上响当当的人物,有着"名震江湖"称号的豪杰,一个走镖六十年从未失风的侠客,在这段文字里成了一个

---

① 〔清〕文康著:《儿女英雄传》,上海古籍出版社,2001年,第673—676页。

可笑的丑角。有趣的是,他的"糗事"都是从文人眼中看出,在文人的价值体系里显其可笑。先是求写"生传"的事情本身,安德海本以为不妥,勉强答应了,并努力写出一篇洋洋洒洒的宏文。结果明珠暗投,邓九公的反应是"点了点头,只不言语,却不住的抓着大长的那把胡子在那里发愣",把自负文采,"十分得意",以为"料着邓九公听了不知要乐到怎的个神情"的安德海僵在那里。原来这位邓九公根本听不出好赖,并一而再再而三提出一些在文化人看来十分无知低级的要求。作者这样写,当然是为了给自己构建的"纸上江湖"增添趣味。不过,这样一来,本属侠客们的"江湖"就产生了变形,沾染了一点书卷气,还有一些"头巾气"。

不过,《儿女英雄传》更值得注意的是,无论在"江湖"书写的历史演变中,还是在武侠文学的发展史上,它的一个特质是空前的,又是启后的。这就是在武侠"江湖"中,男女感情戏成了主旋律。在某种程度上甚至可以说,文康"有憾于《红楼》",便把宝黛钗的儿女情长由大观园搬到了"江湖"之上。这与那些"公案"比是如此,与《水浒传》比,也是如此。

二

《儿女英雄传》创立的武侠"江湖"模式,在民国的武侠文学中得到了普遍的传承。王度庐的《宝剑金钗》《剑气珠光》《卧虎藏龙》,仅从书名就可以看到这种倾向。顾明道的《荒江女侠》更是把感情戏的天平向女方倾斜了一些。朱贞木的《罗刹夫人》也是同样的情况。至于还珠楼主,虽然他的作品是以玄幻加武侠为特点,但每一部都不乏感情戏穿插其中。

这种情况到了 20 世纪的五六十年代,有所谓"新武侠三大家"。虽然他们各有特色,但在描写"江湖"的感情世界上并无二致。特别是梁羽生,他笔下的"江湖"说是王度庐、朱贞木的升级版也庶几不远。如《云海玉弓缘》《白发魔女传》《狂侠天娇魔女》《飞凤潜龙》《萍踪侠影录》等,同样从书名就可以看出"重女轻男"的苗头。梁氏笔下的"江湖",女侠大都有较多的戏份,而爱情是"江湖"中重要的故事线索。

说到现代武侠小说的"现代"色彩,以影响力而论,前三甲应推还珠楼主、金庸与古龙。他们共同的特点是把大传统的"江湖"内涵援引到小传统的武侠作品中,使得武侠小说在雅俗共赏的道路上走到了前人未曾达到的境地。但是,这三位时间有先后,还珠对于古龙,完全是老前辈的身份,金庸则处于二者之间。还珠楼主与金庸,后面有专论,此不赘述。古龙按理也应专论,但限于篇幅,暂在此略加评述。

古龙的作品良莠不齐,早期的学步之作几乎令人难以卒读。但中期渐入佳境,"大贤虎变",遂以独特的风格与梁、金鼎足而三。他的"虎变"是自觉追求、探索的结果。他在作品的自序中讲:

> 武侠小说的确已落入了一些固定的形式……这种形式已写得太多了些,已成了俗套,成了公式……人生并不仅是愤怒、仇恨、悲哀、恐惧,其中也包括了爱与友情,慷慨与侠义,幽默与同情。我们为什么要特别看重其中丑

恶的一面……现在无疑又已到了应该变的时候！要求
变，就得求新，就得突破那些陈旧的固定形式，去尝试去
吸收。武侠小说……尽量吸收其他文学作品的精华，岂
非也同样能创造出一种新的风格……让不爱看武侠小说
的人也来看武侠小说！①

这简直称得上是一篇"若无新变，不能代雄"的宣言，他十
分明确地提出了三点：一是吸收其他文学样式的优长，二是要
抒写多维度的人性，三是追求雅俗共赏的效果。他不仅想到
了，而且做到了。这三点在他的中后期优秀作品中都有程度
不同的体现，同时，也体现在这些作品所构建的"江湖"之中。

最有代表性的是他的名作《楚留香传奇》系列。第一篇的
第一章，开篇是楚留香的一个便条："闻君有白玉美人，妙手雕
成，极尽妍态，不胜心向往之。今夜子正，当踏月来取，君素雅
达，必不致令我徒劳往返也。"②明明是偷盗，却以如此潇洒、
如此风雅的方式进行。尤其是"踏月来取"简简单单四个字，
就把文人雅兴巧妙地与楚留香的形象融合到了一起。

古龙一再声称，楚留香是个独一无二的人。他跳到作品
之外，以全知的作者身份来介绍这个人物：

楚留香究竟是个什么样的人呢？
江湖中人都知道楚留香——"楚香帅"，却很少有知

---

① 古龙著：《楚留香传奇》，珠海出版社，2009 年，第 6—8 页。
② 古龙著：《楚留香传奇》，珠海出版社，2009 年，第 9 页。

道这个人在哪里？有多大年纪？长得什么样子？

因为他成名极早，所以有人说他已"垂垂老矣"。可是也有人说他还很年轻，甚至还有人说他已学会"驻颜之术，能够使青春常驻"。

因为他有"盗帅"之名，所以有人说他只不过是个比较有本事的大盗而已，可是也有人说他的"盗"只不过是一个手段而已，一种为了使人间更公平合理的手段，而且他已经将这件事化作一种艺术。

一种极风雅的艺术。

有很多朋友都认为我在开始写他的故事时——那张短笺，最能表现出他这种特性。

"闻君有白玉美人，妙手雕成，极尽妍态，不胜心向往之，今夜子正，将踏月来取，君素雅达，必不致令我徒劳往返也。"

这是他要去"取"一尊白玉美人前，先给那个主人的通知。

他要取一样东西之前，一定会先通知对方，要对方好好防备。

他甚至还会告诉你，他要来取此物，只不过因为你已经不配拥有它。

这是件很绝的事，实在很绝。

所以就连他的对头们也不能不承认，这个人是独一无二的。

江湖中永远都不会有第二个楚留香，就好像江湖中永远都不会有第二个小李飞刀一样。①

古龙描写这个江湖人物的日常生活：

他舒适地伏在甲板上，让五月温暖的阳光，晒着他宽阔的，赤裸着的，古铜色的背。海风温暖而潮湿，从船舷穿过，吹起了他漆黑的头发，坚实的手臂伸在前面，修长而有力的手指，握着的是个晶莹而滑润的白玉美人。他却似已在海洋的怀抱里入睡。这是艘精巧的三桅船，洁白的帆，狭长的船身，坚实而光润的木质，给人一种安定、迅速而华丽的感觉。这是初夏，阳光灿烂，海水湛蓝，海鸥轻巧地自船桅间滑过，生命是多彩的，充满了青春的欢乐。海天辽阔，远处的地平线已只剩下一片朦胧的灰影，这里是他自己的世界，绝不会有他厌恶的访客。②

楚留香站在暴雨下，让一粒粒冰雹般的雨点打在他身上，打得真痛快。

他已经闲得太久了，这两年来，除了品茶饮酒看月赏花踏雪外，他几乎没有做过别的事。③

晶亮的水晶杯，精美的七弦琴，粉壁上悬着的一副对联也不知出自哪一位才人的手笔。——"何以遣此，谁能忘情？"一个枯瘦矮小的白发老人，用一种温和高雅而有

---

① 古龙著：《楚留香传奇》，珠海出版社，2009 年，第 3—4 页。
② 古龙著：《楚留香传奇》，珠海出版社，2009 年，第 13 页。
③ 古龙著：《楚留香新传 4·新月传奇·午夜兰花》，河南文艺出版社，2012 年，第 100 页。

礼的态度向楚留香举杯为敬。①

　　密林里有个小湖，湖旁有个水阁，碧纱窗里居然还有
灯光亮着，而且还有人。这个人居然就是楚留香。布置
精雅的水阁里，每一样东西都是经过细心挑选的，窗外水
声潺潺，从两盏粉红纱灯里照出来的灯光幽美而柔和。
一张仿佛是来自波斯宫廷的小桌上，还摆着六碟精致的
小菜和一壶酒。杯筷有两副，人却只有一个。楚留香正
坐在一张和小桌有同样风味的椅子上，看着桌上的酒菜
发怔。②

　　泛舟于江海，无俗务挂心，尽情享受着大自然的美好，"品
茶、饮酒、看月、赏花、踏雪"，还有"水晶杯、七弦琴"，这样的生
活，几乎可以看作现代版的苏东坡。甚至我们有理由相信，古
龙此前是对苏东坡的人生态度、精神气质有过一定了解的。
因为他给楚留香身上添加的一系列品性，都是东坡辨识度很
高的特质（特别是在林语堂《苏东坡传》中）。如他这样描写楚
留香："楚留香更喜欢朋友。他的朋友中有少林寺方丈大师，
也有满街去化缘的穷和尚，有冷酷无情的刺客也有瞪眼便杀
人的莽汉，有才高八斗的才子，也有一字不认的村夫，有家财
万贯的大富豪，也有满头痢痢的小乞丐。"③而苏东坡"吾上可

---

　　①　古龙著：《楚留香新传 4·新月传奇·午夜兰花》，河南文艺出版社，2012
年，第 103－104 页。

　　②　古龙著：《楚留香新传 4·新月传奇·午夜兰花》，河南文艺出版社，2012
年，第 113 页。

　　③　古龙著：《楚留香传奇》，云南人民出版社，1994 年，第 1485 页。

以陪玉皇大帝,下可以陪卑田院乞儿"的名言,经林语堂的揄扬早已广为人知。苏东坡一生特立独行,无论处境如何艰苦,他都会创造条件乐享生活——这也是《苏东坡传》多处浓墨重彩渲染的。古龙笔下的楚留香公开宣示:"别人如何说和咱们又有何关系?人活在世上,为什么不能享受享受,为什么老要受苦?"①这样一个人物,连和对手生死相搏的时候都要注意风度与观念:

> 无花在黑暗中急促地喘息着……然后垂下头,缓缓道:"很好,我今日总算证实,我的确不是你的对手。"他语声说得那么平淡,就像刚证实的,只不过是场输赢不大的赌博而已,任何人也听不出他已将生命投注在这场赌博中。楚留香叹了口气,道:"你虽已输了,但无论如何,你的确输得很有风度。"无花发出一声短促的笑,道:"我若胜了,会更有风度的,只可惜这件事已永远没有机会证实了,是么?"楚留香黯然道:"不错,你的确永远没有胜的机会。"无花悠然道:"作为一个胜利者,你的风度的确也不错……"楚留香缓缓道:"我只能揭穿你的秘密,并不能制裁你,因为我既不是法律,也不是神,我并没有制裁你的权力!"无花微笑道:"无论如何,你这种观念的确是令人佩服的。自古以来,江湖中只怕谁也没有这样想过。"楚留香缓缓道:"等到许多年以后,这样想的人,自然会一天天多起来,以后人们自然会知道,武功并不能解决一切,

---

① 古龙著:《楚留香传奇》,珠海出版社,2009年,第16页。

世上没有一个人有权力夺去别人的生命！"①

这样一个人物，当他口口声声谈论"江湖"的时候——"楚留香突然道：'据闻江湖中还有一人，酒量号称无敌……南宫灵动容道：'他已死了么？何时死的？江湖中为何无人知道？'楚留香道：'你怎知道江湖中没有人知道他的死讯？'无花微笑接口道：'丐帮消息最是灵通，江湖中若已有人知道这消息，丐帮的帮主还会不知道么？'楚留香叹了口气，道：'不错，江湖中的确还没有人知道这消息，只因我已藏起了他的尸身，故意不要别人知道他的死讯。'南宫灵瞠目道：'为什么'楚留香目光闪动，缓缓道：'杀死他的人，故布疑阵，要使江湖中人以为他们乃是互相火拼而死，而且都已死光了，我若不藏起他们的尸体，而将这稍息透露，那真凶便可逍遥法外，我为何要让他如此安逸？'"②——"江湖"是不是也会因他的加入而呈现出一些不同的色调呢？

在《楚留香传奇》中，古龙经常会使用这样一些章节标题：《最难消受美人恩》《花非花雾非雾》《山在虚无缥缈中》《事如春梦了无痕》这些诗词名句成为他"雅化"江湖努力的一部分。在侠客们的对话中，也会出现这样的内容："'我姓白，白云的白，我的名字就叫做白云生。'这个人说：'楚人江南留香久，海上渐有白云生，后面这句话说的就是我。'楚留香笑了：'前面

①　古龙著：《楚留香传奇》，珠海出版社，2009年，第283—284页。
②　古龙著：《楚留香传奇》，珠海出版社，2009年，第171—172页。

一句说的是我？'‘是。'"①

古龙这种以"雅"济"俗"的改造"江湖"努力，在中后期的作品中多有体现，《多情剑客无情剑》《七种武器》《陆小凤传奇》等皆可作如是观。无论对他这种"虎变"的效果如何评价，有一点却是无可置疑的，就是他在两千余年的"江湖"文学书写中别开了生面。这里的"江湖"人物，情趣、修养几乎完全"文人"化、"雅士"化了。不过，与金庸作品相比，古龙为楚留香构建的"江湖"世界，多了一些"童话"色彩、现代色彩，距离中华文化大传统中的"江湖"似乎稍隔一层。

从还珠楼主重视侠隐的文学书写，到金庸大俗大雅的融合，再到古龙纯美浪漫的幻境，"江湖"在新武侠中展现出它独特的魅力。在某种程度上，新武侠"江湖"提高了"游民江湖"的文化品味，也可以看作中国古典文化大传统的下沉。在武侠的世界中，大小传统的"江湖"经过这一批作家的共同努力，实现了相互依存，彼此融合。

第二节 还珠楼主的别样江湖："侠隐"与文人情调

还珠楼主是李寿民的笔名，其自 20 世纪 30 年代开始武侠文学的写作，二十余年间写出 36 部作品，总计 4000 余万字。其代表作是《蜀山剑侠传》，还有《云海争奇记》《兵书峡》《柳湖侠隐》等。当时都曾一时洛阳纸贵。

---

① 古龙著：《楚留香传奇》，珠海出版社，2009 年，第 127－128 页。

还珠楼主的武侠世界有一个突出的特点,就是喜欢描写"侠隐"。他的第一部成名作《蜀山剑侠传》就是从侠客李宁归隐峨眉山开始。李宁本是名震齐鲁的大侠,看破世情带着女儿李英琼——全书女主角到峨眉山避世,"过了几个峭壁,约有三里多路,才到了山洞门首。只见洞门壁上有四个大字:'漱石栖云。'三人进洞一看,只见这洞中共有石室四间,三间作为卧室,一间光线好的,作为大家读书养静之所。"①洞门刻有"漱石栖云",里面专设"读书养静之所",这与梁山好汉、御猫五鼠的情调、品味大不相同了。他的另一部巨著《青城十九侠》,女主角吕灵姑也是与父亲——大侠吕伟避世,而写他们寻找隐居场所一段更是见出这一特色:

> 那夹缝前窄中宽,走进十多丈便现着宽崖。上面是一线青天,两边夹壁削立,道平如砥。壁上时有香草下垂,清馨透鼻。最宽处竟达丈许,窄处也过三尺,并不难行。众人前呼后应,不消多时,望见前面亮光,略一转折便到了外面。眼前豁然开朗,简直又换了一个境界。只见青山红树横亘于前,芳草芊绵,平林清旷;杂草乱开,原野如绣。奇石、古松、飞瀑、流泉所在都是。时见珍禽异鸟枝头飞起,鸣声关关,入耳清脆。端的是邱壑幽深,景物清丽,令人到此俗虑为之一消。……吕、王诸人正在领悟那静中妙趣,灵姑指前面道:"爹爹你看,这些泉石河林

---

① 　还珠楼主著,邵邱、凌建校点:《蜀山剑侠传》,漓江出版社,1988年,第10页。

不跟画图一样么？其实就是这里就好。"吕伟拈髯微笑不语，灵姑也含笑相答。

……走着走着，忽然香风吹堕，芳馨清郁。抬头一看，原来是几株苗疆深山中特有的木莲花。苗人多叫作神姑掌，认为神手所种，有许多神奇传说。壁上苔藓厚达尺许，其碧如油。薜荔香藤满生其上，红花朱实累累下垂，倍增幽艳。右侧岸尽处，有二尺许一条石路可通崖后。路侧清溪蜿蜒，水面平阔，离岸不过尺许，清鉴毛发。

绕崖才走一半，便见对岸一片平原，绣野千顷。尽头处列巘萦青，奇峰矗紫，大小高下异态殊形，不相联系。两峰缺处天际苍苍，极目无涯。间有丛林森树都如荠聚，斜阳影里仿佛烟笼。真个雄浑清旷、幽丽瑰奇兼而有之！便走遍天下名山，阅尽古今图画，也不易找出这样的好所在来。众人除了赞绝，更无话说。

一会将崖绕完转到崖后，适见右侧广原列巘，看去越发明显如绘。只那崖壁像是近数十年间受了地震崩裂，到处都是高矮不等的奇石怪峰。最高者不过数丈，小只数尺，鸥蹲猿跃，凤舞虬飞，或如笋立，或如剑峰。形式无一雷同，而又鬼斧神工，穷极玲珑瘦剔之致。棋布星罗何止百数，上面多半长着绿油油的苔藓，浓淡相间。偶有两块石顶上生着一两株小松，粗只半尺以上，却生得盘拿夭矫，神态欲飞，甚是生动。虽然石地为多，可是石根、石隙之间，不是修竹成丛，临风弄响，便是奇花照眼、瑶草芬芳。幽兰嘉惠更是倒挂丛生，无地无之。

……循着平坡，把这些疏落的奇石林走完，又是大片梅林。树都合抱，只不甚高。绿荫浓茂不下千株。穿林走出，地渐向高。偏左近大壑处现一座平顶大岩，下有一洞，洞门高大圆整如人工凿就。岩前石地宽广，也有几块石笋挺立门侧。……灵姑、王渊二人首先欢呼跑入，一进门便喊起好来。

众人随进一看，不特石室高大，洞壁如玉，明而有暗，并且里面还有两层院落和几株合抱粗的大树。头洞一旁有一块断裂的平方大石，石质湿润，比洞壁还要细腻得多。处处都似人力修建而成，只短门窗户槛罢了。①

因四外绿树环绕，当中清溪沃野，给取了个地名，叫作"碧城村"。决计归告老父，将那片野地开辟出来。就溪旁风景佳处建上几间竹屋茅舍，以供耕时憩息之用，另在舍侧辟两亩地来种花种菜，那岩前隔溪的平原绿野全作牧场。这一来便可果蔬无缺，牲畜蕃庶，四时之中凡百足用了。②

循夹缝而入妙境，妙境中别有洞天，这完全是陶渊明《桃花源记》的路数。而回目中也特意标出"同是避秦人 异域班荆成宿契"，"避秦"则是明用"桃花源"的典故了。而这一大段景物描写，又是"修竹成丛"，又是"大片梅林"，则完全是文人雅士的眼光。更有趣的是，李英琼父女觅得的石洞名为"漱石

---

① 还珠楼主著：《青城十九侠 3》，巴蜀书社，1989 年，第 1673－1676 页。
② 还珠楼主著：《青城十九侠 3》，巴蜀书社，1989 年，第 1680 页。

栖云",而这里是直接由女主角吕灵姑来命名,其名为"碧城村"——这又很容易让人联想到与作者同时代的才女词人"吕碧城"。

还珠楼主不仅在多部作品中写了类似李宁、吕伟这样的隐居侠客,甚至还更直接地以"侠隐"命名自己的作品。1934年有《蛮荒侠隐》,1943年又有《柳湖侠隐》。《柳湖侠隐》开篇第一回即是"地胜武陵源 红树青山容小隐"。"武陵源",直指《桃花源记》;"红树青山容小隐",更是开宗明义之词。《蛮荒侠隐》的回目也与此相类:"绿野柳如烟 地胜桃源逢隐士",同样既标明"桃源""隐士",又情致款款地点染一下山水妙境——"绿野柳如烟"。于是,雅士的"江湖"就移植到了武士的世界里。

我们再来看《蛮荒侠隐》为侠客们建构的"侠隐世界"是什么样子的:

> 走了不远,见四外山岚拥翠,俱在阴处,循大路穿出一片桃林,风景愈佳,山环水抱,到处都有溪流萦带,道旁杨柳大均数抱,垂丝密密,迎风飘拂,中杂桑竹桃李之属,遥望最前面一大片尽是杨柳,恰似涌起千顷绿云,轻烟笼行,衬以沿途碧草成茵,山花匝地,宛如锦绣铺成,不觉尘襟一祛,心神俱朗。丹姝见状,忙请老父坐起,一路观赏,仿佛人在山阴,应接不暇。……忽听碧娃笑喊道:"林姊姊! 你看水里飘来一片胡麻饭,我们似刘晨、阮肇到天台了。"林璇低头一看,乃是顺着上流头飘过来的几片菜叶,

哪里有什么刘阮奇遇？心正笑碧娃淘气，又听丹姝喊道："林姊姊！你看那芥菜叶不是野生的，前面还真许有人呢！"一言未了，林璇已望见前面溪回路转，柳荫之下现出一座石桥，其长约有两丈，桥上设有万字朱栏，桥下还有一只小船。妙在船中无人，双桨风横，孤舟自荡，溪水潺潺，激石成韵，越觉身入画境，清丽已极。这一来断定当地不特有人，而且还是高人隐士……过桥林径又现，却非杨柳，所经俱是些桑林果树。回望柳林尚在左边，相隔约有数里。循径穿林，行不百步，便见前面里许有了炊烟。众人渴望到达，各把步履加急。将要到达，渐闻鸡鸣犬吠之声，一会便在绿荫如幕中，稀稀落落现出了几家房舍。近前一看，所有人家都与一条小溪挨近，俱是竹篱为墙，中置房舍，篱前各有两三亩空地，各因地势所宜，一半种菜成畦，一半乱种山花，姹紫嫣红，争妍斗艳，布置隐见匠心，绝不雷同。只向南一家有矮矮一圈蛎粉墙，墙上两扇白板门，看来占地甚大，屋宇也多，院内有好几株大松，只静悄悄的不闻人语。……丁、柴二人揖客入内，进门一看，青苔不扫，满院松针积有一二寸厚，当中堂屋甚广，供着祖先牌位。从两旁屋门口望见里面摆着几架木机，却无人在织布。由屋门转进去，又过了一个院落，才是主人晏居之所，一排六大间，纸窗竹屋，几净窗明，后面还有一列明廊，正对溪流，曲槛临风，二十来扇窗户全数洞开，木榻竹几散置其间，甚是爽朗清洁。主人年约五旬，科头野服，道貌岸然，趺坐在木榻之上，见众人走进，从容起立，首向杨宏道举手为礼。杨、林等人各依次见完了礼,主人让座说道:"老夫柴蒙,原是江南人氏,避地蛮荒已十五年了。因为地居万山之中,不当南疆孔道,四面俱有峻险山崖屏蔽,休说外人不到,除了本地居人,连生番野人也见不到一个。……"①

景物是"桃林""溪流""杨柳垂丝""孤舟自横""青苔不扫""竹篱茅舍";人物是"科头野服""从容为礼";感觉是"不觉尘襟一去,心神俱朗""仿佛人在山阴,应接不暇"。纯然是陶渊明、王维、孟浩然笔下的世界,但里面行动的主人公却是一批武林俊杰。景物之外,作者还有一段介绍:"这么一个洞天福地,真比陶渊明所说的桃花源还要胜强十倍。由此避地躬耕,风景之区锡以佳名。因是土地肥沃,物产丰盈,凡百均能自制自给,无须仰给于外,门无催租之吏,地绝红尘之扰,安乐已极。"②更是把文士"隐"的理想发挥得淋漓尽致。

"侠隐",很大程度上等同于"文人情调"加"武人江湖"。由于对这样一种独特的白日梦深情独钟,还珠楼主甚至不避创作之大忌——重复,在十几部作品里写出类似的"桃源"景象,如《蜀山剑侠传》中的卧云村,是武侠萧逸的隐居之地,作者写道:

---

① 还珠楼主著:《蛮荒侠隐》,山西人民出版社、北岳文艺出版社,1998 年,第 461—463 页。

② 还珠楼主著:《蛮荒侠隐》,山西人民出版社、北岳文艺出版社,1998 年,第 468 页。

　　那村僻处万山深谷之中,外有层崖叠嶂屏蔽,以前只有一个小洞,是入村通路。洞临广溪,水流甚急,水面相隔洞顶不过二三尺。人在船中,休说起立撑篙,连坐起来都不能够,必须卧倒,手足并用,推抵洞顶而行。最底处,船与洞顶相去只有尺许上下,由洞口舟行,直达村前的落梅涧绝壑之下,有七八里路之遥。沿途石笋钟乳,参差错落。端的森若悬剑,锋利非常,舟面不时擦刃而过,轧轧有声。长得却直刺水中,时为梗阻。遇到山水涨发之时,便村中人也难进出,何况外人。……崖左有一条极窄的裂缝,深约百丈。虽可连肩鱼贯而行,但是夹壁缝隙,藤藓厚密,一线天光,时复隐晦,景象既极阴森,途径又复曲折。口离地面还有两丈高下,百年老藤掩蔽其间,下面灌木盘郁,草高没人。……全村除去萧逸,只有几个武功最好的能手能够攀渡。萧氏上辈,由明季年间,带了家属戚友门人,一同避世,来此哀牢山中,先隐在一个山谷里面,住了数年。后来萧父玉叟冬游到此,无心中发现这水洞,天寒本来水浅,恰巧那年的水更浅,水面相隔洞顶几达一丈四五尺以上。萧氏全家俱精水性,便联合十几个同游的少年咸眷,同门世弟兄,斫木以舟,燃着火炬,逆流往探。头两次俱为水中大石、钟乳所阻,不得穷源。萧父为人最有恒心,末次换了入水衣靠,泅行而入,居然通过,寻到这一片世外桃源,高兴已极。回去说与父母和同隐诸家,大举前往。先合群力,将几个最碍舟行的大石笋、钟乳能毁的毁去,过大不能毁的,设法探路绕越,不消多日,便即开通。悄悄全数移入，端的尘飞不到，与世隔绝。除却天仙空中飞过，可以下瞩，否则踏遍四外山头，也难看见。真比起桃花源，还要险僻幽奇得多。村人已历三世，所辟良田桑圃，果园菜畦，何止千顷。连左近土人苗民，都不能知此中还有乐土。……壁苔绣合，绿肥如染。崖顶万松杂杳，一片青苍，时复挺生于石罅崖隙之间。崖腰以上，疏密相间，满壁皆是蟠屈郁伸，轮囷磅礴，恍如千百虬龙，盘壁凭崖，怒欲飞舞。更有葛萝藤蔓，寄生苍鳞铁干之上，尽是珠络彩缨，万缕千条，累累下垂。一阵山风过处，先吹起稷稷松声，山谷皆鸣，仿佛涛涌，清喧未歇，虬枝齐舞。又见绛雪乱飞，落红成阵，花雨缤纷，漫天而下。境固清妙，幽丽绝伦，可是用尽目力，也找不到一个人影。……刘泉知他用意，便笑答道："贵村桃源乐土，素无外人，我等不速之客，原应先容才是。只是令师已经受伤，妖人师徒尚在不肯甘休，事属紧急，来去须要快些才好。"[1]

经溪流而由小洞、夹缝进入；与世隔绝的"乐土"；战乱避世举族同隐；自然景物清幽绝伦。这些几乎可看作是《桃花源记》的白话文铺陈版。不过，二者还是有一个明显的不同点：首领是"武功最好"的人物。加上这一点后，这段文字也可看作是还珠楼主"侠隐"意象的书写模板。

---

[1]　还珠楼主著，裴效维校点：《蜀山剑侠传（第 5 卷）》，北岳文艺出版社，2012 年，第 2192—2195 页。

还珠楼主调和文士与武林、雅与俗的"江湖",构建自己白日梦的世界时,除了移来"桃花源"之外,还把侠客们的日常生活尽可能地染上文人雅士的色彩,使得《水浒传》与《红楼梦》在他的"江湖"中合流了。

如《云海争奇记》中,写武林领袖人物南明老人公孙潜:

> 隐居南明山深处,依山傍水,因势利建,风景绝胜,人口不多,甚是安逸。[①]

> 行不里许,便见前面现出一所庄舍。屋外松竹围拥,一道清溪绕屋而流,上架小桥,水声潺潺,与四围松声竹韵,相与应和,溪中碧波鳞鳞,游鱼可数,清澈见底。时当秋暮,丹枫眼眠,遍地寒花,映着朝阳,愈显清艳。遥望对岸,屋宇修洁,朴而不华,庭前土地平旷,花木参差。两只白鹤,高几过人,正在对日梳翎,徘徊苍松翠竹之间。另一垂髫童子,手持长帚,正在打扫庭前落叶。看去景物幽静,直和画图相似,令人到此尘虑一消。心想老人真个会享清福……[②]

不仅是山清水秀,也不仅是园林高致,而且有"两只白鹤,高几过人,正在对日梳翎,徘徊苍松翠竹之间","垂髫童子手持长帚,正在打扫庭前落叶"——完全是一派修仙悟道世外高人的境界,无怪乎作者要借书中人物之口来赞叹"会享清福"。

---

①　还珠楼主著:《云海争奇记(下)》,中国书店,1989年,第25页。
②　还珠楼主著:《云海争奇记(下)》,中国书店,1989年,第28—29页。

这个"会享清福"正是文人雅士的生活理想。

类似的描写,这部书中还有另一武林前辈蒲漪的居住环境:

　　再加地为主人登临养静之所,生性又喜欢爽朗,将三大间楼房一齐打通,只靠右面用湘妃竹镶嵌成一个玲珑剔透、样式精雅的隔断,以作点缀;全楼四面皆窗,稀落落十余件桌椅几案,多半傍窗而设。当中几于全空,比起下面一层更是宽敞。明灯四垂,亮如白昼,那里也是乾净净的,不见一点灰星;加以地居峰半,青山排闼,明月当窗,自楼顶以上,直达峰头,遍生虬松古树,楼左右隙地又栽着不少修竹,偶然清风吹过,黑影交加,松竹互喧,如引洞箫,景物端的清幽绝俗。①

　　灯光下几净窗明,素壁如雪。陈设精雅,起居用具无不舒适清洁,不染纤尘。屋外花木萧森,桐阴匝地,又是倚山而建,左有奇峰矗立,右有清溪映带。时已深夜,星月云遮,虽看不出全景,如在日里,这四外的山光水影、树色泉声,不知又有多少享受。②

外部环境是"青山排闼,明月当窗""松竹互喧,如引洞箫",室内布置则是"四面皆窗,稀落落十余件桌椅几案""几净窗明,素壁如雪",无不是文人情趣、文人话语。而最后也是归

---

① 还珠楼主著:《云海争奇记(下)》,中国书店,1989 年,第 142－143 页。
② 还珠楼主著:《云海争奇记(下)》,中国书店,1989 年,第 146 页。

结到"有多少享受",显示出作者写到这里时那种白日梦心态。

除了写居住环境,作者还把文人雅士的情调渲染到武林侠士生活的方方面面。还是这部作品,写了一个洗手的侠盗何异,极尽风雅之能事。如他以茶待客的情境:

前僮便走向室角茶具架上取了一把形式古雅的紫金沙壶,走下台阶,忙忙奔去。另一僮便将铜吊水盖往上一提,跟着一把沙壶随手而起。新民坐离门近,见那沙壶也是定制之物,用玉根做成方形把手,煮水时恰好可以嵌在铜吊盖底凹槽以内,为免烫手,盖柄也似黄色玉质所制。小僮提水进屋,随将门侧矮条几上原放的宜兴壶盖打开,三起两落,倒水下去,将盖盖好;取过一个茶盘,上放五具明磁细碗,先将茶倒去一杯,重又加水,略隔分许,一一斟上,捧了敬客,动作甚是敏练。事完退下,将壶中余水倒入吊内,赶出门去。

尧民等三人一尝那茶,果然色、香、味三者俱胜,知是明前嫩芽佳制,各自赞美。何异见尧民擎杯微笑,直夸水好,便知他不以茶为尽善,笑答道:"此茶只是龙井春芽,只供远来解渴之需,不值高人一品。这水却是本山白燕峰顶小天池中灵泉,经老朽每年冬至先期涸干石池,然后亲率家人僮仆,挑了沙瓮,由后半夜交子时起,用竹制汲管对准池底七个小泉眼汲取入瓮垂下峰来,平抬回家。按着汲取时刻标明封识,原瓮不动,埋入地底。大小三百余器,逐日取用,以子时所取者为最佳。只惜泉源不畅,一个时辰所得，不过一二十瓮。老朽嗜茶成癖，不遇知音，轻易不以款客。山泉乃灵石法乳，每年只冬至后半夜起十日前后，旧泉渐涸，新髓初生，是其精华所萃，真比金山、惠山二泉尤胜。十日以后，泉源日畅，涨满全池，虽比常泉尚佳，与此不啻霄壤之分了。三公所饮，尚系末两日所汲。既遇知音，当以同享，适才已命小僮锄烟往汲当夜灵泉，理好茶具，以备三公评赏。远来腹饥，请先入坐小酌吧。"……何异随把谈锋又转到茶上。由选茶谈起，直变到采摘焙制、洗泡烹煮，以至于汲泉养水、火候茶具，一炉一炭之微，条分缕晰，无不精绝微妙。尧民望族显宦，久居大江南北产茶名区，于茶尤有夙嗜，平日极为讲究，闻言也愧弗及，钦佩不已。①

如果隐去书名，混入《水浒传》的文字中，一眼便可见出迥然有别。而如果混入《红楼梦》的文字中，很可能蒙混过关。这样详细描写茶道的文字，在古今文学作品中，都是极为罕见的。

茶道之外，还写了何家的烹饪之精美，摆设之清雅，也都与通常想象中的侠盗形象大有出入。

另一部作品《兵书峡》写了一位武林前辈青笠老人，武艺绝伦，行事诡秘，颇具江湖异人的色彩。但他的独特习性却是吹笛，而他的徒弟手持其玉笛便可作为令符退去强敌。他的好友，另一武林前辈龙九公则性喜吹箫。小说中以很大篇幅

---

① 　还珠楼主著：《云海争奇记（上）》，中国书店，1989 年，第 370—371 页。

描写的他的箫声：

> 老人箫声与众不同：始而抑扬呜咽，如泣如诉，仿佛
> 寡妇夜哭，游子怀乡，悲离伤逝，日暮途穷，说不出的凄凉
> 苦况；等到音节一变，转入商声，又似烈士义夫慷慨赴难，
> 孤忠奋发；激昂悲壮，风云变色，天日为昏。正觉冤苦抑
> 郁，悲愤难伸，满腹闷气无从发泄，箫声忽又一转，由商、
> 角转入仙吕，仿佛由忧愁黑暗，酷热闷湿，连气都透不出
> 来的地方，转入另一世界，只觉风和日丽，柳暗花明，美景
> 无边，天地清旷，完全换了一个光明美丽的境界，晃眼之
> 间，苦乐悬殊，处境大不相同，那箫声也如好鸟鸣春，格外
> 娱耳。跟着，箫声变徵，转入宫、羽，由清平宁静，安乐自
> 然的气象，渐渐变为繁华富丽之境，一时鼓乐喧阗，笙歌
> 鼎沸……又是一阵清风吹过，天色重转清明，不知何时，
> 又回复了水碧山青，阡陌纵横，遍地桑麻，男耕女织的太
> 平安乐景象，到处花光如锦，好鸟娇鸣，渔歌樵唱，远近相
> 应，虽是繁华富庶，光景又自不同，更听不到丝毫愁苦怨
> 叹之声，觉着心中舒畅已极。师徒二人想不到箫声如此
> 好听，正在出神，忽听刺的一声宛如裂帛，再看上面，箫声
> 已止，人也不知去向。①

这种写法很可能受到《老残游记》中关于白妞唱曲描写的

---

① 还珠楼主著：《兵书峡（上）》，北岳文艺出版社、山西人民出版社，1998
年，第324—326页。

影响。如前所叙,《老残游记》的铁补残所游大半亦属"江湖",特别是举荐刘仁甫、桃花山遇虎等情节,几近于《水浒传》。但是,其中,文人的情趣、情调也间或点染其中了。白妞唱曲一段对音乐的描写,铺张扬厉,是此前小说未曾有过的。还珠楼主让一位老侠客有如此的音乐造诣,也是同样的"移情",或者称之为"武人文写"。这与金庸笔下的侠客颇多爱好音乐、精通音律者,如金笛秀才余鱼同、黄老邪、黄钟公、任盈盈、绿竹翁,等等,走的是同一条路子——很有可能是从还珠楼主这里得到的启发。

还珠楼主如此描写"江湖",把大传统文士的既疏离又风雅的"江湖",妆点到小传统武夫慷慨纵横的"江湖"上,形成了一种新的文学现象。这样的江湖对于现代的读者,特别是有一定文化修养的读者来说,具有理想化的色彩。就阅读效果而言,为刀光剑影的"江湖"涂上一层文化的色彩,整部作品会形成疾徐有致、五味调和的风格。而新武侠得以雅俗共赏,此原因占极大的比重。

第三节　雅俗融汇的"金氏江湖"

金庸小说的一个重要特点也是雅俗共赏。可以说,他在引雅入俗、俗文学雅化方面的成就远远超越了前人(包括还珠楼主),在整个当代文坛上也是首屈一指的。

这一特色,表现在他作品的方方面面。从文化底蕴到价值观念,从人物的塑造到情节的设计安排,都可以看出金庸对此的追求,以及颇具匠心的努力。其中一个不可忽视的方面,就是他为自己笔下的侠客们构建的雅俗合流的"江湖"世界。

所谓"合流",包含了两个方面的意思:一方面是把文人雅士的情趣融进侠客们的生活,一方面则是把大传统中"江湖"的某些内涵注入了小传统的"江湖"中。其实,如前所述,这两个方面在还珠楼主的作品里已经都有体现,但金庸比他走得更远,"合流"的程度也更深一些。

如前面几章所论,大传统中"江湖"是与"庙堂"相对,意味着对权力的疏离,对名利的超脱,以及人身与心灵的自由。对此,金庸在创作之初便有所表现,而到了后期更是自觉地以其为"蓝图"构建自己的"江湖"。

在金庸早期作品中,已经着意表现"江湖"与"庙堂"的对立,如开山之作《书剑恩仇录》写陈家洛与乾隆帝的对话:

> 乾隆道:"你文武全才,将来做到令尊的职位,也非难事,这比混迹江湖要高上万倍了。"……哪知陈家洛道:"你一番好意,我十分感谢,但如我贪恋富贵,也不会身离阁老之家,孤身流落江湖了。"乾隆道:"我正要问你,为什么好好的公子不做,却到江湖上去厮混,难道是不容于父兄么?"陈家洛道:"那倒不是……"①
>
> 陈家洛道:"这样说来,你贵为至尊,倒不如我这闲云野鹤快活逍遥。"②

---

① 金庸著:《书剑恩仇录》,广州出版社,2013年,第271页。
② 金庸著:《书剑恩仇录》,广州出版社,2013年,第273页。

　　这里的"江湖"包含着两重意蕴,一重是小传统的流民世界,"混迹""流落"都指向这重意义。但这显而易见的"实在"江湖世界之外,还有大传统的精神意义的"江湖"。"闲云野鹤""快活逍遥",以及对"富贵"的拒绝,都指向了这一重意义。

　　类似的写法同样见于金庸的第二部作品《碧血剑》,其中写到袁承志与公主的对话:

　　　　袁承志心想眼下不是解释之时,也非细谈之地,说道:"天下将有大变,身居深宫,不如远涉江湖,你要记得我这句话。"……阿九深情款款,会错了他的意思,低下了头,柔声道:"不错,我宁愿随你在江湖上四处为家,远胜在宫里享福。你下次来时,咱们……咱们仔细商量吧!"①

　　也是"江湖"与"深宫"相对。这里的"江湖"同样具有双重意蕴,既是流民世界,也包含了对"享福"的拒绝,对"四处为家"的自由的向往。

　　到了创作的后期,金庸对于"精神江湖"体认更加深切,描写更加自觉,于是构建出前所未有的"金氏江湖"——《笑傲江湖》。

　　他在《笑傲江湖·后记》中写道:"这部小说……通过书中一些人物,企图刻划中国三千多年来政治生活中的若干普遍现象。……令狐冲是天生的'隐士',对权力没有兴趣。盈盈

---

①　金庸著:《碧血剑》,广州出版社,2013年,第536页。

也是'隐士',她对江湖豪士有生杀大权,却宁可在洛阳隐居陋巷,琴箫自娱。她生命中只重视个人的自由、个性的舒展。……'笑傲江湖'的自由自在,是令狐冲这类人物所追求的目标。"①据此,这部作品的主旨既不是《飞狐外传》的除暴安良,也不是《射雕》三部曲的"为国为民"。"江湖"而供"笑傲",就成了精神自由的寄托之地。而为了表现这一超越性的主旨,他淡化了、模糊了具体的历史背景——写历史背景本是金庸的强项。同时,从多方面强化这一意图。

首先,既然"令狐冲是天生的'隐士'""盈盈也是'隐士'",金庸为他们命名的时候,便特意到道家经典《老子》中寻找。于是,"道冲而用之或不盈,渊兮似万物之宗"②,"大成若缺,其用不弊;大盈若冲,其用不穷"③,富有哲理意味的"冲""盈"便成为一对璧人的"珠联璧合"的名字。

其次,选用了"笑傲"作为作品的书名。这个词的意味与小传统的流民江湖绝对凿枘不合。"笑傲"源出于《诗经·终风》:"终风且暴,顾我则笑。谑浪笑傲,中心是悼。"④这里是贬义的用法。但是唐宋已还,它逐渐成为表现潇洒、狂放、自在的人生态度的常用语。如李白自况的诗句:"屈平词赋悬日月,楚王台榭空山丘。兴酣落笔摇五岳,诗成笑傲凌沧洲。功

---

① 金庸著:《笑傲江湖》,广州出版社,2013年,第1452—1454页。
② 〔魏〕王弼注,楼宇烈校释:《老子道德经注校释》,中华书局,2008年,第10页。
③ 〔魏〕王弼注,楼宇烈校释:《老子道德经注校释》,中华书局,2008年,第122—123页。
④ 〔汉〕毛亨传,〔汉〕郑玄笺,〔唐〕陆德明音义,孔祥军点校:《毛诗传笺》,中华书局,2018年,第42页。

名富贵若长在,汉水亦应西北流。"①"啸傲"与"笑傲"义近,流放到"沧州"的屈平与高踞"台榭"的楚王相对,几乎可以视为"笑傲江湖"的诗意表达。而《旧唐书·文苑传》描写李白的人生状态:"乃浪迹江湖……诗酒唱和。尝月夜乘舟,自采石达金陵。白衣宫锦袍,于舟中顾瞻笑傲,旁若无人。"②"浪迹江湖"而"顾瞻笑傲",可谓大传统"雅士江湖"的典范形象。

当然,最重要的还是作者对于这个"江湖"具体的描绘。我们且就金庸《后记》中特别提出的"盈盈也是'隐士',她对江湖豪士有生杀大权,却宁可在洛阳隐居陋巷,琴箫自娱"一段做一考察。先来看她居住的环境:

> 经过几条小街,来到一条窄窄的巷子之中。巷子尽头,好大一片绿竹丛,迎风摇曳,雅致天然。众人刚踏进巷子,便听得琴韵丁冬,有人正在抚琴,小巷中一片清凉宁静,和外面的洛阳城宛然是两个世界。③

> 令狐冲随着他走进小舍,见桌椅几榻无一而非竹制,墙上悬着一幅墨竹,笔势纵横,墨迹淋漓,颇有森森之意。桌上放着一具瑶琴、一管洞箫。绿竹翁从一把陶茶壶中倒出一碗碧绿清茶,说道:"请用茶。"④

---

①　〔唐〕李白著,〔清〕王琦注:《李太白全集》,中华书局,1977年,第374页。

②　〔后晋〕刘昫等撰,中华书局编辑部点校:《旧唐书》,中华书局,1975年,第5053页。

③　金庸著:《笑傲江湖》,广州出版社,2013年,第475页。

④　金庸著:《笑傲江湖》,广州出版社,2013年,第479页。

一条"窄窄的巷子",远离了闹市,也远离了权力、功名与享乐。但是"好大一片绿竹丛,迎风摇曳,雅致天然"。不仅清净宜居,而且"雅致天然"——这也可理解为人物的精神世界的象征。从笔法论,这寥寥几句与《红楼梦》描写潇湘馆的文字十分相似(所谓"凤尾森森,龙吟细细"[①])。至于小舍之中,竹几上有琴有箫有陶壶,墙上的墨竹"笔势纵横,墨迹淋漓",与通常江湖豪客的情调相去不可以道里计。如果说是江州白司马,或是黄州苏学士的贬谪居所,似乎更为相宜一些。

在如此清幽雅致的"金氏江湖"环境中,江湖豪强的领袖任盈盈为令狐冲弹奏了"笑傲江湖之曲"。我们来看,作者是如何描写这具有点题意义的音乐的:

> 令狐冲又惊又喜,依稀记得便是那天晚上所听到曲洋所奏的琴韵。
>
> 这一曲时而慷慨激昂,时而温柔雅致,令狐冲虽不明乐理,但觉这位婆婆所奏,和曲洋所奏的曲调虽同,意趣却大有差别。这婆婆所奏的曲调平和中正,令人听着只觉音乐之美,却无曲洋所奏热血如沸的激奋。奏了良久,琴韵渐缓,似乎乐音在不住远去,倒像奏琴之人走出了数十丈之遥,又走到数里之外,细微几不可再闻。
>
> 琴音似止未止之际,却有一二下极低极细的箫声在琴音旁响了起来。回旋婉转,箫声渐响,恰似吹箫人一面

---

① 〔清〕曹雪芹,〔清〕高鹗著,〔清〕脂砚斋,〔清〕王希廉点评:《红楼梦》,中华书局,2009年,第187页。

吹,一面慢慢走近,箫声清丽,忽高忽低,忽轻忽响,低到极处之际,几个盘旋之后,又再低沉下去,虽极低极细,每个音节仍清晰可闻。渐渐低音中偶有珠玉跳跃,清脆短促,此伏彼起,繁音渐增,先如鸣泉飞溅,继而如群卉争艳,花团锦簇,更夹着间关鸟语,彼鸣我和,渐渐的百鸟离去,春残花落,但闻雨声萧萧,一片凄凉肃杀之象,细雨绵绵,若有若无,终于万籁俱寂。

箫声停顿良久,众人这才如梦初醒。王元霸、岳不群等虽都不懂音律,却也不禁心驰神醉。易师爷更是犹如丧魂落魄一般。

岳夫人叹了口气,衷心赞佩,道:"佩服,佩服!冲儿,这是什么曲子?"令狐冲道:"这叫做《笑傲江湖之曲》,这位婆婆当真神乎其技,难得是琴箫尽皆精通。"①

这样的"江湖"人物,这样的"江湖"世界,其所行则为"流民江湖""水浒江湖"之事——体制外的灰色世界,崇尚武功与暴力;所慕却是"雅士江湖""庄骚江湖"之境——审美的日常生活,身心两方面的自由,这种情况只能在文学文本中实现,也只有在金庸的笔下方能圆融地、无扞格地呈现出来。

不仅任盈盈"江湖"有文人雅士的情调,那个似乎毫无"文气"更具江湖人物身份的绿竹翁——"大手大脚的弊衣老者",还有从无文艺素养的令狐冲,也同样自有雅趣,自臻妙境:

---

① 金庸著:《笑傲江湖》,广州出版社,2013 年,第 477 页。

　　绿竹翁取出一张焦尾桐琴,授以音律,说道:"乐律十二律,是为黄钟、大吕、太簇、夹钟、姑洗、中吕、蕤宾、林钟、夷则、南吕、无射、应钟。此是自古已有,据说当年黄帝命伶伦为律,闻凤凰之鸣而制十二律。瑶琴七弦,具宫、商、角、徵、羽五音,一弦为黄钟,三弦为宫调。五调为慢角、清商、宫调、慢宫、及蕤宾调。"当下依次详加解释。

　　令狐冲虽于音律一窍不通,但天资聪明,一点便透。绿竹翁甚是欢喜,当即授以指法,教他试奏一曲极短的《碧霄吟》。令狐冲学得几遍,弹奏出来,虽有数音不准,指法生涩,但心中想着"碧霄"二字,却洋洋然自有青天一碧、万里无云的空阔气象。

　　一曲既终,那婆婆在隔舍听了,轻叹一声,道:"令狐少君,你学琴如此聪明,多半不久便能学《清心普善咒》了。"绿竹翁道:"姑姑,令狐兄弟今日初学,但弹奏这曲《碧霄吟》,琴中意象已比侄儿为高。琴为心声,想是因他胸襟豁达之故。"①

　　由学琴而谈到"胸襟""气象",这样的江湖世界使人仿佛置身于王维、孟浩然,或是东坡、释参寥之间了。

　　金庸以《笑傲江湖之曲》贯穿全书,作为构建"金氏江湖"的点题之作,是自觉地融雅入俗,把大传统中士人江湖情怀灌注到武侠世界、流民江湖之中的。为此,他颇具匠心地为这支曲子编制了复杂曲折的"前世今生":

----

① 金庸著:《笑傲江湖》,广州出版社,2013年,第483—484页。

　　曲洋向刘正风望了一眼,说道:"我和刘贤弟醉心音律,以数年之功,创制了一曲《笑傲江湖》,自信此曲之奇,千古所未有。……这曲子不但是我二人毕生心血之所寄,还关联到一位古人。这《笑傲江湖曲》中间的一大段琴曲,是曲大哥依据晋人嵇康的《广陵散》而改编的。"曲洋对此事甚是得意,微笑道:"自来相传,嵇康死后,《广陵散》从此绝响,你可猜得到我却又何处得来?"令狐冲寻思:"音律之道,我一窍不通,何况你二人行事大大的与众不同,我又怎猜得到。"便道:"尚请前辈赐告。"曲洋笑道:"嵇康这个人,是很有点意思的,史书上说他'文辞壮丽,好言老庄而尚奇任侠',这性子很对我的脾胃。……嵇康临刑时抚琴一曲,的确很有气度,但他说'广陵散从此绝矣',这句话却未免把后世之人都看得小了。这曲子又不是他作的。他是西晋时人,此曲就算西晋之后失传,难道在西晋之前也没有了吗?"令狐冲不解,问道:"西晋之前?"曲洋道:"是啊! 我对他这句话挺不服气,便去发掘西汉、东汉两朝皇帝和大臣的坟墓,一连掘二十九座古墓,终于在蔡邕的墓中觅到了《广陵散》的曲谱。"说罢呵呵大笑,甚是得意。①

　　这一大段对话,是曲洋与刘正风的临终之言,所以显得特别沉重、有分量。首先,他讲"笑傲江湖之曲"是"依据晋人嵇

---

　　① 金庸著:《笑傲江湖》,广州出版社,2013年,第234-235页。

康的《广陵散》而改编的",就把小说的主旨与传统接续起来。这个传统特别点出了"晋人嵇康",于是就隐含地互文到竹林七贤,甚至是嵇康的"越名教而任自然""志在长林丰草"精神之上。其次,他又写了曲洋为寻觅《广陵散》而"一连掘二十九座古墓",纯然是无法无天的"流民江湖"的做派、行为。于是乎,两种文化传统,两个"江湖"世界,就通过这支乐曲联系到了一起。

更有甚者,金庸在《笑傲江湖》中秀了一把博学,他将祖千秋的形象细细描写,俨然一副游民之相:"只见他五十来岁年纪,焦黄面皮,一个酒糟鼻,双眼无神,疏疏落落的几根胡子,衣襟上一片油光,两只手伸了出来,十根手指甲中都是黑黑的污泥。他身材瘦削,却挺着个大肚子。"[①]但在这酒器的运用上颇有见地:

祖千秋见令狐冲递过酒碗,却不便接,说道:"令狐兄虽有好酒,却无好器皿,可惜啊可惜。"令狐冲道:"旅途之中,只有些粗碗粗盏,祖先生将就着喝些。"祖千秋摇头道:"万万不可,万万不可!你对酒具如此马虎,于饮酒之道,显是未明其中三昧。饮酒须得讲究酒具,喝什么酒,便用什么酒杯。喝汾酒当用玉杯,唐人有诗云:'玉碗盛来琥珀光。'可见玉碗玉杯,能增酒色。"令狐冲道:"正是。"祖千秋指着一坛酒,说道:"这一坛关外白酒,酒味是

---

①　金庸著:《笑傲江湖》,广州出版社,2013年,第514页。

极好的,只可惜少了一股芳冽之气,最好是用犀角杯盛之
而饮,那就醇美无比,须知玉杯增酒之色,犀角杯增酒之
香,古人诚不我欺。"令狐冲在洛阳听绿竹翁谈论讲解,于
天下美酒的来历、气味、酿酒之道、窖藏之法,已十知八
九,但对酒具却一窍不通,此刻听祖千秋侃侃而谈,大有
茅塞顿开之感。只听他又道:"至于饮葡萄酒嘛,当然要
用夜光杯了。古人诗云:'葡萄美酒夜光杯,欲饮琵琶马
上催。'要知葡萄美酒作艳红之色,我辈须眉男儿饮之,未
免豪气不足。葡萄美酒盛入夜光杯之后,酒色便与鲜血
一般无异,饮酒有如饮血。岳武穆词云:'壮志饥餐胡虏
肉,笑谈渴饮匈奴血',岂不壮哉!"令狐冲连连点头,他读
书甚少,听得祖千秋引证诗词,于文义不甚了了,只是"笑
谈渴饮匈奴血"一句,确是豪气干云,令人胸怀大畅。祖
千秋指着一坛酒道:"至于这高粱美酒,乃是最古之酒。
夏禹时仪狄作酒,禹饮而甘之,那便是高粱酒了。令狐
兄,世人眼光短浅,只道大禹治水,造福后世,殊不知治水
什么的,那也罢了,大禹真正的大功,你可知道么?"①

　　……讲究品酒的雅士,当然具备。似你们这等牛饮
驴饮,自然什么粗杯粗碗都能用了。"桃叶仙道:"你是不
是雅士?"祖千秋道:"说多不多,说少不少,三分风雅是
有的。"②

---

① 　金庸著:《笑傲江湖》,广州出版社,2013年,第514－515页。
② 　金庸著:《笑傲江湖》,广州出版社,2013年,第517页。

如此雅致至极的理论,喝酒喝成这般只怕只有宋人能有此雅趣,查老先生借祖千秋之口所满足的只怕也是自己的雅兴。且祖千秋与令狐冲等人饮酒雅趣讲解,自然引导着读者联想到另一位高洁风雅之人——《红楼梦》中的妙玉。妙玉也是个颇具清雅之人,其善用茶器与祖千秋善用酒器颇有异曲同工之妙。

金庸写的是武侠小说,他笔下的"江湖"先天地近于"水浒",为了使自己构建这个"江湖"世界更"雅致",更有"文气",他为自己的"武"人安排了不少"文"戏。这不仅有上述的音乐,而且琴棋书画面面俱到。最典型的是梅庄四友,四个人各精一道:"黄钟公""黑白子""秃笔翁""丹青生"四个名号便扣在"琴棋书画"上。十五部作品中,大量的音乐描写之外,棋道——匪夷所思的"珍珑","呕血谱"的传说,等等;书法、画论——画中"剑意",草书笔法,等等,也都有精彩的描写。如《倚天屠龙记》中,把张三丰的武术与书法结合起来,别开生面:

　　师父所写的二十四个字合在一起,分明是一套高明武功,每一字包含数招,便有数般变化。"龙"字和"锋"字笔划甚多,"刀"字和"下"字笔划甚少,但笔划多的不觉其繁,笔划少的不见其陋,其缩也凝重,似尺蠖之屈,其纵也险劲,如狡兔之脱,淋漓酣畅,雄浑刚健,俊逸处似风飘,似雪舞,厚重处如虎蹲,如象步。这二十四个字中共有两个"不"字、两个"天"字,但两字写来形同而意不同,气似而神不似,变化之妙,又各具一功。张翠山目眩神驰,随即潜心记忆。……张三丰情之所至,将这二十四个字演为一套武功。他书写之初原无此意,而张翠山在柱后见到更属机缘巧合。师徒俩心注神会,沉浸在武功与书法相结合、物我两忘的境界之中。这一套拳法,张三丰一遍又一遍的翻覆演展,足足打了两个多时辰,待到月临中天,他长啸一声,右掌直划下来,当真是星剑光芒,如矢应机,霆不暇发,电不及飞,这一直乃是"锋"字最后一笔。张三丰仰天遥望,说道:"翠山,这路书法如何?"①

更难得的是,作者并非机械地把武术招式与书法套到一起,而是把张三丰的情感状态与书法创作结合起来,又联系到武术上。"笔划多的不觉其繁,笔划少的不见其陋,其缩也凝重,似尺蠖之屈,其纵也险劲,如狡兔之脱,淋漓酣畅,雄浑刚健,俊逸处如风飘,如雪舞,厚重处如虎蹲,如象步"——说是艺术评论固无不可,说是武术描写也无扦格。真可谓"文武全才"了。

从还珠楼主重视侠隐的文学书写,到金庸大俗大雅的融合,再到古龙纯美浪漫的幻境,江湖在新武侠中展现出其独特的魅力,新武侠中的江湖雅致却有带着刀光剑影的人生态度,虽凶险却不乏精神独立追求超越的雅士,在某种程度上说,新武侠江湖提高了"游民江湖"的品味,也推广了"玄远江湖"思想境界,这是中国大传统文化的下沉,但却并非落寞。武侠的

---

① 金庸著:《倚天屠龙记》,广州出版社,2013 年,第 110−111 页。

江湖让百姓认识到文人士大夫的精神追求,相应地也让"游民江湖"更能够被大传统接受。在武侠的世界中,大小传统的江湖相互依存,彼此融合。

余　论

文学史的研究可以有多种方法、多条路径的选择。可以做个案研究，可以做专题考证，也可以进行比较研究，还可以进行思潮之类"大历史"研究。而无论哪种选择，无非要遵循两条基本原则：一条是有所发现、有所发明；一条是遵守学术规范。在这两个大前提之下，学者的创造力、学术个性还是有很大的主体发挥空间的。

本书的选题在内容与方法上都有一些独特的考虑。

"江湖"是一个很特殊的概念。它至少具有以下六个方面的意蕴。一是字面的本义，是偏于地理方面的词汇。但这个意义逐渐被后起的引申义、变化义所遮蔽。二是诗文中的文学意象，它涵摄了"疏离庙堂"的政治含义，又融合了置身自然的审美意味，并关联起诸如"渔父""渔翁""扁舟""蓑笠""白鸥"之类的意象，成为表达士人追求身心自由的常用题材。三是小说、戏曲及其他民间文艺常用的语词，成为含义相当复杂的常用语。它既是特指城市、村落之外的空间，又指活动于这种空间中的游民人群；但在特定的语境中，又特指"法外之地"，近乎黑社会的意味。四是文化意义上的名词。文学意象携带了大量文化的信息、意味，从而使得这个语词具有了分离出来,成为与大传统、雅文化相对的概念。五是这个语词不仅跨雅俗而存在,同时又是跨时空而生存;其在古代文学、艺术中有大量表现,在现代的文艺中同样是活跃的题材。六是这简单的两个字组成的复合词,不仅在不同的文学艺术中意味不尽相同,就是在同一体裁中也是随时代而变化。甚至我们可以通过追踪这一变化的轨迹来从特殊视角认识时代。

这种复杂的情况,其轴心则是"江湖"在文学文本中的书写。

本书正是从这个角度来认识选题的意义与价值,也是尽力在研究、写作中揭示出上述多方面的现象与规律,尽力体现出这一研究的价值。

作为"江湖"进入文人写作的源头,先秦的两篇《渔父》无疑是影响最大的文本,但是范蠡的故事也是不能忽视的。它们的共同点是以"江湖"作为逃避政治、疏离庙堂的另一空间;而范蠡的故事更多出了"功成身退"的情节,以及在君臣关系之外,在官场之外,自主的丰富多彩的价值体系。这两方面同样成为后世有个性、有思想的士人的理想,并以潇洒的语言出现在诗文之中。

杜甫、白居易、苏东坡,是抒写"江湖"情怀的三大家,但是彼此的情调有很大的差异。立足文本,结合时代与个性,分析其特色,是深入认识这三位文坛巨擘的有趣的角度。

《水浒传》则是小传统的"江湖"百科全书,但是其毕竟是最后成于文人之手,所以分析其"纸上江湖"的特性,是认识通俗文学的重要角度。而在相关的书写中,不同版本间的差异也加强了这种文化两重性的表现。

　　现代武侠文学则把大传统的诗文"江湖"与小传统的小说"江湖"结合起来：还珠楼主的桃花源成为他笔下"江湖"的另类一角；金庸则以琴箫合奏的"笑傲江湖"构建起雅俗融汇的新型"江湖"；而古龙的楚留香虽称"盗帅"，却如文人雅士般泛舟江海，成为带有童话色彩的新"江湖"人物。

　　而这一切的轴心，就是文学文本中"江湖"意象的传承与变化。